鷗外、普請中

森鷗外

はじめに（鷗外忌に寄せて）

森鷗外がこの世を去って、今年（二〇二二年）で百年を迎えます。大正、昭和、平成、令和とすでに四時代を経ていますが、現在でも鷗外のことをまったく知らない日本人はまれでしょう。

しかし､彼の作品はその知名度に比して案外読まれていないのではないでしょうか。いわゆる「文豪」として国語の教科書に作品が掲載されていて、いかめしい顔写真とにらめっこした経験のある人はわりと多いでしょうが……いかんせん、「とっつきにくい」というイメージを持たれがちなのです。

歴史・史伝小説にも傑作が多い鷗外ですが、本書は、現代の人たちも読みやすいと思われるものに絞り、近代小説十二篇と翻訳小説三篇を収録しています。いずれも鷗外が自らの文学の結実を目指して奮闘した〝普請中〟の時代に書かれた作品群です。

また、収録作品はあえて発表順年月日を遡る形式で掲載しています。『雁』から始まる多彩な作品に触れてから、教科書でもおなじみの『舞姫』を読むと、今までとは違った味わい方ができるかもしれません。

現在に至るまで、文学に多大な影響を与え続けている鷗外の没後百年を記念したこの本が、〝はじめての鷗外〟の一冊になり、近現代文学好きの読書家にとっても読み応え十分の一冊になれば、幸いです。

二〇二二（令和四）年七月

鷗外ゆかりの地・千住にて　本書編集　熨斗克信

目次

はじめに（鷗外忌に寄せて）……2
雁《がん》……9
鼠坂《ねずみざか》……135
冬の王（翻訳）（原作：ハンス・ランド）……151
心中……167
カズイスチカ……185
蛇……205
あそび……227

うずしお（翻訳）（原作：ポー）…… 249
花子 …… 285
普請中《ふしんちゅう》 …… 299
牛鍋 …… 313
白（翻訳）（原作：リルケ）…… 321
独身 …… 333
鶏《にわとり》 …… 353
舞姫 …… 389

雁《がん》

壱《いち》

古い話である。僕は偶然それが明治十三年の出来事だと云うことを記憶している。どうして年をはっきり覚えているかと云うと、その頃僕は東京大学の鉄門の真向いにあった、上条《かみじょう》と云う下宿屋に、この話の主人公と壁一つ隔てた隣同士になって住んでいたからである。その上条が明治十四年に自火で焼けた時、僕も焼け出された一人《いちにん》であった。その火事のあった前年の出来事だと云うことを、僕は覚えているからである。

上条に下宿しているものは大抵医科大学の学生ばかりで、その外《ほか》は大学の附属病院に通う患者なんぞであった。大抵どの下宿屋にも特別に幅を利かせている客があるもので、そう云う客は第一金廻りが好く、小気《こぎ》が利いていて、お上《かみ》さんが箱火鉢を控えて据わっている前の廊下を通るときは、きっと声を掛ける。時々はその箱火鉢の向側《むこうがわ》にしゃがんで、世間話の一つもする。部屋で酒盛をして、わざわざ肴《さかな》を拵《こしら》えさせたり何かして、お上さんに面倒を見させ、我儘《わがまま》をするようでいて、実は帳場に得の附くようにする。先《ま》ずざっとこう云う性《たち》の男が尊敬を受け、それに乗じて威福を擅《ほしいまま》にすると云うのが常である。然《しか》るに上条で幅を利かせている、僕の壁隣の男は頗《すこぶ》る趣を殊にしていた。

この男は岡田と云う学生で、僕より一学年若いのだから、とにかくもう卒業に手が届いていた。岡田がどんな男だと云うことを説明するには、その手近な、際立った性質から語り始めなくてはならない。それは美男だと云うことである。色の蒼《あお》い、ひょろひょろした美男ではない。血色が好くて、体格ががっしりしていた。僕はあんな顔の男を見たことが殆ど無い。強いて求めれば、大分《だいぶ》あの頃から後《のち》になって、僕は青年時代の川上眉山《かわかみびさん》と心安くなった。あのとうとう窮境に陥って悲惨の最期を遂げた文士の川上である。あれの青年時代が一寸《ちょっと》岡田に似ていた。尤《もっと》も当時競漕《きょうそう》の選手になっていた岡田は、体格では逈《はる》かに川上なんぞに優《まさ》っていたのである。

　容貌はその持主を何人《なんぴと》にも推薦する。しかしそればかりでは下宿屋で幅を利かすことは出来ない。そこで性行はどうかと云うと、僕は当時岡田程均衡を保った書生生活をしている男は少かろうと思っていた。学期毎に試験の点数を争って、特待生を狙う勉強家ではない。遣《や》るだけの事をちゃんと遣って、級の中位《ちゅうい》より下には下《くだ》らずに進んで来た。遊ぶ時間は極《きま》って遊ぶ。夕食後に必ず散歩に出て、十時前には間違なく帰る。日曜日には舟を漕《こ》ぎに行くか、そうでないときは遠足をする。競漕前に選手仲間と向島《むこうじま》に泊り込んでいるとか、暑中休暇に故郷に帰るとかの外は、壁隣の部屋に主人のいる時刻と、留守になっている時刻とが狂わない。誰でも時計を号砲《どん》に合せることを忘れた時には岡田の部屋へ問いに行く。上条の帳場の時計も折々岡田の懐中時計に拠《よ》って匡《ただ》されるのである。周囲の人の心には、久しくこの男の行動を見ていればいる程、あれは信頼すべき男だと云う感じが強くなる。上条のお上さんがお世辞を言わない、破格な金遣いをしない岡田を褒め始めたのは、この信頼に本《もと》づいている。それには月々の勘定をきちんとすると云う事実が与《あず》かって力あるのは、ことわるまでもない。「岡田さんを御覧なさい」と云う詞《ことば》が、屡々《しばしば》お上さんの口から出る。「どうせ僕は岡田君のようなわけには行かないさ」と先を越して云う学生がある。此《かく》の如くにして岡田はいつとなく上条の標準的下宿人になったのである。

　岡田の日々《にちにち》の散歩は大抵道筋が極まっていた。寂しい無縁坂を降りて、藍染川《あいそめがわ》のお歯黒のような水の流れ込む不忍《しのばず》の池の北側を廻って、上野の山をぶらつく。それから松源《まつげん》や雁鍋《がんなべ》のある広小路、狭い賑《にぎ》やかな仲町《なかちょう》を通って、湯島天神の社内に這入《はい》って、陰気な臭橘寺《からたちでら》の角を曲がって帰る。しかし仲町を右へ折れて、無縁坂から帰ることもある。これが一つの道筋である。或る時は大学の中を抜けて赤門に出る。鉄門は早く鎖《とざ》されるので、患者の出入《しゅつにゅう》する長屋門から這入って抜けるのである。後にその頃の長屋門が取り払われたので、今春木町《はるきちょう》から衝《つ》き当る処《ところ》にある、あの新しい黒い門が出来たのである。赤門を出てから本郷《ほんごう》通りを歩いて、粟餅《あわもち》の曲擣《きょくづき》をしている店の前を通って、神田明神の境内に這入る。そのころまで目新しかった目金橋《めがねばし》へ降りて、柳原《やなぎはら》の片側町《かたかわまち》を少し歩く。それからお成道《なりみち》へ戻って、狭い西側の横町のどれかを穿《うが》って、矢張《やはり》臭橘寺の前に出る。これが一つの道筋である。これより外の道筋はめったに歩かない。

　この散歩の途中で、岡田が何をするかと云うと、ちょいちょい古本屋の店を覗《のぞ》いて歩く位のものであった。上野広小路と仲町との古本屋は、その頃のが今も二三軒残っている。お成道にも当時そのままの店がある。柳原のは全く廃絶してしまった。本郷通のは殆ど皆場所も持主も代っている。

岡田が赤門から出て右へ曲ることのめったにないのは、一体森川町は町幅も狭く、窮屈な処であったからでもあるが、当時古本屋が西側に一軒しかなかったのも一つの理由であった。

岡田が古本屋を覗くのは、今の詞で云えば、文学趣味があるからであった。しかしまだ新しい小説や脚本は出ていぬし、抒情詩《じょじょうし》では子規の俳句や、鉄幹の歌の生れぬ先であったから、誰でも唐紙《とうし》に摺《す》った花月新誌や白紙《はくし》に摺った桂林一枝《けいりんいっし》のような雑誌を読んで、槐南《かいなん》、夢香《むこう》なんぞの香奩体《こうれんたい》の詩を最も気の利いた物だと思う位の事であった。僕も花月新誌の愛読者であったから、記憶している。西洋小説の翻訳と云うものは、あの雑誌が始て出したのである。なんでも西洋の或る大学の学生が、帰省する途中で殺される話で、それを談話体に訳した人は神田孝平さんであったと思う。それが僕の西洋小説と云うものを読んだ始であったようだ。そう云う時代だから、岡田の文学趣味も漢学者が新しい世間の出来事を詩文に書いたのを、面白がって読む位に過ぎなかったのである。

僕は人附合いの余り好くない性《たち》であったから、学校の構内で好く逢う人にでも、用事がなくては話をしない。同じ下宿屋にいる学生なんぞには、帽を脱いで礼をするようなことも少かった。それが岡田と少し心安くなったのは、古本屋が媒《なかだち》をしたのである。僕の散歩に歩く道筋は、岡田のように極まってはいなかったが、脚が達者で縦横に本郷から下谷、神田を掛けて歩いて、古本屋があれば足を止めて見る。そう云う時に、度々岡田と店先で落ち合う。

「好く古本屋で出くわすじゃないか」と云うような事を、どっちからか言い出したのが、親しげに物を言った始である。

その頃神田明神前の坂を降りた曲角に、鉤《かぎ》なりに縁台を出して、古本を曝《さら》している店があった。そこで或る時僕が唐本の金瓶梅《きんぺいばい》を見附けて亭主に値を問うと、七円だと云った。五円に負けてくれと云うと、「先刻岡田さんが六円なら買うと仰《おっし》ゃいましたが、おことわり申したのです」と云う。偶然僕は工面が好かったので言値で買った。二三日立ってから、岡田に逢うと、向うからこう云い出した。

「君はひどい人だね。僕が切角見附けて置いた金瓶梅を買ってしまったじゃないか」

「そうそう君が値を附けて折り合わなかったと、本屋が云っていたよ。君欲しいのなら譲って上げよう」

「なに。隣だから君の読んだ跡を貸して貰えば好《い》いさ」

僕は喜んで承諾した。こんな風で、今まで長い間壁隣に住まいながら、交際せずにいた岡田と僕とは、往《い》ったり来たりするようになったのである。

弐《に》

そのころから無縁坂の南側は岩崎の邸《やしき》であったが、まだ今のような巍々《ぎぎ》たる土塀で囲ってはなかった。きたない石垣が築いてあって、苔蒸《こけむ》した石と石との間から、歯朶《しだ》や杉菜が覗いていた。あの石垣の上あたりは平地だか、それとも小山のようにでもなっているか、岩崎の邸の中に這入って見たことのない僕は、今でも知らないが、とにかく当時は石垣の上の所に、雑木が生えたい程生えて、育ちたい程育っているのが、往来から根まで見えていて、その根に茂っている草もめったに苅《か》られることがなかった。

坂の北側はけちな家が軒を並べていて、一番体裁の好《い》いのが、板塀を繞《めぐ》らした、小さいしもた屋、その外《ほか》は手職をする男なんぞの住いであった。店は荒物屋に烟草屋《たばこや》位しかなかった。中に往来の人の目に附くのは、裁縫を教えている女の家で、昼間は格子窓の内に大勢の娘が集まって為事《しごと》をしていた。時候が好くて、窓を明けているときは、我々学生が通ると、いつもべちゃくちゃ盛んにしゃべっている娘共が、皆顔を挙げて往来の方を見る。そして又話をし続けたり、笑ったりする。その隣に一軒格子戸を綺麗《きれい》に拭き入れて、上がり口の叩きに、御影石《みかげいし》を塗り込んだ上へ、折々夕方に通って見ると、打水のしてある家があった。寒い時は障子が締めてある。暑い時は竹簾《たけすだれ》が卸してある。そして為立物師《したてものし》の家の賑やかな為めに、この家はいつも際立ってひっそりしているように思われた。

この話の出来事のあった年の九月頃、岡田は郷里から帰って間もなく、夕食後に例の散歩に出て、加州の御殿の古い建物に、仮に解剖室が置いてあるあたりを過ぎて、ぶらぶら無縁坂を降り掛かると、偶然一人の湯帰りの女がかの為立物師の隣の、寂しい家に這入るのを見た。もう時候がだいぶ秋らしくなって、人が涼みにも出ぬ頃なので、一時人通りの絶えた坂道へ岡田が通り掛かると、丁度今例の寂しい家の格子戸の前まで帰って、戸を明けようとしていた女が、岡田の下駄の音を聞いて、ふいと格子に掛けた手を停《とど》めて、振り返って岡田と顔を見合せたのである。紺縮《こんちぢみ》の単物《ひとえもの》に、黒繻子《くろじゅす》と茶献上との腹合せの帯を締めて、繊《ほそ》い左の手に手拭《てぬぐい》やら石鹸箱《シャボンばこ》やら糠袋《ぬかぶくろ》やら海綿やらを、細かに編んだ竹の籠《かご》に入れたのを懈《だる》げに持って、右の手を格子に掛けたまま振り返った女の姿が、岡田には別に深い印象をも与えなかった。しかし結い立ての銀杏返《いちょうがえ》しの鬢《びん》が蝉《せみ》の羽《は》のように薄いのと、鼻の高い、細長い、稍《やや》寂しい顔が、どこの加減か額から頬に掛けて少し扁《ひら》たいような感じをさせるのとが目に留まった。岡田は只それだけの刹那《せつな》の知覚を閲歴したと云うに過ぎなかったので、無縁坂を降りてしまう頃には、もう女の事は綺麗に忘れていた。

しかし二日ばかり立ってから、岡田は又無縁坂の方へ向いて出掛けて、例の格子戸の家の前近く来た時、先きの日の湯帰りの女の事が、突然記憶の底から意識の表面に浮き出したので、その家の方を一寸見た。竪《たて》に竹を打ち附けて、横に二段ばかり細く削った木を渡して、それを蔓《かずら》で巻いた肱掛窓《ひじかけまど》がある。その窓の障子が一尺ばかり明いていて、卵の殻を伏せた万年青《おもと》の鉢が見えている。こんな事を、幾分かの注意を払って見た為めに、歩調が少し緩くなって、家の真ん前に来掛かるまでに、数秒時間の余裕を生じた。

そして丁度真ん前に来た時に、意外にも万年青の鉢の上の、今まで鼠色《ねずみいろ》の闇に鎖されていた背景から、白い顔が浮き出した。しかもその顔が岡田を見て微笑《ほほえ》んでいるのである。

それからは岡田が散歩に出て、この家の前を通る度に、女の顔を見ぬことは殆ど無い。岡田の空想の領分に折々この女が闖入《ちんにゅう》して来て、次第に我物顔に立ち振舞うようになる。女は自分の通るのを待っているのだろうか、それともなんの意味もなく外を見ているので、偶然自分と顔を合せることになるのだろうかと云う疑問が起る。そこで湯帰りの女を見た日より前に溯《さかのぼ》って、あの家の窓から女が顔を出していたことがあったか、どうかと思って考えて見るが、無縁坂の片側町で一番騒がしい為立物師の家の隣は、いつも綺麗に掃除のしてある、寂しい家であったと云う記念の外には、何物も無い。どんな人が住んでいるだろうかと疑ったことは慥《たし》かにあるようだが、それさえなんとも解決が附かなかった。どうしてもあの窓はいつも障子が締まっていたり、簾が降りていたりして、その奥はひっそりしていたようである。そうして見ると、あの女は近頃外に気を附けて、窓を開けて自分の通るのを待っていることになったらしいと、岡田はとうとう判断した。

通る度に顔を見合せて、その間々にはこんな事を思っているうちに、岡田は次第に「窓の女」に親しくなって、二週間も立った頃であったか、或る夕方例の窓の前を通る時、無意識に帽を脱いで礼をした。その時微白《ほのじろ》い女の顔がさっと赤く染まって、寂しい微笑《ほほえみ》の顔が華やかな笑顔になった。それからは岡田は極まって窓の女に礼をして通る。

参《さん》

岡田は虞初新誌《ぐしょしんし》が好きで、中にも大鉄椎伝《だいてっついでん》は全文を諳誦《あんしょう》することが出来る程であった。それで余程前から武芸がして見たいと云う願望《がんもう》を持っていたが、つい機会が無かったので、何にも手を出さずにいた。近年競漕をし始めてから、熱心になり、仲間に推されて選手になる程の進歩をしたのは、岡田のこの一面の意志が発展したのであった。

同じ虞初新誌の中《うち》に、今一つ岡田の好きな文章がある。それは小青伝であった。その伝に書いてある女、新しい詞で形容すれば、死の天使を閾《しきい》の外に待たせて置いて、徐《しず》かに脂粉の粧《よそおい》を擬《こら》すとでも云うような、美しさを性命にしているあの女が、どんなにか岡田の同情を動かしたであろう。女と云うものは岡田のためには、只美しい物、愛すべき物であって、どんな境遇にも安んじて、その美しさ、愛らしさを護持していなくてはならぬように感ぜられた。それには平生香奩体《こうれんたい》の詩を読んだり、sentimental《サンチマンタル》な、fatalistique《ファタリスチック》な明清《みんしん》の所謂《いわゆる》才人の文章を読んだりして、知らず識《し》らずの間にその影響を受けていた為めもあるだろう。

岡田は窓の女に会釈をするようになってから余程久しくなっても、その女の身の上を探って見ようともしなかった。無論家の様子や、女の身なりで、囲物《かこいもの》だろうとは察した。しかし別段それを不快にも思わない。名も知らぬが、強いて知ろうともしない。標札を見たら、名が分かるだろうと思ったこともあるが、窓に女のいる時は女に遠慮をする。そうでない時は近処の人や、往来の人の人目を憚《はばか》る。とうとう庇《ひさし》の陰《かげ》になっている小さい木札に、どんな字が書いてあるか見ずにいたのである。

肆《し》

窓の女の種姓《すじょう》は、実は岡田を主人公にしなくてはならぬこの話の事件が過去に属してから聞いたのであるが、都合上ここでざっと話すことにする。

まだ大学医学部が下谷にある時の事であった。灰色の瓦を漆喰《しっくい》で塗り込んで、碁盤の目のようにした壁の所々に、腕の太さの木を竪に並べて嵌《は》めた窓の明いている、藤堂《とうどう》屋敷の門長屋が寄宿舎になっていて、学生はその中で、ちと気の毒な申分だが、野獣のような生活をしていた。勿論《もちろん》今はあんな窓を見ようと思ったって、僅《わず》かに丸の内の櫓《やぐら》に残っている位のもので、上野の動物園で獅子《しし》や虎を飼って置く檻の格子なんぞは、あれよりは逈《はる》かにきゃしゃに出来ている。

寄宿舎には小使がいた。それを学生は外使《そとづかい》に使うことが出来た。白木綿の兵古帯《へこおび》に、小倉袴《こくらばかま》を穿《は》いた学生の買物は、大抵極まっている。所謂「羊羹《ようかん》」と「金米糖《こんぺいとう》」とである。羊羹と云うのは焼芋、金米糖と云うのははじけ豆であったと云うことも、文明史上の参考に書き残して置く価値があるかも知れない。小使は一度の使賃として二銭貰うことになっていた。

この小使の一人に末造《すえぞう》と云うのがいた。外《ほか》のは鬚《ひげ》の栗の殻のように伸びた中に、口があんごり開《あ》いているのに、この男はいつも綺麗に剃《そ》った鬚の痕《あと》の青い中に、脣《くちびる》が堅く結ばれていた。小倉服も外のは汚れているに、この男のはさっぱりしていて、どうかすると唐桟《とうざん》か何かを着て前掛をしているのを見ることがあった。

僕にいつ誰《たれ》が始て噂《うわさ》をしたか知らぬが、金がない時は末造が立て替えてくれると云うことを僕は聞いた。勿論五十銭とか一円とかの金である。それが次第に五円貸す十円貸すと云うようになって、借《か》る人に証文を書かせる、書替《かきかえ》をさせる。とうとう一人前の高利貸になった。一体元手はどうしたのか。まさか二銭の使賃を貯蓄したのでもあるまいが、一匹の人間が持っているだけの精力を一時に傾注すると、実際不可能な事はなくなるかも知れない。

とにかく学校が下谷から本郷に遷《うつ》る頃には、もう末造は小使ではなかった。しかしその頃池《いけ》の端《はた》へ越して来た末造の家へは、無分別な学生の出入《でいり》が絶えなかった。

末造は小使になった時三十を越していたから、貧乏世帯ながら、妻もあれば子もあったのである。それが高利貸で成功して、池の端へ越してから後《のち》に、醜い、口やかましい女房を慊《あきたらな》く思うようになった。

その時末造が或る女を思い出した。それは自分が練塀町《ねりべいちょう》の裏からせまい露地を抜けて大学へ通勤する時、折々見たことのある女である。どぶ板のいつもこわれているあたりに、年中戸が半分締めてある、薄暗い家があって、夜その前を通って見れば、簷下《のきした》に車の附いた屋台が挽《ひ》き込んであるので、そうでなくても狭い露地を、体を斜《ななめ》にして通らなくてはならない。最初末造の注意を惹《ひ》いたのは、この家に稽古《けいこ》三味線の音《ね》のすることとであった。それからその三味線の音の主が、十六七の可哀《かわい》らしい娘だと云うことを知った。貧しそうな家には似ず、この娘がいつも身綺麗にしていて、着物も小ざっぱりとした物を着ていた。戸口にいても、人が通るとすぐ薄暗い家の中へ引っ込んでしまう。何事にも注意深い性質の末造は、わざわざ探るともなしに、この娘が玉《たま》と云う子で、母親がなくて、親爺《おやじ》と二人暮らしでいると云う事、その親爺は秋葉《あきは》の原に飴細工《あめざいく》の床店《とこみせ》を出していると云う事などを知った。そのうちにこの裏店《うらだな》に革命的変動が起った。例の簷下に引き入れてあった屋台が、夜通って見てもなくなった。いつもひっそりしていた家とその周囲とへ、当時の流行語で言うと、開化と云うものが襲ってでも来たのか、半分こわれて、半分はね返っていたどぶ板が張り替えられたり、入口の模様替《もようがえ》が出来て、新しい格子戸が立てられたりした。或る時入口に靴の脱いであるのを見た。それから間もなく、この家の戸口に新しい標札が打たれたのを見ると、巡査何の何某《なにがし》と書いてあった。末造は松永町から、仲徒町《なかおかちまち》へ掛けて、色々な買物をして廻る間に、又探るともなしに、飴屋の爺《じ》いさんの内へ壻入《むこいり》のあった事を慥めた。標札にあった巡査がその壻なのである。お玉を目の球よりも大切にしていた爺いさんは、こわい顔のおまわりさんに娘を渡すのを、天狗《てんぐ》にでも攫《さら》われるように思い、その壻殿が自分の内へ這入り込んで来るのを、この上もなく窮屈に思って、平生心安くする誰彼《たれかれ》に相談したが、一人もことわってしまえとはっきり云ってくれるものがなかった。それ見た事か。こっちとらが宜《い》い所へ世話をしようと云うのに、一人娘だから出されぬのなんのと、面倒な事を言っていて、とうとうそんなことわり憎い壻さんが来るようになったと云うものもある。お前方の方で厭《いや》なのなら、遠い所へでも越すより外あるまいが、相手がおまわりさんで見ると、すぐにどこへ越したと云うことを調べて、その先へ掛け合うだろうから、どうも逃げ果《おお》せることは出来まいと、威《おど》すように云うものもある。中にも一番物分かりの好いと云う評判のお上さんの話がこうだ。「あの子はあんな好《い》い器量で、お師匠さんも芸が出来そうだと云って褒めてお出《いで》だから、早く芸者の下地子《したじっこ》にお出しと、わたしがそう云ったじゃありませんか。一人もののおまわりさんと来た日には、一軒一軒見て廻るのだから、子柄の好いのを内に置くと、いやおうなしに連れて行ってしまいなさる。どうもそう云う方に見込まれたのは、不運だとあきらめるより外、為方《しかた》がないね」と云うような事を言ったそうだ。末造がこの噂を聞いてから、やっと三月ばかりも立った頃であっただろう。飴細工屋の爺いさんの家に、或る朝戸が締まっていて、戸に「貸屋差配松永町西のはずれにあり」と書いて張ってあった。そこで又近所の噂を、買物の序《ついで》に聞いて見ると、おまわりさんには国に女房も子供もあったので、それが出し抜けに尋ねて来て、大騒ぎをして、お玉は井戸へ身を投げると云って飛び出したのを、立聞をしていた隣の上さんがようよう止めたと云うことであった。おまわりさんが壻に来ると云う時、爺いさんは色々の人に相談したが、その相談相手の中《うち》には一人も爺いさんの法律顧問になってくれるものがなかったので、爺いさんは戸籍がどうなっているやら、どんな届がしてあるやら一切無頓着《むとんじゃく》でいたのである。巡査が髭《ひげ》を拈《ひね》って、手続は万事己《おれ》がするから好いと云うのを、少しも疑わなかったのである。その頃松永町の北角《きたずみ》と云う雑貨店に、色の白い円顔で腮《あご》の短い娘がいて、学生は「頤《あご》なし」と云っていた。この娘が末造にこう云った。「本当にたあちゃんは可哀そうでございますわねえ。正直な子だもんですから、全くのお壻さんだと思っていたのに、おまわりさんの方では、下宿したような積《つもり》になっていたと云うのですもの」と云った。坊主頭の北角の親爺が傍《そば》から口を出した。「爺いさんも気の毒ですよ。町内のお方にお恥かしくて、このままにしてはいられないと云って、西鳥越《にしとりごえ》の方へ越して行きましたよ。それでも子供衆のお得意のある所でなくては、元の商売が出来ないと云うので、秋葉の原へは出ているそうです。屋台も一度売ってしまって、佐久間町《さくまちょう》の古道具屋の店に出ていたのを、わけを話して取り返したと云うことです。そんな事やら、引越やらで、随分掛かった筈ですから、さぞ困っていますでしょう。おまわりさんが国の女房や子供を干し上げて置いて、大きな顔をして酒を飲んで、上戸《じょうご》でもない爺いさんに相手をさせていた間、まあ、一寸楽隠居になった夢を見たようなものですな」と、頭をつるりと撫《な》でて云った。それから後《のち》、末造は飴屋のお玉さんの事を忘れていたのに、金が出来て段々自由が利くようになったので、ふいと又思い出したのである。

今では世間の広くなっている末造の事だから、手を廻して西鳥越の方を尋ねさせて見ると、柳盛座《りゅうせいざ》の裏の車屋の隣に、飴細工屋の爺いさんのいるのを突き留めた。お玉も娘でいた。そこで或る大きい商人が妾《めかけ》に欲しいと云うがどうだと、人を以《もっ》て掛け合うと、最初は妾になるのはいやだと云っていたが、おとなしい女だけに、とうとう親の為めだと云うので、松源で檀那《だんな》にお目見えをすると云う処まで話が運んだ。

伍《ご》

金の事より外、何一つ考えたことのない末造も、お玉のありかを突き留めるや否や、まだ先方が承知するかせぬか知れぬうちに、自分で近所の借家を捜して歩いた。何軒も見た中《うち》で、末造の気に入った店《たな》が二軒あった。一つは同じ池の端で、自分の住まっている福地源一郎の邸宅の隣と、その頃名高かった蕎麦屋《そばや》の蓮玉庵《れんぎょくあん》との真ん中位の処で、池の西南の隅から少し蓮玉庵の方へ寄った、往来から少し引っ込めて立てた家である。四つ目垣の内に、高野槙《こうやまき》が一本とちゃぼ檜葉《ひば》が二三本と植えてあって、植木の間から、竹格子を打った肘懸窓《ひじかけまど》が見えている。貸家の札が張ってあるので這入って見ると、まだ人が住んでいて、五十ばかりの婆あさんが案内をして中を見せてくれた。その婆あさんが問わずがたりに云うには、主人は中国辺の或る大名の家老であったが、廃藩になってから、小使取りに大蔵省の属官を勤めている。もう六十幾つとかになるが、綺麗好きで、東京中を歩いて、新築の借家を捜して借りるが、少し古びて来ると、すぐ引き越す。勿論子供は別になってしまってから久しくなるので、家を荒すような事はないが、どうせ住んでいるうちに古くなるので、障子の張替もしなくてはならず、畳の表も換えなくてはならない。そんな面倒をなるたけせぬようにして、さっさと引き越すのだと云うのである。婆あさんはそれが厭でならぬので、知らぬ人にも夫の壁訴訟をする。「この内なんぞもまだこんなに綺麗なのに、もう越すと申すのでございますよ」と云って、内じゅうを細かに見せてくれた。どこからどこまで、可なり綺麗に掃除がしてある。末造は一寸好《い》いと思って、敷金と家賃と差配の名とを、手帳に書き留めて出た。

今一つは無縁坂の中程にある小家《こいえ》である。それは札も何も出ていなかったが、売りに出たのを聞いて見に行った。持主は湯島切通しの質屋で、そこの隠居がついこの間まで住んでいたのが亡くなったので、婆あさんは本店《ほんてん》へ引き取られたと云うのである。隣が裁縫の師匠をしているので、少し騒がしいが、わざわざ隠居所に木なんぞを選んで立てたものゆえ、どことなく住心地が好さそうである。入口の格子戸から、花崗石《みかげいし》を塗り込めた敲《たた》きの庭まで、小ざっぱりと奥床しげに出来ている。

末造は一晩床の上に寝転んで、二つの中《うち》どれにしようかと考えた。傍には女房が子供を寝《ね》かそうと思って、自分も一しょに寝入ってしまって、大きな口を開《あ》いて、女らしくない鼾《いびき》をしている。亭主が夜、貸金の利廻しを考えて、いつまでも眠らずにいるのは常の事なので、女房は何時《いつ》まで亭主が目を開いていようが、少しも気になんぞはせぬのである。末造は腹のうちで可笑《おか》しくてたまらない。考えつつ女房の顔を見て、こう思った。「まあ、同じ女でもこんな面《つら》をしているのもある。あのお玉はだいぶ久しく見ないが、あの時はまだ子供上がりであったのに、おとなしい中に意気な処のある、震い附きたいような顔をしていた。さぞこの頃は女振を上げているだろうな。顔を見るのが楽みだな。かかあ奴《め》。平気で寐てけつかる。己だって、いつも金のことばかり考えているのだと思うと、大違いだぞ。おや。もう蚊が出やがった。下谷はこれだから厭だ。そろそろ蚊屋《かや》を吊《つ》らなくちゃあ、かかあは好《い》いが、子供が食われるだろう」こんな事を思っては、又家の事を考えて見る。どうか、こうか断案に到着したらしく思ったのは、一時過ぎであった。それはこうである。「あの池の端の家は、人は見晴しがあって好いなんぞと云うかも知れないが、見晴しはこの家で沢山だ。家賃が安いが、借家となると何やかや手が掛かる。それになんとなく開け広げたような場所で、人の目に着きそうだ。うっかり窓でもあけていて、子供を連れて仲町へ出掛けるかかあにでも見られようものなら面倒だ。無縁坂の方は陰気なようだが、学生が散歩に出て通る位より外に、人の余り通らない処になっている。一時に金を出して買うのはおっくうなようだが、木道具の好いのが使ってあるわりに安いから、保険でも附けて置けばいつ売ることになっても元値は取れると思って安心していられる。無縁坂にしよう、しよう。己が夕方にでもなって、湯にでも行って、気の利いた支度をして、かかあに好い加減な事を言って、だまくらかして出掛けるのだな。そしてあの格子戸を開けて、ずっと這入って行ったら、どんな塩梅《あんばい》だろう。お玉の奴め。猫か何かを膝《ひざ》にのっけて、さびしがって待っていやがるだろうなあ。勿論お作りをして待っているのだ。着物なんぞはどうでもして遣《や》る。待てよ。馬鹿な銭を使ってはならないぞ。質流れにだって、立派なものがある。女一人に着物や頭の物の贅沢《ぜいたく》をさせるには、世間の奴のするような、馬鹿を尽さなくても好い。隣の福地さんなんぞは、己の内より大きな構《かまえ》をしていて、数寄屋町《すきやまち》の芸者を連れて、池の端をぶら附いて、書生さんを羨《うらや》ましがらせて、好い気になっていなさるが、内証は火の車だ。学者が聞いてあきれらあ。筆尖《ふでさき》で旨《うま》い事をすりゃあ、お店《たな》ものだってお払箱にならあ。おう、そうそう。お玉は三味線が弾けたっけ。爪弾《つめびき》で心意気でも聞かせてくれるようだと好いが、巡査の上さんになったより外に世間を知らずにいるのだから、駄目だろうなあ。お笑いなさるからいやだわとか、なんとか云って、弾けと云っても、なかなか弾かないだろうて。ほんになんに附けても、はにかみやあがるだろう。顔を赤くしてもじもじするに違いない。己が始て行った晩には、どうするだろう」空想は縦横に馳騁《ちへい》して、底止する所を知らない。かれこれするうち、想像が切れ切れになって、白い肌がちらつく。囁《ささや》きが聞える。末造は好い心持に寐入ってしまった。傍に上さんは相変らず鼾をしている。

陸《ろく》

松源の目見えと云うのは、末造が為めには一《いっ》の〔fête《フェエト》〕であった。一口に爪に火を点《とも》すなどとは云うが、金を溜《た》める人にはいろいろある。細かい所に気を附けて、塵紙《ちりがみ》を二つに切って置いて使ったり、用事を葉書で済ますために、顕微鏡がなくては読まれぬような字を書いたりするのは、どの人にも共通している性質だろうが、それを絶待的に自己の生活の全範囲に及ぼして、真に爪に火を点《とぼ》す人と、どこかに一つ穴を開けて、息を抜くようにしている人とがある。これまで小説に書かれたり、芝居に為組《しく》まれたりしている守銭奴は、殆ど絶待的な奴ばかりのようである。活《い》きた、金を溜める男には、実際そうでないのが多い。吝《けち》な癖に、女には目がないとか、不思議に食奢《くいおごり》だけはするとか云うのがそれである。前にもちょっと話したようであったが、末造は小綺麗な身なりをするのが道楽で、まだ大学の小使をしていた時なんぞは、休日になると、お定《さだ》まりの小倉の筒袖を脱ぎ棄てて、気の利いた商人《あきんど》らしい着物に着換えるのであった。そしてそれを一種の楽みにしていた。学生どもが稀《まれ》に唐桟ずくめの末造に邂逅《かいこう》して、びっくりすることのあったのは、こうしたわけである。そこで末造には、この外にこれと云う道楽がない。芸娼妓なんぞに掛かり合ったこともなければ、料理屋を飲んで歩いたこともない。蓮玉で蕎麦を食う位が既に奮発の一つになっていて、女房や子供は余程前まで、こう云う時連れて行って貰うことが出来なかった。それは女房の身なりを自分の支度に吊り合うようにはしていなかったからである。女房が何かねだると、末造はいつも「馬鹿を言うな、手前なんぞは己とは違う、己は附合があるから、為方なしにしているのだ」と云って撥《は》ね附けたのである。その後《のち》だいぶ金が子を生んでからは、末造も料理屋へ出這入《ではいり》することがあったが、これはおお勢の寄り合う時に限っていて、自分だけが客になって行くのではなかった。それがお玉に目見えをさせると云うことになって、ふいと晴がましい、solennel《ソランネル》な心持になって、目見えは松源にしようと云い出したのである。

さていよいよ目見えをさせようとなった時、避くべからざる問題が出来た。それはお玉さんの支度である。お玉さんのばかりなら好《い》いが、爺いさんの支度までして遣らなくてはならないことになった。これには中に立って口を利いた婆あさんも頗《すこぶ》る窮したが、爺いさんの云うことは娘が一も二もなく同意するので、それを強いて抑えようとすると、根本的に談判が破裂しないにも限らぬと云う状況になったから為方がない。爺いさんの申分はざっとこうであった。「お玉はわたしの大事な一人娘で、それも余所《よそ》の一人娘とは違って、わたしの身よりと云うものは、あれより外には一人もない。わたしは亡くなった女房一人をたよりにして、寂しい生涯を送ったものだが、その女房が三十を越しての初産《ういざん》でお玉を生んで置いて、とうとうそれが病附《やみつき》で亡くなった。貰乳《もらいちち》をして育てていると、やっと四月《よつき》ばかりになった時、江戸中に流行《はや》った麻疹《はしか》になって、お医者が見切ってしまったのを、わたしは商売も何も投遣《なげやり》にして介抱して、やっと命を取り留めた。世間は物騒な最中で、井伊様がお殺されなすってから二年目、生麦《なまむぎ》で西洋人が斬られたと云う年であった。それからと云うものは、店も何もなくしてしまったわたしが、何遍もいっその事死んでしまおうかと思ったのを、小さい手でわたしの胸をいじって、大きい目でわたしの顔を見て笑う、可哀《かわい》いお玉を一しょに殺す気になられないばっかりに、出来ない我慢をして一日々々と命を繋《つな》いでいた。お玉が生れた時、わたしはもう四十五《しじゅうご》で、お負《まけ》に苦労をし続けて年より更《ふ》けていたのだが、一人口は食えなくても二人口は食えるなどと云って、小金を持った後家さんの所へ、入壻《いりむこ》に世話をしよう、子供は里にでも遣ってしまえと、親切に云ってくれた人もあったが、わたしはお玉が可哀さに、そっけもなくことわったた。それまでにして育てたお玉を、貧すれば鈍するとやら云うわけで、飛んだ不実な男の慰物《なぐさみもの》にせられたのが、悔やしくて悔やしくてならないのだ。為合《しあわ》せな事には、好い娘だと人も云って下さるあの子だから、どうか堅気な人に遣りたいと思っても、わたしと云う親があるので、誰も貰おうと云ってくれぬ。それでも囲物や妾には、どんな事があっても出すまいと思っていたが、堅い檀那だと、お前さん方が仰《おっし》ゃるから、お玉も来年は二十《はたち》になるし、余り薹《とう》の立たないうちに、どうかして遣りたさに、とうとうわたしは折れ合ったのだ。そうした大事なお玉を上げるのだから、是非わたしが一しょに出て、檀那にお目に掛からなくてはならぬ」と云うのである。

この話を持ち込まれた時、末造は自分の思わくの少し違って来たのを慊《あきたら》ず思った。それはお玉を松源へ連れて来て貰ったら、世話をする婆あさんをなるたけ早く帰してしまって、お玉と差向いになって楽もうと思ったあてがはずれそうになったからである。どうも父親が一しょに来るとなると、意外に晴がましい事になりそうである。末造自身も一種の晴がましい心持はしているが、それはこれまで抑え抑えて来た慾望の縛《いましめ》を解く第一歩を踏み出そうと云う、門出《かどで》のよろこびの意味で、

〔te^te《テ》-a´《タ》-te^《テ》te《ト》〕はそれには第一要件になっていた。ところがそこへ親父が出て来るとなると、その晴がましさの性質がまるで変って来る。婆あさんの話に聞けば、親子共物堅い人間で、最初は妾奉公は厭だと云って、二人一しょになってことわったのを、婆あさんが或る日娘を外へ呼んで、もう段々稼がれなくなるお父っさんに楽がさせたくはないかと云って、いろいろに説き勧めて、とうとう合点させて、その上で親父に納得させたと云うことである。それを聞いた時は、そんな優しい、おとなしい娘を手に入れることが出来るのかと心中窃《ひそ》かに喜んだのだが、それ程物堅い親子が揃《そろ》って来るとなると、松源での初対面はなんとなく壻が岳父《しゅうと》に見参《げんざん》すると云う風になりそうなので、その方角の変った晴がましさは、末造の熱した頭に一杓《いっしゃく》の冷水を浴せたのである。

しかし末造は飽くまで立派な実業家だと云う触込《ふれこみ》を実にしなくてはならぬと思っているので、先方へはおお様な処が見せたさに、とうとう二人の支度を引き受けた。それにはお玉を手に入れた上では、どうせ親父の身の上も棄てては置かれぬのだから、只後《あと》ですることが先になるに過ぎぬと云う諦《あきら》めも手伝って、末造に決心させたのである。

そこで当前《あたりまえ》なら支度料幾らと云って、纏《まと》まった金を先方へ渡すのであるが、末造はそうはしない。身なりを立派にする道楽のある末造は、自分だけの為立物《したてもの》をさせる家があるので、そこへ事情を打ち明けて、似附かわしい二人の衣類を誂《あつら》えた。只寸法だけを世話を頼んだ婆あさんの手でお玉さんに問わせたのである。気の毒な事には、この油断のない、吝《けち》な末造の処置を、お玉親子は大そう善意に解釈して、現金を手に渡されぬのを、自分達が尊敬せられているからだと思った。

漆《しち》

上野広小路は火事の少い所で、松源の焼けたことは記憶にないから、今もその座鋪《ざしき》があるかも知れない。どこか静かな、小さい一間をと誂えて置いたので、南向の玄関から上がって、真っ直に廊下を少し歩いてから、左へ這入る六畳の間に、末造は案内せられた。

印絆纏《しるしばんてん》を着た男が、渋紙の大きな日覆《ひおい》を巻いている最中であった。

「どうも暮れてしまいますまでは夕日が入《い》れますので」と、案内をした女中が説明をして置いて下がった。真偽の分からぬ肉筆の浮世絵の軸物を掛けて、一輪挿《いちりんざし》に山梔《くちなし》の花を活けた床の間を背にして座を占めた末造は、鋭い目であたりを見廻した。

二階と違って、その頃からずっと後《のち》に、殺風景にも競馬の埒《らち》にせられて、それから再び滄桑《そうそう》を閲《けみ》して、自転車の競走場になった、あの池の縁《ふち》の往来から見込まれぬようにと、切角《せっかく》の不忍の池に向いた座敷の外は籠塀《かごべい》で囲んである。塀と家との間には、帯のように狭く長い地面があるきりなので、固《もと》より庭と云う程の物は作られない。末造の据わっている所からは、二三本寄せて植えた梧桐《あおぎり》の、油雑巾で拭いたような幹が見えている。それから春日燈籠《かすがどうろう》が一つ見える。その外《ほか》には飛び飛びに立っている、小さい側栢《ひのき》があるばかりである。暫《しばら》く照り続けて、広小路は往来の人の足許《あしもと》から、白い土烟《つちけぶり》が立つのに、この塀の内《うち》は打水をした苔《こけ》が青々としている。

間もなく女中が蚊遣《かやり》と茶を持って来て、注文を聞いた。末造は連れが来てからにしようと云って、女中を立たせて、ひとり烟草《たばこ》を呑《の》んでいた。初め据わった時は少し熱いように思ったが、暫く立つと台所や便所の辺《あたり》を通って、いろいろの物の香を、微《かす》かに帯びた風が、廊下の方から折々吹いて来て、傍《そば》に女中の置いて行った、よごれた団扇《うちわ》を手に取るには及ばぬ位であった。

末造は床の間の柱に寄り掛かって、烟草の烟《けぶり》を輪に吹きつつ、空想に耽《ふけ》った。好《い》い娘だと思って見て通った頃のお玉は、なんと云ってもまだ子供であった。どんな女になっただろう。どんな様子をして来るだろう。とにかく爺いさんが附いて来ることになったのは、いかにもまずかった。どうにかして爺いさんを早く帰してしまうことは出来ぬか知らんなんぞと思っている。二階では三味線の調子を合せはじめた。

廊下に二三人の足音がして、「お連様が」と女中が先へ顔を出して云った。「さあ、ずっとお這入なさいよ。檀那はさばけた方だから、遠慮なんぞなさらないが好《い》い」轡虫《くつわむし》の鳴くような調子でこう云うのは、世話をしてくれた、例の婆あさんの声である。

末造はつと席を起《た》った。そして廊下に出て見ると、腰を屈《かが》めて、曲角の壁際に躊躇《ちゅうちょ》している爺いさんの背後《うしろ》に、怯《おく》れた様子もなく、物珍らしそうにあたりを見て立っているのがお玉であった。ふっくりした円顔の、可哀らしい子だと思っていたに、いつの間にか細面になって、体も前よりはすらりとしている。さっぱりとした銀杏返《いちょうがえ》しに結《い》って、こんな場合に人のする厚化粧なんぞはせず、殆ど素顔と云っても好《よ》い。それが想像していたとは全く趣が変っていて、しかも一層美しい。末造はその姿を目に吸い込むように見て、心の内に非常な満足を覚えた。お玉の方では、どうせ親の貧苦を救うために自分を売るのだから、買手はどんな人でも構わぬと、捨身の決心で来たのに、色の浅黒い、鋭い目に愛敬《あいきょう》のある末造が、上品な、目立たぬ好みの支度をしているのを見て、捨てた命を拾ったように思って、これも刹那《せつな》の満足を覚えた。

末造は爺いさんに、「ずっとあっちへお通りなすって下さい」と丁寧に云って、座鋪の方を指さしながら、目をお玉さんの方へ移して、「さあ」と促した。そして二人を座鋪へ入れて置いて、世話をする婆あさんを片蔭へ呼んで、紙に包んだ物を手に握らせて、何やら囁《ささや》いた。婆あさんはお歯黒を剥《は》がした痕《あと》のきたない歯を見せて、恭しいような、人を馬鹿にしたような笑いようをして、頭を二三遍屈めて、そのまま跡へ引き返して行った。

座鋪に帰って、親子のものの遠慮して這入口に一塊《ひとかたまり》になっているのを見て、末造は愛想《あいそ》好く席を進めさせて、待っていた女中に、料理の注文をした。間もなく「おとし」を添えた酒が出たので、先《ま》ず爺いさんに杯《さかずき》を侑《すす》めて、物を言って見ると、元は相応な暮しをしただけあって、遽《にわか》に身なりを拵《こしら》えて座敷へ通った人のようではなかった。

最初は爺いさんを邪魔にして、苛々《いらいら》したような心持になっていた末造も、次第に感情を融和させられて、全く預想《よそう》しなかった、しんみりした話をすることになった。そして末造は自分の持っている限《かぎり》のあらゆる善良な性質を表へ出すことを努めながら、心の奥には、おとなしい気立の、お玉に信頼する念を起さしめるには、この上もない、適当な機会が、偶然に生じて来たのを喜んだ。

料理が運ばれた頃には、一座はなんとなく一家のものが遊山《ゆさん》にでも出て、料理屋に立ち寄ったかと思われるような様子になっていた。平生妻子に対しては、tyran《チラン》のような振舞をしているので、妻からは或るときは反抗を以て、或るときは屈従を以て遇せられている末造は、女中の立った跡で、恥かしさに赤くした顔に、つつましやかな微笑を湛《たた》えて酌をするお玉を見て、これまで覚えたことのない淡い、地味な歓楽を覚えた。しかし末造はこの席で幻のように浮かんだ幸福の影を、無意識に直覚しつつも、なぜ自分の家庭生活にこう云う味が出ないかと反省したり、こう云う余所行《よそゆき》の感情を不断に維持するには、どれだけの要約がいるか、その要約が自分や妻に充たされるものか、充たされないものかと商量したりする程の、緻密《ちみつ》な思慮は持っていなかった。

突然塀の外に、かちかちと拍子木を打つ音がした。続いて「へい、何か一枚御贔屓様《ごひいきさま》を」と云った。二階にしていた三味線の音《ね》が止まって、女中が手摩《てすり》に掴《つか》まって何か言っている。下では、「へい、さようなら成田屋の河内山《こうちやま》と音羽屋《おとわや》の直侍《なおざむらい》を一つ、最初は河内山」と云って、声色《こわいろ》を使いはじめた。銚子《ちょうし》を換えに来ていた女中が、「おや、今晩のは本当のでございます」と云った。

末造には分からなかった。「本当のだの、嘘《うそ》のだのと云って、色々ありますかい」

「いえ、近頃は大学の学生さんが遣ってお廻りになります」

「失《や》っ張《ぱ》り鳴物入で」

「ええ。支度から何からそっくりでございます。でもお声で分かります」

「そんなら極《き》まった人ですね」

「ええ。お一人しか、なさる方はございません」女中は笑っている。

「姉《ね》えさん、知っているのだね」

「こちらへもちょいちょいいらっしゃった方だもんですから」

爺いさんが傍《そば》から云った。「学生さんにも、御器用な方があるものですね」

女中は黙っていた。

末造が妙に笑った。「どうせそんなのは、学校では出来ない学生なのですよ」こう云って、心の中《うち》には自分の所へ、いつも来る学生共の事を考えている。中には随分職人の真似をして、小店と云う所を冷かすのが面白いなどと云って、不断も職人のような詞遣《ことばづかい》をしている人がある。しかしまさか真面目に声色を遣って歩く人があろうとは、末造も思っていなかったのである。

一座の話を黙って聞いているお玉を、末造がちょっと見て云った。

「お玉さんは誰が贔屓ですか」

「わたくし贔屓なんかございませんの」

爺いさんが詞を添えた。「芝居へ一向まいりませんのですから。柳盛座がじき近所なので、町内の娘さん達がみな覗《のぞ》きにまいりましても、お玉はちっともまいりません。好きな娘さん達は、あのどんちゃんどんちゃんが聞えては内にじっとしてはいられませんそうで」

爺いさんの話は、つい娘自慢になりたがるのである。

捌《はち》

話が極まって、お玉は無縁坂へ越して来ることになった。

ところが、末造がひどく簡単に考えていた、この引越《ひきこし》にも多少の面倒が附き纏った。それはお玉が父親をなるたけ近い所に置いて、ちょいちょい尋ねて行って、気を附けて上げるようにしたいと云い出したからである。最初からお玉は、自分が貰う給金の大部分を割いて親に送って、もう六十を越している親に不自由のないように、小女《こおんな》の一人位附けて置こうと考えていた。そうするには、今まで住まった鳥越の車屋と隣合せになっている、見苦しい家に親を置かなくても好《い》い。同じ事なら、もっと近い所へ越させたいと云うことになった。丁度見合いに娘ばかり呼ぶ筈の所へ、親爺が来るようになったと同じわけで、末造は妾宅《しょうたく》の支度をしてお玉を迎えさえすれば好いと思っていたのに、実際は親子二人の引越をさせなくてはならぬ事になったのである。

勿論《もちろん》お玉は親の引越は自分が勝手にさせるのだから、一切檀那に迷惑を掛けないようにしたいと云っている。しかし話を聞《きか》せられて見れば、末造もまるで知らぬ顔をしていることは出来ない。見合いをして一層気に入ったお玉に、例の気前を見せて遣りたい心持が手伝って、とうとうお玉が無縁坂へ越すと同時に、兼て末造が見て置いた、今一軒の池の端の家へ親爺も越すということになった。こう相談相手になって見れば、幾らお玉が自分の貰う給金の内で万事済ましたいと云ったと云って、見す見す苦しい事をするのを知らぬ顔は出来ず、何かにつけて物入がある。それを末造が平気で出すのに、世話を焼いている婆あさんの目を睜《みは》ることが度々であった。

両方の引越騒ぎが片附いたのは、七月の中頃でもあったか。ういういしい詞遣や立居振舞が、ひどく気に入ったと見えて、金貸業の方で、あらゆる峻烈《しゅんれつ》な性分を働かせている末造が、お玉に対しては、柔和な手段の限を尽して、毎晩のように無縁坂へ通って来て、お玉の機嫌を取っていた。ここにはちょっと歴史家の好く云う、英雄の半面と云ったような趣がある。

末造は一夜も泊って行かない。しかし毎晩のように来る。例の婆あさんが世話をして、梅と云う、十三になる小女を一人置いて、台所で子供の飯事《ままごと》のような真似をさせているだけなので、お玉は次第に話相手のない退屈を感じて、夕方になれば、早く檀那が来てくれれば好《い》いと待つ心になって、それに気が附いて、自分で自分を笑うのである。鳥越にいた時も、お父っさんが商売に出た跡で、お玉は留守に独りで、内職をしていたが、もうこれだけ為上《しあ》げれば幾らになる、そうしたらお父っさんが帰って驚くだろうと励んでいたので、近所の娘達と親しくしないお玉も、退屈だと思ったことはなかったのである。それが生活の上の苦労がなくなると同時に、始て退屈と云うことを知った。

それでもお玉の退屈は、夕方になると、檀那が来て慰めてくれるから、まだ好い。可笑《おか》しいのは、池の端へ越した爺いさんの身の上で、これも渡世に追われていたのが、急に楽になり過ぎて、自分でも狐《きつね》に撮《つま》まれたようだと思っている。そして小さいランプの下《した》で、これまでお玉と世間話をして過した水入らずの晩が、過ぎ去った、美しい夢のように恋しくてならない。そしてお玉が尋ねて来そうなものだと、絶えずそればかり待っている。ところがもう大分《だいぶ》日が立ったのに、お玉は一度も来ない。

最初一日二日の間、爺いさんは綺麗《きれい》な家に這入った嬉しさに、田舎出の女中には、水汲《みずくみ》や飯炊《めしたき》だけさせて、自分で片附けたり、掃除をしたりして、ちょいちょい足らぬ物のあるのを思い出しては、女中を仲町へ走らせて、買って来させた。それから夕方になると、女中が台所でことこと音をさせているのを聞きながら、肘掛窓《ひじかけまど》の外の高野槙《こうやまき》の植えてある所に打水をして、煙草を喫《の》みながら、上野の山で鴉《からす》が騒ぎ出して、中島の弁天の森や、蓮《はす》の花の咲いた池の上に、次第に夕靄《ゆうもや》が漂って来るのを見ていた。爺いさんは難有《ありがた》い、結構だとは思っていた。しかしその時から、なんだか物足らぬような心持がし始めた。それは赤子の時から、自分一人の手で育てて、殆ど物を言わなくても、互に意志を通じ得られるようになっていたお玉、何事につけても優しくしてくれたお玉、外から帰って来れば待っていてくれたお玉がいぬからである。窓に据わっていて、池の景色を見る。往来の人を見る。今跳ねたのは大きな鯉であった。今通った西洋婦人の帽子には、鳥が一羽丸で附けてあった。その度毎に、「お玉あれを見い」と云いたい。それがいないのが物足らぬのである。

三日四日となった頃には、次第に気が苛々して来て、女中の傍へ来て何かするのが気に障る。もう何十年か奉公人を使ったことがないのに、原来《がんらい》優しい性分だから、小言は言わない。只女中のする事が一々自分の意志に合わぬので、不平でならない。起居《たちい》のおとなしい、何をしても物に柔《やわらか》に当るお玉と比べて見られるのだから、田舎から出たばかりの女中こそ好《い》い迷惑である。とうとう四日目の朝飯の給事《きゅうじ》をさせている時、汁椀の中へ拇指《おやゆび》を突っ込んだのを見て、「もう給仕はしなくても好いから、あっちへ行っていておくれ」と云ってしまった。

食事をしまって、窓から外を見ていると、空は曇っていても、雨の降りそうな様子もなく、却《かえ》って晴れた日よりは暑くなくて好さそうなので、気を晴そうと思って、外へ出た。それでも若《も》し留守にお玉が来はすまいかと気遣って、我家の門口《かどぐち》を折々振り返って見つつ、池の傍《そば》を歩いている。そのうち茅町《かやちょう》と七軒町《しちけんちょう》との間から、無縁坂の方へ行く筋に、小さい橋の掛っている処《ところ》に来た。ちょっと娘の内へ行って見ようかと思ったが、なんだか改まったような気がして、我ながら不思議な遠慮がある。これが女親であったら、こんな隔てはどんな場合にも出来まいのに、不思議だ、不思議だと思いながら、橋を渡らずに、矢張池の傍を歩いている。ふと心附くと、丁度末造の家が溝《どぶ》の向うにある。これは口入《くちいれ》の婆あさんが、こん度越して来た家の窓から、指さしをして教えてくれたのである。見れば、なる程立派な構《かまえ》で、高い土塀の外廻に、殺竹《そぎだけ》が斜《ななめ》に打ち附けてある。福地さんと云う、えらい学者の家だと聞いた、隣の方は、広いことは広いが、建物も古く、こっちの家に比べると、けばけばしい所と厳《いか》めしげな所とがない。暫く立ち留まって、昼も厳重に締め切ってある、白木造の裏門の扉を見ていたが、あの内へ這入って見たいと思う心は起らなかった。しかし何をどう思うでもなく、一種のはかない、寂しい感じに襲われて、暫く茫然《ぼうぜん》としていた。詞にあらわして言ったら、落ちぶれて娘を妾《めかけ》に出した親の感じとでも云うより外あるまい。

とうとう一週間立っても、まだ娘は来なかった。恋しい、恋しいと思う念が、内攻するように奥深く潜んで、あいつ楽な身の上になって、親の事を忘れたのではあるまいかと云う疑《うたがい》が頭を擡《もた》げて来る。この疑は仮に故意に起して見て、それを弄《もてあそ》んでいるとでも云うべき、極めて淡いもので、疑いは疑いながら、どうも娘を憎く思われない。丁度人に対して物を言う時に用いる反語のように、いっそ娘が憎くなったら好かろうと、心の上辺で思って見るに過ぎない。

それでも爺いさんはこの頃になって、こんな事を思うことがある。内にばかりいると、いろんな事を思ってならないから、己《おれ》はこれから外へ出るが、跡へ娘が来て、己に逢われないのを残念がるだろう。残念がらないにしたところが、切角来たのが無駄になったとだけは思うに違いない。その位な事は思わせて遣っても好《い》い。こんな事を思って出て行くようになったのである。

上野公園に行って、丁度日蔭《ひかげ》になっている、ろは台を尋ねて腰を休めて、公園を通り抜ける、母衣《ほろ》を掛けた人力車を見ながら、今頃留守へ娘が来て、まごまごしていはしないかと想像する。この時の感じは、好い気味だと思って見たいと云う、自分で自分を験《ため》して見るような感じである。この頃は夜も吹抜亭《ふきぬきてい》へ、円朝の話や、駒之助《こまのすけ》の義太夫《ぎだゆう》を聞きに行くことがある。寄席にいても、矢張娘が留守に来ているだろうかと云う想像をする。そうかと思うと又ふいと娘がこの中に来ていはせぬかと思って、銀杏返しに結《い》っている、若い女を選《よ》り出すようにして見ることなどがある。一度なんぞは、中入《なかいり》が済んだ頃、その時代にまだ珍らしかった、パナマ帽を目深に被《かぶ》った、湯帷子掛《ゆかたがけ》の男に連れられて、背後《うしろ》の二階へ来て、手摩に攫《つか》まって据わりしなに、下の客を見卸した、銀杏返しの女を、一刹那《いっせつな》の間お玉だと思った事がある。好く見れば、お玉よりは顔が円くて背が低い。それにパナマ帽の男は、その女ばかりではなく、背後《うしろ》にまだ三人ばかりの島田やら桃割《ももわれ》やらを連れていた。皆芸者やお酌であった。爺いさんの傍《そば》にいた書生が、「や、吾曹《ごそう》先生が来た」と云った。寄席がはねて帰る時に見ると、赤く「ふきぬき亭」と斜《ななめ》に書いた、大きい柄の長い提灯《ちょうちん》を一人の女が持って、芸者やお酌がぞろぞろ附いて、パナマ帽の男を送って行く。爺いさんは自分の内の前まで、この一行と跡になったり、先になったりして帰った。

玖《く》

お玉も小さい時から別れていたことのない父親が、どんな暮らしをしているか、往《い》って見たいとは思っている。しかし檀那《だんな》が毎日のように来るので、若し留守を明けていて、機嫌を損じてはならないと云う心配から、一日一日と、思いながら父親の所へ尋ねて行かずに過すのである。檀那は朝までいることはない。早い時は十一時頃に帰ってしまう。又きょうは外《ほか》へ行かなくてはならぬのだが、ちょいと寄ったと云って、箱火鉢の向うに据わって、烟草を呑んで帰ることもある。それでもきょうは檀那がきっと来ないと見極めの附いた日というのがないので、思い切って出ることが出来ない。昼間出れば出られぬことはない筈だが、使っている小女が子供と云っても好い位だから、何一つ任せて置かれない。それになんだか近所のものに顔を見られるような気がして、昼間は外へ出たくない。初のうちは坂下の湯に這入りに行くにも、今頃は透いているか見て来ておくれと、小女に様子を見て来させた上で、そっと行った位である。

何事もなくても、こんな風に怯《おく》れがちなお玉の胆《きも》をとりひしいだ事が、越して来てから三日目にあった。それは越した日に八百屋も、肴屋《さかなや》も通帳《かよいちょう》を持って来て、出入《でいり》を頼んだのに、その日には肴屋が来ぬので、小さい梅を坂下へ遣《や》って、何か切身でも買って来させようとした時の事である。お玉は毎日肴なんぞが食いたくはない。酒を飲まぬ父が体に障らぬお数《かず》でさえあれば、なんでも好《い》いと云う性《たち》だから、有り合せの物で御飯を食べる癖が附いていた。しかし隣の近い貧乏所帯で、あの家では幾日《いくか》立っても生腥気《なまぐさけ》も食べぬと云われた事があったので、若し梅なんぞが不満足に思っては ならぬ、それでは手厚くして下さる檀那に済まぬというような心から、わざわざ坂下の肴屋へ見せに遣ったのである。ところが、梅が泣顔をして帰って来た。どうしたかと問うと、こう云うのである。肴屋を見附けて這入ったら、その家はお内へ通《かよい》を持って来たのとは違った家であった。御亭主がいないで、上《かみ》さんが店にいた。多分御亭主は河岸から帰って、店に置くだけの物を置いて、得意先きを廻りに出たのであろう。店に新しそうな肴が沢山あった。梅は小鯵《こあじ》の色の好《い》いのが一山あるのに目を附けて、値を聞いて見た。すると上さんが、「お前さんは見附けない女中さんだが、どこから買いにお出《いで》だ」と云ったので、これこれの内から来たと話した。上さんは急にひどく不機嫌な顔をして、「おやそう、お前さんお気の毒だが帰ってね、そうお云い、ここの内には高利貸の妾なんぞに売る肴はないのだから」と云って、それきり横を向いて、烟草を呑んで構い附けない。梅は余り悔やしいので、外の肴屋へ行く気もなくなって、駈けて帰った。そして主人の前で、気の毒そうに、肴屋の上さんの口上を、きれぎれに繰り返したのである。

お玉は聞いているうちに、顔の色が脣《くちびる》まで蒼《あお》くなった。そして良久《やや》しく黙っていた。世馴れぬ娘の胸の中《うち》で、込み入った種々の感情が chaos《カオス》 をなして、自分でもその織り交ぜられた糸をほぐして見ることは出来ぬが、その感情の入り乱れたままの全体が、強い圧を売られた無垢《むく》の処女の心の上に加えて、体じゅうの血を心の臓に流れ込ませ、顔は色を失い、背中には冷たい汗が出たのである。こんな時には、格別重大でない事が、最初に意識せられるものと見えて、お玉はこんな事があっては梅がもうこの内にはいられぬと云うだろうかと先ず思った。

梅はじっと血色《ちいろ》の亡くなった主人の顔を見ていて、主人がひどく困っていると云うことだけは暁《さと》ったが、何に困っているのか分からない。つい腹が立って帰っては来たが、午《ひる》のお菜《さい》がまだないのに、このままにしていては済まぬと云うことに気が付いた。さっき貰って出て行ったお足《あし》さえ、まだ帯の間に挿《はさ》んだきりで出さずにいるのであった。「ほんとにあんな厭《いや》なお上さんてありやしないわ。あんな内のお肴を誰が買って遣るものか。もっと先の、小さいお稲荷《いなり》さんのある近所に、もう一軒ありますから、すぐに行って買って来ましょうね」慰めるようにお玉の顔を見て起ち上がる。お玉は梅が自分の身方になってくれた、刹那の嬉しさに動されて、反射的に微笑《ほほえ》んで頷《うなず》く。梅はすぐばたばたと出て行った。

お玉は跡にそのまま動かずにいる。気の張《はり》が少し弛《ゆる》んで、次第に涌《わ》いて来る涙が溢《あふ》れそうになるので、袂《たもと》からハンカチイフを出して押えた。胸の内には只悔やしい、悔やしいと云う叫びが聞える。これがかの混沌《こんとん》とした物の発する声である。肴屋が売ってくれぬのが憎いとか、売ってくれぬような身の上だと知って悔やしいとか、悲しいとか云うのでないことは勿論であるが、身を任せることになっている末造が高利貸であったと分かって、その末造を憎むとか、そう云う男に身を任せているのが悔やしいとか、悲しいとか云うのでもない。お玉も高利貸は厭なもの、こわいもの、世間の人に嫌われるものとは、仄《ほの》かに聞き知っているが、父親が質屋の金しか借りたことがなく、それも借りたい金高《きんだか》を番頭が因業で貸してくれぬことがあっても、父親は只困ると云うだけで番頭を無理だと云って怨んだこともない位だから、子供が鬼がこわい、お廻りさんがこわいのと同じように、高利貸と云う、こわいものの存在《ぞんざい》を教えられていても、別に痛切な感じは持っていない。そんなら何が悔やしいのだろう。

一体お玉の持っている悔やしいと云う概念には、世を怨み人を恨む意味が甚だ薄い。強いて何物をか怨む意味があるとするなら、それは我身の運命を怨むのだとでも云おうか。自分が何の悪い事もしていぬのに、余所《よそ》から迫害を受けなくてはならぬようになる。それを苦痛として感ずる。悔やしいとはこの苦痛を斥《さ》すのである。自分が人に騙《だま》されて棄てられたと思った時、お玉は始て悔やしいと云った。それからたったこの間妾と云うものにならなくてはならぬ事になった時、又悔やしいを繰り返した。今はそれが只妾と云うだけでなくて、人の嫌う高利貸の妾でさえあったと知って、きのうきょう「時間」の歯で咬《か》まれて角《かど》が刓《つぶ》れ、「あきらめ」の水で洗われて色の褪《さ》めた「悔やしさ」が、再びはっきりした輪廓《りんかく》、強い色彩をして、お玉の心の目に現われた。お玉が胸に鬱結《うっけつ》している物の本体は、強いて条理を立てて見れば先ずこんな物ででもあろうか。

暫《しばら》くするとお玉は起って押入を開けて、象皮賽《ぞうひまがい》の鞄《かばん》から、自分で縫った白金巾《しろかなきん》の前掛を出して腰に結んで、深い溜息《ためいき》を衝《つ》いて台所へ出た。同じ前掛でも、絹のはこの女の為めに、一種の晴着になっていて、台所へ出る時には掛けぬことにしてある。かれは湯帷子《ゆかた》にさえ領垢《えりあか》の附くのを厭《いと》って、鬢や髱《たぼ》の障る襟の所へ、手拭《てぬぐい》を折り掛けて置く位である。

お玉はこの時もう余程落ち着いていた。あきらめはこの女の最も多く経験している心的作用で、かれの精神はこの方角へなら、油をさした機関のように、滑《なめら》かに働く習慣になっている。

拾《じゅう》

或る日の晩の事であった。末造が来て箱火鉢の向うに据わった。始ての晩からお玉はいつも末造の這入《はい》って来るのを見ると、座布団を出して、箱火鉢の向うに敷く。末造はその上に胡坐《あぐら》を掻いて、烟草《たばこ》を飲みながら世間話をする。お玉は手持不沙汰なように、不断自分のいる所にいて、火鉢の縁《へり》を撫《な》でたり、火箸《ひばし》をいじったりしながら、恥かしげに、詞数《ことばかず》少く受答《うけこたえ》をしている。その様子が火鉢から離れて据わらせたら、身の置所に困りはすまいかと思われるようである。火鉢と云う胸壁《むなかべ》に拠《よ》って、僅かに敵に当っていると云っても好い位である。暫く話しているうちに、お玉はふと調子附いて長い話をする。それが大抵これまで父親と二人で暮していた、何年かの間に閲《けみ》して来た、小さい喜怒哀楽に過ぎない。末造はその話の内容を聴くよりは、籠《かご》に飼ってある鈴虫の鳴くのをでも聞くように、可哀らしい囀《さえずり》の声を聞いて、覚えず微笑む。その時お玉はふいと自分の饒舌《しゃべ》っているのに気が附いて、顔を赤くして、急に話を端折《はしょ》って、元の詞数の少い対話に戻ってしまう。その総ての言語挙動が、いかにも無邪気で、或る向きには頗《すこぶ》る鋭利な観察をすることに慣れている末造の目で見れば、澄み切った水盤の水を見るように、隅々まで隠れる所もなく見渡すことが出来る。こう云う差向いの味は、末造がためには、手足を働かせた跡で、加減の好《い》い湯に這入って、じっとして温《あたた》まっているように愉快である。そしてこの味を味うのが、末造がためには全く新しい経験に属するので、末造はこの家に通い始めてから、猛獣が人に馴れるように、意識せずに一種の culture《キュルチュウル》を受けているのである。

それに三四日立った頃から、自分が例の通りに箱火鉢の向うに胡坐を掻くと、お玉はこれと云う用もないに立ち働いたり何かして、とかく落ち着かぬようになったのに、末造は段々気が附いて来た。はにかんで目を見合せぬようにしたり、返事を手間取らせたりすることは最初にもあったが、今晩なんぞの素振には何か特別な仔細《しさい》がありそうである。

「おい、お前何か考えているね」と、末造が烟管《きせる》に烟草を詰めつつ云った。

わざわざ片附けてあるような箱火鉢の抽斗《ひきだし》を、半分抜いて、捜すものもないのに、中を見込んでいたお玉は、「いいえ」と云って、大きい目を末造の顔に注いだ。昔話の神秘は知らず、余り大した秘密なんぞをしまって置かれそうな目ではない。

末造は覚えず蹙《しか》めていた顔を、又覚えず晴やかにせずにはいられなかった。「いいえじゃあないぜ。困っちまう。どうしよう。どうしようと、ちゃんと顔に書いてあらあ」

お玉の顔はすぐに真っ赤になった。そして姑《しばら》く黙っている。どう言おうかと考える。細かい器械の運転が透き通って見えるようである。「あの、父の所へ疾《と》うから行って見よう、行って見ようと思っていながら、もう随分長くなりましたもんですから」

細かい器械がどう動くかは見えても、何をするかは見えない。常に自分より大きい、強い物の迫害を避けなくてはいられぬ虫は、mimicry《ミミクリイ》を持っている。女は嘘を衝く。

末造は顔で笑って、叱るような物の言様《いいよう》をした。「なんだ。つい鼻の先の池の端に越して来ているのに、まだ行って見ないでいたのか。向いの岩崎の邸《やしき》の事なんぞを思えば、同じ内にいるようなものだぜ。今からだって、行こうと思えば行けるのだが、まあ、あすの朝にするが好《い》い」

お玉は火箸で灰をいじりながら、偸《ぬす》むように末造の顔を見ている。「でもいろいろと思って見ますものですから」

「笑談《じょうだん》じゃないぜ。その位な事を、どう思って見ようもないじゃないか。いつまでねんねえでいるのだい」こん度は声も優しかった。

この話はこれだけで済んだ。とうとうしまいには末造が、そんなにおっくうがるようなら、自分が朝出掛けて来て、四五町の道を連れて行って遣ろうかなどとも云った。

お玉はこの頃種々に思って見た。檀那に逢って、頼もしげな、気の利いた、優しい様子を目の前に見て、この人がどうしてそんな、厭な商売をするのかと、不思議に思ったり、なんとか話をして、堅気な商売になって貰うことは出来まいかと、無理な事を考えたりしていた。しかしまだ厭な人だとは少しも思わなかった。

末造はお玉の心の底に、何か隠している物のあるのを微《かす》かに認めて、探りを入れて見たが、子供らしい、なんでもない事だと云うのであった。しかし十一時過ぎにこの家を出て、無縁坂をぶらぶら降《お》りながら考えて見れば、どうもまだその奥に何物かが潜んでいそうである。末造の物馴れた、鋭い観察は、この何物かをまるで見遁《みのが》してはおらぬのである。少くも或る気まずい感情を起させるような事を、誰《たれ》かがお玉に話したのではあるまいかとまで、末造は推測を逞《たくましゅ》うして見た。それでも誰が何を言ったかは、とうとう分からずにしまった。

拾壱《じゅういち》

翌朝お玉が、池の端の父親の家に来た時は、父親は丁度朝飯《あさはん》を食べてしまった所であった。化粧の手間を取らないお玉が、ちと早過ぎはせぬかと思いながら、急いで来たのだが、早起の老人はもう門口《かどぐち》を綺麗に掃いて、打水をして、それから手足を洗って、新しい畳の上に上がって、いつもの寂しい食事を済ませた所であった。

　二三軒隔てては、近頃待合も出来ていて、夕方になれば騒がしい時があるが、両隣は同じように格子戸の締まった家で、殊に朝のうちは、あたりがひっそりしている。肱掛窓《ひじかけまど》から外を見れば、高野槙の枝の間から、爽《さわや》かな朝風に、微かに揺れている柳の糸と、その向うの池一面に茂っている蓮《はす》の葉とが見える。そしてその緑の中に、所所に薄い紅《べに》を点じたように、今朝《けさ》開いた花も見えている。北向の家で寒くはあるまいかと云う話はあったが、夏は求めても住みたい所である。

　お玉は物を弁《わきま》えるようになってから、若し身に為合《しあわ》せが向いて来たら、お父っさんをああもして上げたい、こうもして上げたいと、色々に思ってもみたが、今目の前に見るように、こんな家にこうして住まわせて上げれば、平生の願《ねがい》が愜《かな》ったのだと云っても好《い》いと、嬉しく思わずにはいられなかった。しかしその嬉しさには一滴の苦い物が交っている。それがなくて、けさお父っさんに逢うのだったら、どんなにか嬉しかろうと、つくづく世の中の儘《まま》ならぬを、じれったくも思うのである。

　箸を置いて、湯呑みに注《つ》いだ茶を飲んでいた爺いさんは、まだついぞ人のおとずれたことのない門《かど》の戸の開《あ》いた時、はっと思って、湯呑を下に置いて、上り口の方を見た。二枚折の葭簀屏風《よしずびょうぶ》にまだ姿の遮られているうちに、「お父っさん」と呼んだお玉の声が聞えた時は、すぐに起《た》って出迎えたいような気がしたのを、じっとこらえて据わっていた。そしてなんと云って遣ろうかと、心の内にせわしい思案をした。「好くお父っさんの事を忘れずにいたなあ」とでも云おうかと思ったが、そこへ急いで這入《はい》って来て、懐かしげに傍《そば》に来た娘を見ては、どうもそんな詞《ことば》は口に出されなくなって、自分で自分を不満足に思いながら、黙って娘の顔を見ていた。

まあ、なんと云う美しい子だろう。不断から自慢に思って、貧しい中にも荒い事をさせずに、身綺麗にさせて置いた積ではあったが、十日ばかり見ずにいるうちに、まるで生れ替って来たようである。どんな忙《いそが》しい暮らしをしていても、本能のように、肌に垢の附くような事はしていなかった娘ではあるが、意識して体を磨くようになっているきのうきょうに比べて見れば、爺いさんの記憶にあるお玉の姿は、まだ璞《あらたま》のままであった。親が子を見ても、老人が若いものを見ても、美しいものは美しい。そして美しいものが人の心を和げる威力の下《もと》には、親だって、老人だって屈せずにはいられない。

わざと黙っている爺いさんは、渋い顔をしている積であったが、不本意ながら、つい気色《けしき》を和げてしまった。お玉も新らしい境遇に身を委《ゆだ》ねた為めに、これまで小さい時から一日も別れていたことのない父親を、逢いたい逢いたいと思いながら、十日も見ずにいたのだから、話そうと思って来た事も、暫くは口に出すことが出来ずに、嬉しげに父親の顔を見ていた。

「もうお膳を下げまして宜《よろ》しゅうございましょうか」と、女中が勝手から顔を出して、尻上がりの早言《はやこと》に云った。馴染《なじみ》のないお玉には、なんと云ったか聞き取れない。髪を櫛巻《くしまき》にした小さい頭の下に太った顔の附いているのが、いかにも不釣合である。そしてその顔が不遠慮に、さも驚いたように、お玉を目守《まも》っている。

「早くお膳を下げて、お茶を入れ替えて来るのだ。あの棚にある青い分のお茶だ」爺いさんはこう云って、膳を前へ衝き出した。女中は膳を持って勝手へ這入った。

「あら。好《い》いお茶なんか戴かなくっても好《い》いのだから」

「馬鹿言え。お茶受もあるのだ」爺いさんは起って、押入からブリキの鑵《かん》を出して、菓子鉢へ玉子煎餅《せんべい》を盛っている。「これは宝丹のじき裏の内で拵《こしら》えているのだ。この辺は便利の好《い》い所で、その側《そば》の横町には如燕《じょえん》の佃煮《つくだに》もある」

「まあ。あの柳原の寄席へ、お父っさんと聞きに行った時、何か御馳走のお話をして、その旨《うま》きこと、己《おれ》の店の佃煮の如しと云って、みんなを笑わせましたっけね。本当に福福しいお爺いさんね。高座へ出ると、行《い》きなりお尻をくるっとまくって据わるのですもの。わたくし可笑《おか》しくって。お父っさんもあんなにお太りなさるようだと好《い》いわ」

「如燕のように太ってたまるものか」と云いながら、爺いさんは煎餅を娘の前へ出した。

そのうち茶が来たので、親子はきのうもおとついも一しょにいたもののように、取留のない話をしていた。爺いさんがふと何か言いにくい事を言うように、こう云った。

「どうだい、工合は。檀那は折々お出になるかい」

「ええ」とお玉は云ったぎり、ちょいと返事にまごついた。末造の来るのは折々どころではない。

毎晩顔を出さないことはない。これがよめに往ったので、折合が好《い》いかと問われたのなら、大層好いから安心して下さいと、晴れ晴れと返事が出来るのだろう。それがこうした身の上で見れば、どうも檀那が毎晩お出になるとは、気が咎《とが》めて言いにくい。お玉は暫く考えて、「まあ、好い工合のようですから、お父っさん、お案じなさらなくっても好《よ》ござんすわ」と云った。

「そんなら好《い》いが」と爺いさんは云ったが、娘の答にどこやら物足らぬ所のあるのを感じた。問う人も、答える人も無意識に含糊《がんこ》の態《たい》をなして物を言うようになったのである。これまで何事も打ち明け合って、お互の間に秘密と云うものを持っていたことのない二人が、厭でも秘密のあるらしい、他人行儀の挨拶をしなくてはならなくなったのである。前に悪い壻《むこ》を取って騙された時なんぞは、近所の人に面目《めんぼく》ないとは思っても、親子共胸の底には曲彼《きょくかれ》に在りと云う心持があったので、互に話をし合うには、少しも遠慮はしなかった。その時とは違って、親子は一旦決心して纏《まと》めた話が旨く纏まって、不自由のない身の上になっていながら、今は親しい会話の上に、暗い影のさす、悲しい味を知ったのである。暫くして爺いさんは、何か娘の口から具体的な返事が聞きたいような気がしたので、「一体どんな方だい」と、又新しい方角から問うて見た。

「そうね」と云って、お玉は首を傾《かし》げていたが、独語《ひとりごと》のような調子で言い足した。「どうも悪い人だとは思われませんわ。まだ日も立たないのだけれども、荒い詞なんぞは掛けないのですもの」

「ふん」と云って、爺いさんは得心の行《ゆ》かぬような顔をした。「悪い人の筈はないじゃないか」

お玉は父親と顔を見合せて、急に動悸《どうき》のするのを覚えた。きょう話そうと思って来た事を、話せば今が好《い》い折だとは思いながら、切角暮らしを楽にして、安心をさせようとしている父親に、新しい苦痛を感ぜさせるのがつらいからである。そう思ったので、お玉は父親との隔たりの大きくなるような不快を忍んで、日影《ひかげ》ものと云う秘密の奥に、今一つある秘密を、ここまで持って来たまま蓋《ふた》を開けずに、そっくり持って帰ろうと、際どい所で決心して、話を余所に逸《そ》らしてしまった。

「だって随分いろいろな事をして、一代のうちに身上《しんしょう》を拵えた人だと云うのですから、わたくしどんな気立の人だか分からないと思って、心配していたのですわ。そうですね。なんと云ったら好《い》いでしょう。まあ、おとこ気のある人と云う風でございますの。真底からそんな人なのだか、それはなかなか分からないのですけれど、人にそう見せようと心掛けて何か言ったりしたりしている人のようね。ねえ、お父っさん。心掛ばかりだってそんなのは好いじゃございませんか」こう云って、父親の顔を見上げた。女はどんな正直な女でも、その時心に持っている事を隠して、外の事を言うのを、男程苦にしはしない。そしてそう云う場合に詞数の多くなるのは、女としては余程正直なのだと云っても好いかも知れない。

「さあ。それはそんな物かも知れないな。だが、なんだかお前、檀那を信用していないような、物の言いようをするじゃないか」

お玉はにっこりした。「わたくしこれで段々えらくなってよ。これからは人に馬鹿にせられてばかりはいない積なの。豪気《ごうぎ》でしょう」

父親はおとなしい一方の娘が、めずらしく鋒《ほこさき》を自分に向けたように感じて、不安らしい顔をして娘を見た。「うん。己《おれ》は随分人に馬鹿にせられ通しに馬鹿にせられて、世の中を渡ったものだ。だがな、人を騙すよりは、人に騙されている方が、気が安い。なんの商売をしても、人に不義理をしないように、恩になった人を大事にするようにしていなくてはならないぜ」

「大丈夫よ。お父っさんがいつも、たあ坊は正直だからとそう云ったでしょう。わたくし全く正直なの。ですけれど、この頃つくづくそう思ってよ。もう人に騙されることだけは、御免を蒙《こうむ》りたいわ。わたくし嘘を衝いたり、人を騙したりなんかしない代《かわり》には、人に騙されもしない積なの」

「そこで檀那の言うことも、うかとは信用しないと云うのかい」

「そうなの。あの方はわたくしをまるで赤ん坊のように思っていますの。それはあんな目から鼻へ抜けるような人ですから、そう思うのも無理はないのですけれど、わたくしこれでもあの人の思う程赤ん坊ではない積なの」

「では何かい。何かこれまで檀那の仰《おつし》ゃった事に、本当でなかった事でもあったのを、お前が気が附いたとでも云うのかい」

「それはあってよ。あの婆あさんが度々そう云ったでしょう。あの人は奥さんが子供を置いて亡くなったのだから、あの人の世話になるのは、本妻ではなくっても、本妻も同じ事だ。只世間体があるから、裏店《うらだな》にいたものを内に入れることは出来ないのだと云ったのね。ところが奥さんがちゃあんとあるの。自分で平気でそう云うのですもの。わたくしびっくりしてよ」

爺いさんは目を大きくした。「そうかい。矢《や》っ張媒人口《ぱりなこうどぐち》だなあ」

「ですから、わたくしの事を奥さんには極《ごく》の内証にしているのでしょう。奥さんに嘘を衝く位ですから、わたくしにだって本当ばかし云っていやしませんわ。わたくし眉毛に唾《つば》を附けていなくちゃあ」

爺いさんは飲んでしまった烟草の吸殻をはたくのも忘れて、なんだか急にえらくなったような娘の様子をぼんやりと眺めていると、娘は急に思い出した様に云った。「わたくしきょうはもう帰ってよ。こうして一度来て見れば、もうなんでもなくなったから、これからはお父っさんとこへ毎日のように見に来て上げるわ。実はあの人が往《い》けと云わないうちに来ては悪いかと思って、遠慮していたの。とうとうゆうべそう云ってことわって置いて、けさ来たのだわ。わたくしの所へ来た女中は、それは子供で、お午《ひる》の支度だって、わたくしが帰って手伝って遣らなくては出来ないの」

「檀那にことわって来たのなら、午もこっちで食べて行けば好《い》い」

「いいえ。不用心ですわ。またすぐ出掛けて来てよ。お父っさん。さようなら」

お玉が立ち上がるとたんに、女中が慌てて履物を直しに出た。気が利かぬようでも、女は女に遭遇して観察をせずには置かない。道で行《ゆ》き合っても、女は自己の競争者として外の女を見ると、或る哲学者は云った。汁椀の中へ親指を衝っ込む山出しの女でも、美しいお玉を気にして、立聴《たちぎき》をしていたものと見える。

「じゃあ又来るが好い。檀那に宜しく言ってくれ」爺いさんは据わったままこう云った。

お玉は小さい紙入を黒襦子《くろじゅす》の帯の間から出して、幾らか紙に撚《ひね》って女中に遣って置いて、駒下駄を引っ掛けて、格子戸の外へ出た。

たよりに思う父親に、苦しい胸を訴えて、一しょに不幸を歎く積で這入った門《かど》を、我ながら不思議な程、元気好くお玉は出た。切角安心している父親に、余計な苦労を掛けたくない、それよりは自分を強く、丈夫に見せて遣りたいと、努力して話をしているうちに、これまで自分の胸の中《うち》に眠っていた或る物が醒覚《せいかく》したような、これまで人にたよっていた自分が、思い掛けず独立したような気になって、お玉は不忍の池の畔《ほとり》を、晴やかな顔をして歩いている。

もう上野の山をだいぶはずれた日がくわっと照って、中島の弁天の社《やしろ》を真っ赤に染めているのに、お玉は持って来た、小さい蝙蝠《こうもり》をも挿《さ》さずに歩いているのである。

拾弐《じゅうに》

或る晩末造が無縁坂から帰って見ると、お上さんがもう子供を寝かして、自分だけ起きていた。

いつも子供が寝ると、自分も一しょに横になっているのが、その晩は据わって俯向《うつむき》加減になってて、末造が蚊屋《かや》の中に這入って来たのを知っていながら、振り向いても見ない。

末造の床は一番奥の壁際に、少し離して取ってある。その枕元には座布団が敷いて、烟草盆と茶道具とが置いてある。末造は座布団の上に据わって、烟草を吸い附けながら、優しい声で云った。

「どうしたのだ。まだ寐《ね》ないでいるね」

お上さんは黙っている。

末造も再び譲歩しようとはしない。こっちから媾和《こうわ》を持ち出したに、彼が応ぜぬなら、それまでの事だと思って、わざと平気で烟草を呑《の》んでいる。

「あなた今までどこにいたんです」お上さんは突然頭を持ち上げて、末造を見た。奉公人を置くようになってから、次第に詞を上品にしたのだが、差向いになると、ぞんざいになる。ようよう「あなた」だけが維持せられている。

末造は鋭い目で一目女房を見たが、なんとも云わない。何等《なにら》かの知識を女房が得たらしいとは認めても、その知識の範囲を測り知ることが出来ぬので、なんとも云うことが出来ない。末造は妄《みだ》りに語って、相手に材料を供給するような男ではない。

「もう何もかも分かっています」鋭い声である。そして末の方は泣声になり掛かっている。

「変な事を言うなあ。何が分かったのだい」さも意外な事に遭遇したと云うような調子で、声はいたわるように優しい。

「ひどいじゃありませんか。好くそんなにしらばっくれていられる事ね」夫の落ち着いているのが、却《かえ》って強い刺戟《しげき》のように利くので、上さんは声が切れ切れになって、湧《わ》いて来る涙を襦袢《じゅばん》の袖でふいている。

「困るなあ。まあ、なんだかそう云って見ねえ。まるっきり見当が附かない」

「あら。そんな事を。今夜どこにいたのだか、わたしにそう云って下さいと云っているのに。あなた好くそんな真似が出来た事ね。わたしには商用があるのなんのと云って置いて、囲物なんぞを拵えて」鼻の低い赤ら顔が、涙で煠《ゆ》でたようになったのに、こわれた丸髷《まるまげ》の鬢《びん》の毛が一握《ひとにぎり》へばり附いている。潤んだ細い目を、無理に大きく睜《みは》って、末造の顔を見ていたが、ずっと傍へいざり寄って、金天狗《きんてんぐ》の燃えさしを撮《つま》んでいた末造の手に、力一ぱいしがみ附いた。

「廃《よ》せ」と云って、末造はその手を振り放して、畳の上に散った烟草の燃えさしを揉《も》み消した。

お上さんはしゃくり上げながら、又末造の手にしがみ附いた。「どこにだって、あなたのような人があるでしょうか。いくらお金が出来たって、自分ばかり檀那顔《だんながお》をして、女房には着物一つ拵えてはくれずに、子供の世話をさせて置いて、好《い》い気になって妾狂《めかけぐる》いをするなんて」

「廃せと云えば」末造は再び女房の手を振り放した。「子供が目を覚すじゃないか。それに女中部屋にも聞える」翳《かす》めた声に力を入れて云ったのである。

末の子が寝返りをして、何か夢中で言ったので、お上さんも覚えず声を低うして、「一体わたしどうすれば好《い》いのでしょう」と云って、今度は末造の胸の所に顔を押し附けて、しくしく泣いている。

「どうするにも及ばないのだ。お前が人が好《い》いもんだから、人に焚《た》き附けられたのだ。妾だの、囲物だのって、誰《たれ》がそんな事を言ったのだい」こう云いながら、末造はこわれた丸髷のぶるぶる震えているのを見て、醜い女はなぜ似合わない丸髷を結いたがるものだろうと、気楽な問題を考えた。そして丸髷の震動が次第に細かく刻むようになると同時に、どの子供にも十分の食料を供給した、大きい乳房が、懐炉を抱いたように水落《みずおち》の辺《あたり》に押し附けられるのを末造は感じながら、「誰が言ったのだ」と繰り返した。

「誰だって好いじゃありませんか。本当なんだから」乳房の圧はいよいよ加わって来る。

「本当でないから、誰でも好くはないのだ。誰だかそう云え」

「それは言ったってかまいませんとも。魚金《うおきん》のお上さんなの」

「なにまるで狸《たぬき》が物を言うようで、分かりゃあしない。むにゃむにゃのむにゃむにゃさんなのとはなんだい」

お上さんは顔を末造の胸から離して、悔やしそうに笑った。「魚金のお上さんだと、そう云っているじゃありませんか」

「うん。あいつか。おお方そんな事だろうと思った」末造は優しい目をして、女房の逆上したような顔を見ながら、徐《しず》かに金天狗に火を附けた。「新聞屋なんかが好く社会の制裁だのなんのと云うが、己はその社会の制裁と云う奴を見た事がねえ。どうかしたら、あの金棒引なんかが、その制裁と云う奴かも知れねえ。近所中のおせっかいをしやがる。あんな奴の言う事を真《ま》に受けてたまるものか。己が今本当の事を云って聞して遣《や》るから、好く聞いていろ」

お上さんの頭は霧が掛かったように、ぼうっとしているが、もしや騙《だま》されるのではあるまいかと云う猜疑《さいぎ》だけは醒《さ》めている。それでも熱心に末造の顔を見て謹聴している。今社会の制裁と云うことを言われた時もそうであるが、いつでも末造が新聞で読んだ、むずかしい詞を使って何か言うと、お上さんは気おくれがして、分からぬなりに屈服してしまうのである。

末造は折々烟草を呑んで烟《けぶり》を吹きながら、矢張《やはり》女房の顔を暗示するようにじっと見て、こんな事を言っている。「それ、お前も知っているだろう。まだ大学があっちにあった頃、好く内に来た吉田さんと云うのがいたなあ。あの金縁目金《きんぶちめがね》を掛けて、べらべらした着物を着ていた人よ。あれが千葉の病院へ行っているが、まだ己の方の勘定が二年や三年じゃあ埒《らち》が明かねえんだ。あの吉田さんが寄宿舎にいた時から出来ていた女で、こないだまで七曲《ななまが》りの店《たな》を借りて入れてあったのだ。最初は月々極《き》まって為送《しおく》りをしていたところが、今年になってから手紙もよこさなけりゃ、金もよこさねえ。そこで女が先方へ掛け合ってくれろと云って己に頼んだのだ。どうして己を知っているかと思うだろうが、吉田さんは度々己の内へ来ると人の目に附いて困るからと云って、己を七曲の内へ呼んで書換の話なんぞをした事がある。その時から女が己を知っていたのだ。己も随分迷惑な話だが、序《ついで》だから掛け合って遣ったよ。ところがなかなか埒は明かねえ。女はしつっこく頼む。己は飛んだ奴に引っ掛かったと思って持て扱っているのだ。お負《まけ》に小綺麗《こぎれい》な所で店賃の安い所へ越したいから、世話をしてくれろと云うので、切通しの質屋の隠居のいた跡へ、面倒を見て越させて遣った。それやこれやで、こないだからちょいちょい寄って、烟草を二三服呑んだ事があるもんだから、近所の奴がかれこれ言やあがるのだろう。隣は女の子を集めて、為立物の師匠をしていると云うのだから、口はうるさいやな。あんな所に女を囲って置く馬鹿があるものか」こんな事を言って、末造はさげすんだように笑った。

お上さんは小さい目を赫《かがや》かして、熱心に聞いていたが、この時甘えたような調子でこう云った。「それはお前さんの云う通りかも知れないけれど、そんな女の所へ度々行くうちには、どうなるか知れたものじゃありゃしない。どうせお金で自由になるような女だもの」お上さんはいつか「あなた」を忘れている。

「馬鹿言え。己がお前と云うものがあるのに、外《ほか》の女に手を出すような人間かい。これまでだって、女をどうしたと云うことが、只の一度でもあったかい。もうお互に焼餅喧嘩《やきもちげんか》をする年でもあるめえ。好い加減にしろ」末造は存外容易に弁解が功を奏したと思って、心中に凱歌《がいか》を歌っている。

「だってお前さんのようにしている人を、女は好くものだから、わたしゃあ心配さ」

「へん。あが仏尊しと云う奴だ」

「どう云うわけなの」

「己のような男を好いてくれるのは、お前ばかりだと云うことよ。なんだ。もう一時を過ぎている。寝よう寝よう」

拾参《じゅうさん》

真実と作為とを綯交《ないまぜ》にした末造の言分けが、一時《いちじ》お上さんの嫉妬《しっと》の火を消したようでも、その効果は勿論《もちろん》palliatif《パリアチイフ》なのだから、無縁坂上に実在している物が、依然実在している限《かぎり》は、蔭口《かげぐち》やら壁訴訟やらの絶えることはない。それが女中の口から、「今日も何某《なにがし》が檀那様の格子戸にお這入になるのを見たそうでございます」と云うような詞になって、お上さんの耳に届く。しかし末造は言分けには窮せない。商用とやらが、そう極まって晩方にあるものではあるまいと云えば、「金を借《かり》る相談を朝っぱらからする奴があるものか」と云う。なぜこれまでは今のようでなかったかと云えば、「それは商売を手広に遣り出さない前の事だ」と云う。末造は池の端へ越すまでは、何もかも一人でしていたのに、今は住まいの近所に事務所めいたものが置いてある外に、竜泉寺町《りゅうせんじまち》にまで出張所とでも云うような家があって、学生が所謂《いわゆる》金策のために、遠道を踏まなくても済むようにしてある。

根津で金のいるものは事務所に駈け附ける。吉原でいるものは出張所に駈け附ける。後《のち》には吉原の西の宮と云う引手茶屋と、末造の出張所とは気脈を通じていて、出張所で承知していれば、金がなくても遊ばれるようになっていた。宛然《えんぜん》たる遊蕩《ゆうとう》の兵站《へいたん》が編成せられていたのである。

末造夫婦は新《あらた》に不調和の階級を進める程の衝突をせずに、一月ばかりも暮していた。つまりその間《あいだ》は末造の詭弁《きべん》が功を奏していたのである。然るに或る日意外な辺から破綻《はたん》が生じた。

さいわい夫が内にいるので、朝の涼しいうちに買物をして来ると云って、お常は女中を連れて広小路まで行った。その帰りに仲町を通り掛かると、背後《うしろ》から女中が袂《たもと》をそっと引く。「なんだい」と叱るように云って、女中の顔を見る。女中は黙って左側の店に立っている女を指さす。お常はしぶしぶその方を見て、覚えず足を駐《と》める。そのとたんに女は振り返る。お常とその女とは顔を見合せたのである。

お常は最初芸者かと思った。若し芸者なら、数寄屋町《すきやまち》にこの女程どこもかしこも揃《そろ》って美しいのは、外にあるまいと、せわしい暇に判断した。しかし次の瞬間には、この女が芸者の持っている何物かを持っていないのに気が附いた。その何物かはお常には名状することは出来ない。それを説明しようとすれば、態度の誇張とでも云おうか。芸者は着物を好《い》い恰好に着る。その好い恰好は必ず幾分か誇張せられる。誇張せられるから、おとなしいと云う所が失われる。お常の目に何物かが無いと感ぜられたのは、この誇張である。

店の前の女は、傍を通り過ぎる誰やらが足を駐めたのを、殆ど意識せずに感じて、振り返って見たが、その通り過ぎる人の上に、なんの注意すべき点をも見出さなかったので、蝙蝠傘を少し内廻転をさせた膝《ひざ》の間に寄せ掛けて、帯の間から出して持っていた、小さい蝦蟇《がまぐち》口の中を、項《うなじ》を屈《かが》めて覗《のぞ》き込んだ。小さい銀貨を捜しているのである。

店は仲町の南側の「たしがらや」であった。「たしがらや倒《さか》さに読めばやらかした」と、何者かの言い出した、珍らしい屋号のこの店には、金字を印刷した、赤い紙袋に入れた、歯磨を売っていた。まだ錬歯磨なんぞの舶来していなかったその頃、上等のざら附かない製品は、牡丹《ぼたん》の香《におい》のする、岸田の花王散と、このたしがらやの歯磨とであった。店の前の女は別人でない。朝早く父親の所を訪ねた帰りに、歯磨を買いに寄ったお玉であった。

お常が四五歩通り過ぎた時、女中が囁《ささや》いた。「奥さん。あれですよ。無縁坂の女は」

黙って頷《うなず》いたお常には、この詞が格別の効果を与えないので、女中は意外に思った。あの女は芸者ではないと思うと同時に、お常は本能的に無縁坂の女だと云うことを暁《さと》っていたのである。それには女中が只美しい女がいると云うだけで、袖を引いて教えはしない筈だと云う判断も手伝っているが、今一つ意外な事が影響している。それはお玉が膝の所に寄せ掛けていた蝙蝠傘である。

もう一月余り前の事であった。夫が或る日横浜から帰って、みやげに蝙蝠の日傘を買って来た。柄がひどく長くて、張ってある切れが割合に小さい。背の高い西洋の女が手に持っておもちゃにするには好かろうが、ずんぐりむっくりしたお常が持って見ると、極端に言えば、物干竿《ものほしざお》の尖《さき》へおむつを引っ掛けて持ったようである。それでそのまま差さずにしまって置いた。その傘は白地に細かい弁慶縞《べんけいじま》のような形《かた》が、藍《あい》で染め出してあった。たしがらやの店にいた女の蝙蝠傘がそれと同じだと云うことを、お常ははっきり認めた。

酒屋の角を池の方へ曲がる時、女中が機嫌を取るように云った。

「ねえ、奥さん。そんなに好い女じゃありませんでしょう。顔が平べったくて、いやに背が高くて」

「そんな事を言うものじゃないよ」と云ったぎり、相手にならずにずんずん歩く。女中は当がはずれて、不平らしい顔をして附いて行《ゆ》く。

お常は只胸の中《うち》が湧《わ》き返るようで、何事をもはっきり考えることが出来ない。夫に対してどうしよう、なんと云おうと云う思案も無い。その癖早く夫に打《ぶ》っ附かって、なんとか云わなくてはいられぬような気がする。そしてこんな事を思う。あの蝙蝠傘を買って来て貰った時、わたしはどんなにか喜んだだろう。これまでこっちから頼まぬのに、物なんぞ買って来てくれたことはない。どうして今度に限って、みやげを買って来てくれたのだろうと、不思議には思ったが、その不思議と云うのも、どうして夫が急に親切になったかと思ったのであった。今考えれば、おお方あの女が頼んで買って貰った時、ついでにわたしのを買ったのだろう。きっとそうに違いない。そうとは知らずに、わたしは難有《ありがた》く思ったのだ。わたしには差されもしない、あんな傘を貰って、難有く思ったのだ。傘ばかりでは無い。あの女の着物や髪の物も、内で買って遣ったのかも知れない。丁度わたしの差している、毛繻子張のこの傘と、あの舶来の蝙蝠とが違うように、わたしとあの女とは、身に着けている程の物が皆違っている。それにわたしばかりではない。子供に着物を着せたいと思っても、なかなか拵《こしら》えてくれはしない。男の子には筒っぽが一枚あれば好いものだと云う。女の子だと、小さいうちに着物を拵えるのは損だと云う。何万と云う金を持った人の女房や子供に、わたし達親子のようななりをしているものがあるだろうか。今から思って見れば、あの女がいたお蔭で、わたし達に構ってくれなかったかも知れない。吉田さんの持物だったなんと云うのも、本当だかどうだか当にはならない。七曲りとかにいた時分から、内で囲って置いたかも知れない。いや。きっとそうに違ない。金廻りが好くなって、自分の着物や持物に贅沢《ぜいたく》をするようになったのを、附合があるからだのなんのと云ったが、あの女がいたからだろう。わたしをどこへでも連れて行かずに、あの女を連れて行ったに違ない。ええ、悔やしい。こんな事を思っていると、突然女中が叫んだ。

「あら、奥さん。どこへいらっしゃるのです」

お常はびっくりして立ち留まった。下を向いてずんずん歩いていて、我家の門《かど》を通り過ぎようとしたのである。

女中が無遠慮に笑った。

拾肆《じゅうし》

朝の食事の跡始末をして置いて、お常が買物に出掛ける時、末造は烟草を呑みつつ新聞を読んでいたが、帰って見れば、もう留守になっていた。若し内にいたら、なんと云って好《い》いかは知らぬが、とにかく打っ附かって、むしゃぶり附いて、なんとでも云って遣りたいような心持で帰ったお常は拍子抜けがした。午食《ひるしょく》の支度もしなくてはならない。もう間もなく入用《いりよう》になる子供の袷《あわせ》の縫い掛けてあるのも縫わなくてはならない。お常は器械的に、いつものように働いているうちに、夫に打っ附かろうと思った鋭鋒《えいほう》は次第に挫《くじ》けて来た。これまでもひどい勢《いきおい》で、石垣に頭を打ち附ける積りで、夫に衝突したことは、度々ある。しかしいつも頭にあらがう筈の石垣が、腕を避ける暖簾《のれん》であるのに驚かされる。そして夫が滑かな舌で、道理らしい事を言うのを聞いていると、いつかその道理に服するのではなくて、只何がなしに萎《な》やされてしまうのである。きょうはなんだか、その第一の襲撃も旨《うま》く出来そうには思われなくなって来る。お常は子供を相手に午食を食べる。喧嘩をする子供の裁判をする。袷を縫う。又夕食の支度をする。子供に行水を遣わせて、自分も使う。蚊遣《かやり》をしながら夕食を食べる。食後に遊びに出た子供が遊び草臥《くたび》れて帰る。女中が勝手から出て来て、極まった所に床を取ったり、蚊帳《かや》を吊《つ》ったりする。手水《ちょうず》をさせて子供を寝かす。夫の夕食の膳に蠅除《はえよけ》を被《かぶ》せて、火鉢に鉄瓶を掛けて、次の間《ま》に置く。夫が夕食に帰らなかった時は、いつでもこうして置くのである。

お常はこれだけの事を器械的にしてしまった。そして団扇《うちわ》を一本持って蚊屋《かや》の中へ這入《はい》って据わった。その時けさ途《みち》で逢った、あの女の所に、今時分夫が往っているだろうと云うことが、今更のようにはっきりと想像せられた。どうも体を落ち着けて、据わってはいられぬような気持がする。いつかどうしよう、どうしようと思ううちに、ふらふらと無縁坂の家《うち》の所まで往って見たくなる。藤村《ふじむら》へ、子供の一番好きな田舎饅頭《いなかまんじゅう》を買いに往った時、したて物の師匠の内の隣と云うのはこの家だなと思って、見て通ったので、それらしい格子戸の家は分かっている。ついあそこまで往って見たい。火影《ほかげ》が外へ差しているか。話声が微《かす》かにでも聞えているか。それだけでも見て来たい。いやいや、そんな事は出来ない。外へ出るには女中部屋の傍の廊下を通らぬわけには行かない。この頃はあの廊下の所の障子がはずしてある。松はまだ起きて縫物をしている筈である。今時分どこへ往くのだと聞かれた時、なんとも返事のしようがない。何か買いに出ると云ったら、松が自分で行こうと云うだろう。して見れば、どんなに往って見たくても、そっと往って見ることは出来ない。ええ、どうしたら好かろう。けさ内へ帰る時は、ちっとも早くあの人に逢いたいと思ったが、あの時逢ったら、わたしはなんと云っただろう。逢ったら、わたしの事だから、取留のない事ばかり言ったに違いない。そうしたらあの人が又好い加減の事を言って、わたしを騙してしまっただろう。あんな利口な人だから、どうせ喧嘩をしては慊《かな》わない。いっそ黙っていようか。しかし黙っていてどうなるだろうか。あんな女が附いていては、わたしなんぞはどうなってもかまわぬ気になっているだろう。どうしよう。どうしよう。

こんな事を繰り返し繰り返し思っては、何遍か思想が初の発足点《ほっそくてん》に跡戻《あともどり》をする。そのうちに頭がぼんやりして来て、何がなんだか分からなくなる。しかしとにかく烈《はげ》しく夫に打っ附かったって駄目だから、よそうと云うことだけは極めることが出来た。

そこへ末造が這入って来た。お常はわざとらしく取り上げた団扇の柄をいじって黙っている。

「おや。又変な様子をしているな。どうしたのだい」上さんがいつもする「お帰りなさい」と云う挨拶をしないでいても、別に腹は立てない。機嫌が好《い》いからである。

お常は黙っている。衝突を避けようとは思ったが、夫の帰ったのを見ると、悔やしさが込み上げて来て、まるで反抗せずにはいられそうになくなった。

「又何か下《く》だらない事を考えているな。よせよせ」上さんの肩の所に手を掛けて、二三遍ゆさぶって置いて、自分の床に据わった。

「わたしどうしようかと思っていますの。帰ろうと云ったって、帰る内は無し、子供もあるし」

「なんだと。どうしようかと思っている。どうもしなくたって好いじゃないか。天下は太平無事だ」

「それはあなたは太平楽を言っていられますでしょう。わたしさえどうにかなってしまえば好《い》いのだから」

「おかしいなあ。どうにかなるなんて。どうなるにも及ばない。そのままでいれば好《い》い」

「たんと茶にしてお出《いで》なさい。いてもいなくっても好い人間だから、相手にはならないでしょう。そうね。いてもいなくってもじゃない。いない方が好いに極まっているのだっけ」

「いやにひねくれた物の言いようをするなあ。いない方が好いのだって。大違だ。いなくては困る。子供の面倒を見て貰うばかりでも、大役だからな」

「それは跡へ綺麗なおっ母さんが来て、面倒を見てくれますでしょう。継子《ままこ》になるのだけど」

「分からねえ。二親揃って附いているから、継子なんぞにはならない筈だ」

「そう。きっとそうなの。まあ、好い気な物ね。ではいつまでも今のようにしている積なのね」

「知れた事よ」

「そう。別品とおたふくとに、お揃の蝙蝠を差させて」

「おや。なんだい、それは。お茶番の趣向見たいな事を言っているじゃないか」

「ええ。どうせわたしなんぞは真面目な狂言には出られませんからね」

「狂言より話が少し真面目にして貰いたいなあ。一体その蝙蝠てえのはなんだい」

「分かっているでしょう」

「分かるものか。まるっきり見当が附かねえ」

「そんなら言いましょう。あの、いつか横浜から蝙蝠を買って来たでしょう」

「それがどうした」

「あれはわたしばかしに買って下すったのじゃなかったのね」

「お前ばかしでなくて、誰に買って遣るものかい」

「いいえ。そうじゃないでしょう。あれは無縁坂の女のを買った序に、ふいと思い附いて、わたしのをも買って来たのでしょう」さっきから蝙蝠の話はしていても、こう具体的に云うと同時に、お常は悔やしさが込み上げて来るように感ずるのである。

「お手の筋」だとでも云いたい程適中したので、末造はぎくりとしたが、反対に呆《あき》れたような顔をして見せた。「べらぼうな話だなあ。何かい。その、お前に買った傘と同じ傘を、吉田さんの女が持っているとでも云うわけかい」

「それは同じのを買って遣ったのだから、同じのを持っているに極まっています」声が際立って鋭くなっている。

「なんの事だ。呆れたものだぜ。好い加減にしろい。なる程お前に横浜で買って遣った時は、サンプルで来たのだと云うことだったが、もう今頃は銀座辺でざらに売っているに違ない。芝居なんぞに好くある奴で、これがほんとの無実の罪と云うのだ。そして何かい。お前、あの吉田さんの女に、どこかで逢ったとでも云うのかい。好く分かったなあ」

「それは分かりますとも。ここいらで知らないものはないのです。別品だから」にくにくしい声である。これまでは末造がしらばっくれると、ついそうかと思ってしまったが、今度は余り強烈な直覚をして、その出来事を目前に見たように感じているので、末造の詞《ことば》を、なる程そうでもあろうかとは、どうしても思われなかった。

末造はどうして逢ったか、話でもしたのかと、種々《いろいろ》に考えていながら、この場合に根掘り葉掘り問うのは不利だと思って、わざと追窮しない。「別品だって。あんなのが別品と云うのかなあ。妙に顔の平べったいような女だが」

お常は黙っていた。しかし憎い女の顔に難癖を附けた夫の詞に幾分か感情を融和させられた。

この晩にも物を言い合って興奮した跡の夫婦の中直りがあった。しかしお常の心には、刺されたとげの抜けないような痛みが残っていた。

拾伍《じゅうご》

末造の家の空気は次第に沈んだ、重くろしい方へ傾いて来た。お常は折々只ぼうっとして空《くう》を見ていて、何事も手に附かぬことがある。そんな時には子供の世話も何も出来なくなって、子供が何か欲しいと云えば、すぐにあらあらしく叱る。叱って置いて気が附いて、子供にあやまったり、独りで泣いたりする。女中が飯の菜を何にしようかと問うても、返事をしなかったり、「お前の好《い》いようにおし」と云ったりする。末造の子供は学校では、高利貸の子だと云って、友達に擯斥《ひんせき》せられても、末造が綺麗好で、女房に世話をさせるので、目立って清潔になっていたのが、今は五味《ごみ》だらけの頭をして、綻《ほころ》びたままの着物を着て往来で遊んでいることがあるようになった。下女はお上さんがあんなでは困ると、口小言を言いながら、下手の乗っている馬がなまけて道草を食うように、物事を投遣《なげやり》にして、鼠入らずの中で肴《さかな》が腐ったり、野菜が干物になったりする。

家の中の事を生帳面《きちょうめん》にしたがる末造には、こんな不始末を見ているのが苦痛でならない。しかしこうなった元は分かっていて、自分が悪いのだと思うので、小言を言うわけにも行かない。それに末造は平生小言を言う場合にも、笑談《じょうだん》のように手軽に言って、相手に反省させるのを得意としているのに、その笑談らしい態度が却《かえ》って女房の機嫌を損ずるように見える。

末造は黙って女房を観察し出した。そして意外な事を発見した。それはお常の変な素振が、亭主の内にいる時殊に甚しくて、留守になると、却って醒覚《せいかく》したようになって働いていることが多いと云う事である。子供や下女の話を聞いて、この関係を知った時、末造は最初は驚いたが、怜悧《れいり》な頭で色々に考えて見た。これはする事の気に食わぬ己《おれ》の顔を見ている間、この頃の病気を出すのだ。己は女房にどうかして夫が冷澹《れいたん》だと思わせまい、疎まれるように感ぜさせまいとしているのに、却って己が内にいる時の方が不機嫌だとすると、丁度薬を飲ませて病気を悪くするようなものである。こんなつまらぬ事はない。これからは一つ反対にして見ようと末造は思った。

末造はいつもより早く内を出たり、いつもより遅く内へ帰ったりするようになった。しかしその結果は非常に悪かった。早く出た時は、女房が最初は只驚いて黙って見ていた。遅く帰った時は、最初の度にいつもの拗《す》ねて見せる消極的手段と違って、もう我慢がし切れない、勘忍袋の緒が切れたと云う風で、「あなた今までどこにいましたの」と詰め寄って来た。そして爆発的に泣き出した。その次の度からは早く出ようとすると、「あなた今からどこへ行くのです」と云って、無理に留めようとする。行先《ゆくさき》を言えば嘘だと云う。構わずに出ようとすると、是非聞きたい事があるから、ちょいとでも好《い》い、待って貰いたいと云う。着物を掴《つか》まえて放さなかったり、玄関に立ち塞《ふさ》がったり、女中の見る目も厭《いと》わずに、出て行くのを妨げようとする。末造は気に食わぬ事をも笑談のようにして荒立てずに済ます流義なのに、むしゃぶり附くのを振り放す、女房が倒れると云う不体裁を女中に見られた事もある。そんな時に末造がおとなしく留められて内にいて、さあ、用事を聞こうと云うと、「あなたわたしをどうしてくれる気なの」とか、「こうしていて、わたしの行末はどうなるでしょう」とか、なかなか一朝一夕に解決の出来ぬ難問題を提出する。要するに末造が女房の病気に試みた早出遅帰《はやでおそがえり》の対症療法は全く功を奏せなかったのである。

末造は又考えて見た。女房は己の内にいる時の方が機嫌が悪い。そこで内にいまいとすれば、強いて内にいさせようとする。そうして見れば、求めて己を内にいさせて、求めて自分の機嫌を悪くしているのである。それに就いて思い出した事がある。和泉橋《いずみばし》時代に金を貸して遣った学生に猪飼《いかい》と云うのがいた。身なりに少しも構わないと云う風をして、素足に足駄を穿《は》いて、左の肩を二三寸高くして歩いていた。そいつがどうしても金を返さず、書換もせずに逃げ廻っていたのに、或日青石横町《あおいしよこちょう》の角で出くわした。「どこへ行くのです」と云うと、「じきそこの柔術の先生の所へ行くのだよ。例のはいずれそのうち」と云って摩《す》り抜けて行った。己はそのまま別れて歩き出す真似をして、そっと跡へ戻って、角に立って見ていた。猪飼は伊予紋に這入った。己はそれを突き留めて置いて、広小路で用を達《た》して、暫《しばら》く立ってから伊予紋へ押し掛けて行った。猪飼奴《め》さすがに驚いたが、持前の豪傑気取で、芸者を二人呼んで馬鹿騒ぎをしている席へ、己を無理に引き摩《ず》り上げて、「野暮を言わずにきょうは一杯飲んでくれ」と云って、己に酒を飲ませやがった。あの時己は始て芸者と云うものを座敷で見たが、その中に凄《すご》いような意気な女がいた。おしゅんと云ったっけ。そいつが酔っ払って猪飼の前に据わって、何が癪《しゃく》に障っていたのだか、毒づき始めた。その時の詞を、己は黙って聞いていたが、いまだに忘れない。「猪飼さん。あなたきつそうな風をしていても、まるでいく地のない方ね。あなたに言って聞かせて置くのですが、女と云うものは時々ぶんなぐってくれる男にでなくっては惚《ほ》れません。好く覚えていらっしゃい」と云ったっけ。芸者には限らない。女と云うものはそうしたものかも知れない。この頃のお常奴《め》は、己を傍に引き附けて置いてふくれ面をして抗《あらが》ってばかしいようとしやがる。己にどうかして貰いたいと云う様子が見えている。打たれたいのだ。そうだ。打たれたいのだ。それに相違ない。お常奴は己がこれまで食う物もろくに食わせないで、牛馬《うしうま》のように働かせていたものだから、獣のようになっていて、女らしい性質が出ずにいたのだ。それが今の家に引き越した頃から、女中を使って、奥さんと云われて、だいぶ人間らしい暮らしをして、少し世間並の女になり掛かって来たのだ。そこでおしゅんの云ったようにぶんなぐって貰いたくなったのだ。

そこで己はどうだ。金の出来るまでは、人になんと云われても構わない。乳臭い青二才にも、旦那と云ってお辞儀をする。踏まれても蹴《け》られても、損さえしなければ好《い》いと云う気になって、世間を渡って来た。毎日毎日どこへ往《い》っても、誰《たれ》の前でも、平蜘蛛《ひらぐも》のようになって這いつくばって通った。世間の奴等に附き合って見るに、目上に腰の低い奴は、目下にはつらく当って、弱いものいじめをする。酔って女や子供をなぐる。己には目上も目下もない。己に金を儲《もう》けさせてくれるものの前には這いつくばう。そうでない奴は、誰でも彼でも一切いるもいないも同じ事だ。てんで相手にならない。打ち遣って置く。なぐるなんと云う余計な手数《てすう》は掛けない。そんな無駄をする程なら、己は利足《りそく》の勘定でもする。女房をもその扱いにしていたのだ。

お常奴己になぐって貰いたくなったのだ。当人には気の毒だが、これぱかりはお生憎様《あいにくさま》だ。債務者の脂を柚子《ゆず》なら苦い汁が出るまで絞ることは己に出来る。誰をも打つことは出来ない。末造はこんな事を考えたのである。

拾陸《じゅうろく》

無縁坂の人通りが繁くなった。九月になって、大学の課程が始まるので、国々へ帰っていた学生が、一時《いちじ》に本郷界隈《かいわい》の下宿屋に戻ったのである。

朝晩はもう涼しくても、昼中はまだ暑い日がある。お玉の家では、越して来た時掛け替えた青簾《あおすだれ》の、色の褪《さ》める隙《ひま》のないのが、肱掛窓《ひじかけまど》の竹格子の内側を、上から下まで透間《すきま》なく深く鎖《とざ》している。無聊《ぶりょう》に苦んでいるお玉は、その窓の内で、暁斎《ぎょうさい》や是真《ぜしん》の画のある団扇を幾つも挿した団扇挿しの下の柱にもたれて、ぼんやり往来を眺めている。三時が過ぎると、学生が三四人ずつの群をなして通る。その度毎に、隣の裁縫の師匠の家で、小雀の囀《さえず》るような娘達の声が一際喧《やかま》しくなる。それに促されてお玉もどんな人が通るかと、覚えず気を附けて見ることがある。

その頃の学生は、七八分通りは後《のち》に言う壮士肌で、稀《まれ》に紳士風なのがあると、それは卒業直前《すぐまえ》の人達であった。色の白い、目鼻立の好《い》い男は、とかく軽薄らしく、利いた風で、懐かしくない。そうでないのは、学問の出来る人がその中にあるのかは知れぬが、女の目には荒々しく見えて厭《いや》である。それでもお玉は毎日見るともなしに、窓の外を通る学生を見ている。そして或る日自分の胸に何物かが芽ざして来ているらしく感じて、はっと驚いた。意識の閾《しきい》の下で胎を結んで、形が出来てから、突然躍り出したような想像の塊《かたまり》に驚かされたのである。

お玉は父親を幸福にしようと云う目的以外に、何の目的も有していなかったので、無理に堅い父親を口説き落すようにして人の妾《めかけ》になった。そしてそれを堕落せられるだけ堕落するのだと見て、その利他的行為の中《うち》に一種の安心を求めていた。しかしその檀那《だんな》と頼んだ人が、人もあろうに高利貸であったと知った時は、余りの事に途方に暮れた。そこでどうも自分一人で胸のうやもやを排し去ることが出来なくなって、その心持を父親に打ち明けて、一しょに苦み悶《もだ》えて貰おうと思った。そうは思ったものの、池の端の父親を尋ねてその平穏な生活を目《ま》のあたり見ては、どうも老人の手にしている杯《さかずき》の裡《うち》に、一滴の毒を注ぐに忍びない。よしやせつない思をしても、その思を我胸一つに畳んで置こうと決心した。そしてこの決心と同時に、これまで人にたよることしか知らなかったお玉が、始て独立したような心持になった。

この時からお玉は自分で自分の言ったり為《し》たりする事を窃《ひそか》に観察するようになって、末造が来てもこれまでのように蟠《わだか》まりのない直情で接せずに、意識してもてなすようになった。その間《あいだ》別に本心があって、体を離れて傍《わき》へ退《の》いて見ている。そしてその本心は末造をも、末造の自由になっている自分をも嘲《あざわら》笑っている。お玉はそれに始て気が附いた時ぞっとした。しかし時が立つと共に、お玉は慣れて、自分の心はそうなくてはならぬもののように感じて来た。

それからお玉が末造を遇することは愈《いよいよ》厚くなって、お玉の心は愈末造に疎くなった。そして末造に世話になっているのが難有《ありがた》くもなく、自分が末造の為向けてくれる事を恩に被《き》ないでも、それを末造に対して気の毒がるには及ばぬように感ずる。それと同時に又なんの躾《しつけ》をも受けていない芸なしの自分ではあるが、その自分が末造の持物になって果てるのは惜しいように思う。とうとう往来を通る学生を見ていて、あの中に若し頼もしい人がいて、自分を今の境界《きょうがい》から救ってくれるようにはなるまいかとまで考えた。そしてそう云う想像に耽《ふけ》る自分を、忽然《こつぜん》意識した時、はっと驚いたのである。

この時お玉と顔を識《し》り合ったのが岡田であった。お玉のためには岡田も只窓の外を通る学生の一人に過ぎない。しかし際立って立派な紅顔の美少年でありながら、己惚《うぬぼれ》らしい、気障《きざ》な態度がないのにお玉は気が附いて、何とはなしに懐かしい人柄だと思い初《そ》めた。それから毎日窓から外を見ているにも、又あの人が通りはしないかと待つようになった。

まだ名前も知らず、どこに住まっている人か知らぬうちに、度々顔を見合わすので、お玉はいつか自然に親しい心持になった。そしてふと自分の方から笑い掛けたが、それは気の弛《ゆる》んだ、抑制作用の麻痺《まひ》した刹那の出来事で、おとなしい質《たち》のお玉にはこちらから恋をし掛けようと、はっきり意識して、故意にそんな事をする心はなかった。

岡田が始て帽子を取って会釈した時、お玉は胸を躍らせて、自分で自分の顔の赤くなるのを感じた。女は直覚が鋭い。お玉には岡田の帽子を取ったのが発作的行為で、故意にしたのでないことが明白に知れていた。そこで窓の格子を隔てた覚束《おぼつか》ない不言の交際が爰《ここ》に新しい〔époque〕《エポック》に入ったのを、この上もなく嬉しく思って、幾度《いくたび》も繰り返しては、その時の岡田の様子を想像に画《えが》いて見るのであった。

妾も檀那の家にいると、世間並の保護の下《もと》に立っているが、囲物には人の知らぬ苦労がある。お玉の内へも或る日印絆纏《しるしばんてん》を裏返して着た三十前後の男が来て、下総《しもうさ》のもので国へ帰るのだが、足を傷めて歩かれぬから、合力《ごうりき》をしてくれと云った。十銭銀貨を紙に包んで、梅に持たせて出すと紙を明けて見て、「十銭ですかい」と云って、にやりと笑って、「おお方間違だろうから、聞いて見てくんねえ」と云いつつ投げ出した。

梅が真っ赤になって、それを拾って這入る跡から、男は無遠慮に上がって来て、お玉の炭をついでいる箱火鉢の向うに据わった。なんだか色々な事を云うが、取り留めた話ではない。監獄にいた時どうだとか云うことを幾度《いくど》も云って、息張《いば》るかと思えば、泣言を言っている。酒の匂《におい》が胸の悪い程するのである。

お玉はこわくて泣き出したいのを我慢して、その頃通用していた骨牌《かるた》のような形の青い五十銭札を二枚、見ている前で出して紙に包んで、黙って男の手に渡した。男は存外造作なく満足して、「半助でも二枚ありゃあ結構だ、姉《ね》えさん、お前さんは分りの好《い》い人だ、きっと出世しますよ」と云って、覚束ない足を踏み締めて帰った。

　こんな出来事があったので、お玉は心細くてならぬ所から、「隣を買う」と云うことをも覚えて、変った菜でも拵《こしら》えた時は、一人暮らしでいる右隣の裁縫のお師匠さんの所へ、梅に持たせて遣るようになった。

　師匠はお貞《てい》と云って、四十を越しているのに、まだどこやら若く見える所のある、色の白い女である。前田家の奥で、三十になるまで勤めて、夫を持ったが間もなく死なれてしまったと云う。詞遣が上品で、お家流の手を好く書く。お玉が手習がしたいと云った時、手本などを貸してくれた。

　或る日の朝お貞が裏口から、前日にお玉の遣った何やらの礼を言いに来た。暫く立話をしているうちに、お貞が「あなた岡田さんがお近づきですね」と云った。

　お玉はまだ岡田と云う名を知らない。それでいて、お師匠さんの云うのはあの学生さんの事だと云うこと、こう聞かれるのは自分に辞儀をした所を見られたのだと云うこと、この場合では厭でも知った振をしなくてはならぬと云うことなどが、稲妻のように心頭を掠《かす》めて過ぎた。そして遅疑した跡をお貞が認め得ぬ程速《すみや》かに、「ええ」と答えた。

「あんなお立派な方でいて、大層品行が好くてお出なさるのですってね」とお貞が云った。

「あなた好く御存じね」と大胆にお玉が云った。

「上条のお上さんも、大勢学生さん達が下宿していなすっても、あんな方は外にないと云っていますの」こう云って置いて、お貞は帰った。

お玉は自分が褒められたような気がした。そして「上条、岡田」と口の内で繰り返した。

拾漆《じゅうしち》

お玉の所へ末造の来る度数は、時の立つに連れて少くはならないで、却《かえ》って多くなった。それはこれまでのように極《き》まって晩に来る外に、不規則な時間にちょいちょい来るようになったのである。なぜそうなったかと云うに、女房のお常がうるさく附き纏《まと》って、どうかしてくれ、どうかしてくれと云うので、ふいと逃げ出して無縁坂へ来るからである。いつも末造がそんな時、どうもすることはない、これまで通りにしていれば好《い》いのだと云うと、どうにかしなくてはいられぬと云って、里へ帰られぬ事や、子供の手放されぬ事や、自分の年を取った事や、つまり生活状態の変更に対するあらゆる障碍《しょうがい》を並べて口説き立てる。それでも末造はどうもすることはない、どうもしなくても好いと繰り返す。そのうちにお常は次第に腹を立てて来て、手が附けられぬようになる。そこで飛び出すことになっている。何事も理窟《りくつ》っぽく、数学的に物を考える末造が為《た》めには、お常の言ってい る事が不思議でならない。丁度一方が開け放されて、三方が壁で塞《ふさ》がれている間《ま》の、その開け放された戸口を背にして立っていて、どちらへも往《ゆ》かれぬと云って、悶え苦む人を見るような気がする。

戸口は開け放されているではないか。なぜ振り返って見ないのだと云うより外に、その人に対して言うべき詞はない。お常の身の上はこれまでより楽にこそなっているが、少しも圧制だの窘迫《きんぱく》だの掣肘《せいちゅう》だのを受けてはいない。なるほど無縁坂と云うものが新に出来たには相違ない。しかし世間の男のように、自分はその為めに、女房に冷澹《れいたん》になったとか、苛酷になったとか云うことはない。寧《むし》ろこれまでよりは親切に、寛大に取り扱っている。戸口は依然として開け放されているではないかと思うのである。

無論末造のこう云う考には、身勝手が交っている。なぜと云うに、物質的に女房に為向ける事がこれまでと変らぬにしても、又自分が女房に対する詞や態度が変らぬにしても、お玉と云うものがいる今を、いなかった昔と同じように思えと云うのは、無理な要求である。お常がために目の内の刺《とげ》になっているお玉ではないか。それを抜いて安心させて遣ろうと云う意志が自分には無いではないか。固《もと》よりお常は物事に筋道を立てて考えるような女ではないから、そんな事をはっきり意識してはいぬが、末造の謂《い》う戸口が依然として開け放されてはいない。お常が現在の安心や未来の希望を覗《のぞ》く戸口には、重くろしい、黒い影が落ちているのである。

或る日末造は喧嘩《けんか》をして、内をひょいと飛び出した。時刻は午前十時過ぎでもあっただろう。直ぐに無縁坂へ往こうかとも思ったが、生憎女中が小さい子を連れて、七軒町の通にいたので、わざと切通《きりどおし》の方へ抜けて、どこへ往くと云う気もなしに、天神町から五軒町へと、忙がしそうに歩いて行った。折々「糞《くそ》」「畜生」などと云う、いかがわしい単語を口の内でつぶやいているのである。昌平橋に掛かる時、向うから芸者が来た。どこかお玉に似ていると思って、傍《わき》を摩れ違うのを好く見れば、顔は雀斑《そばかす》だらけであった。矢っ張《やっぱり》お玉の方が別品だなと思うと同時に、心に愉快と満足とを覚えて、暫く足を橋の上に駐《と》めて、芸者の後影《うしろかげ》を見送った。多分買物にでも出たのだろう、雀斑芸者は講武所の横町へ姿を隠してしまった。

その頃まだ珍らしい見物《みもの》になっていた眼鏡橋《めがねばし》の袂《たもと》を、柳原の方へ向いてぶらぶら歩いて行く。川岸の柳の下に大きい傘を張って、その下で十二三の娘にかっぽれを踊らせている男がある。その周囲にはいつものように人が集まって見ている。末造がちょいと足を駐めて踊を見ていると、印半纏を着た男が打《ぶ》っ附かりそうにして、避《よ》けて行った。目ざとく振り返った末造と、その男は目を見合せて直ぐに背中を向けて通り過ぎた。「なんだ、目先の見えねえ」とつぶやきながら、末造は袖に入れていた手で懐中を捜《さぐ》った。無論何も取られてはいなかった。この攫徒《すり》は実際目先が見えぬのであった。なぜと云うに、末造は夫婦喧嘩をした日には、神経が緊張していて、不断気の附かぬ程の事にも気が附く。鋭敏な感覚が一層鋭敏になっている。攫徒の方ですろうと云う意志が生ずるに先だって、末造はそれを感ずる位である。こんな時には自己を抑制することの出来るのを誇っている末造も、多少その抑制力が弛《ゆる》んでいる。しかし大抵の人にはそれが分からない。若し非常に感覚の鋭敏な人がいて、細かに末造を観察したら、彼が常より稍《やや》能弁になっているのに気が附くだろう。

そして彼の人の世話を焼いたり、人に親切らしい事を言ったりする言語挙動の間に、どこか慌ただしいような、稍不自然な処《ところ》のあるのを認めるだろう。

もう内を飛び出してから余程時間が立ったように思って、川岸を跡へ引き返しつつ懐時計《ふところどけい》を出して見た。まだやっと十一時である。内を出てから三十分も立ってはいぬのである。

末造は又どこを当ともなしに、淡路町《あわじちょう》から神保町《じんぼうちょう》へ、何か急な用事でもありそうな様子をして歩いて行く。今川小路の少し手前に御茶漬と云う看板を出した家がその頃あった。二十銭ばかりでお膳を据えて、香の物に茶まで出す。末造はこの家を知っているので、午《ひる》を食べに寄ろうかと思ったが、それにはまだ少し早かった。そこを通り過ぎると、右へ廻って狙橋《まないたばし》の手前の広い町に出る。この町は今のように駿河台《するがだい》の下まで広々と附いていたのではない。殆ど袋町《ふくろまち》のように、今末造の来た方角へ曲がる処で終って、それから医学生が虫様突起と名づけた狭い横町が、あの山岡鉄舟の字を柱に掘り附けた社《やしろ》の前を通っていた。これは袋町めいた、狙橋の手前の広い町を盲腸に譬《たと》えたものである。

末造は狙橋を渡った。右側に飼鳥《かいとり》を売る店があって、いろいろな鳥の賑《にぎ》やかな囀《さえず》りが聞える。末造は今でも残っているこの店の前に立ち留まって、檐《のき》に高く弔《つ》ってある鸚鵡《おうむ》や秦吉了《いんこ》の籠《かご》、下に置き並べてある白鳩《しらはと》や朝鮮鳩の籠などを眺めて、それから奥の方に幾段にも積み畳《かさ》ねてある小鳥の籠に目を移した。啼《な》くにも飛び廻るにも、この小さい連中が最も声高《こわだか》で最も活溌であるが、中にも目立って籠の数が多く、賑やかなのは、明るい黄いろな外国種《だね》のカナリア共であった。しかし猶《なお》好く見ているうちに、沈んだ強い色で小さい体を彩られている紅雀《べにすずめ》が末造の目を引いた。末造はふいとあれを買って持って往って、お玉に飼わせて置いたら、さぞふさわしかろうと感じた。そこで余り売りたがりもしなさそうな様子をしている爺いさんに値を問うて、一つがいの紅雀を買った。代を払ってしまった時、爺いさんはどうして持って行くかと問うた。籠に入れて売るのではないかと云えば、そうでないと云う。ようよう籠を一つ頼むようにして売って貰って、それに紅雀を入れさせた。幾羽もいる籠へ、萎《しな》びた手をあらあらしく差し込んで、二羽攫《つか》み出して、空籠《からかご》に移し入れるのである。それで雌雄《めすおす》が分かるかと云えば、しぶしぶ「へえ」と返事をした。

末造は紅雀の籠を提げて俎橋の方へ引き返した。こん度は歩き方が緩やかになって、折々籠を持ち上げては、中の鳥を覗いて見た。喧嘩をして内を飛び出した気分が、拭い去ったように消えてしまって、不断この男のどこかに潜んでいる、優しい心が表面に浮び出ている。籠の中の鳥は、籠の揺れるのを怯《おそ》れてか、止まり木をしっかり攫んで、羽をすぼめるようにして、身動きもしない。末造は覗いて見る度に、早く無縁坂の家に持って往って、窓の所に吊るして遣りたいと思った。

今川小路を通る時、末造は茶漬屋に寄って午食《ひるしょく》をした。女中の据えた黒塗の膳の向うに、紅雀の籠を置いて、目に可哀らしい小鳥を見、心に可哀らしいお玉の事を思いつつ、末造は余り御馳走でもない茶漬屋の飯を旨《うま》そうに食った。

末造がお玉に買って遣った紅雀は、図らずもお玉と岡田とが詞《ことば》を交す媒《なかだち》となった。

この話をし掛けたので、僕はあの年の気候の事を思い出した。あの頃は亡くなった父が秋草を北千住《きたせんじゅ》の家の裏庭に作っていたので、土曜日に上条から父の所へ帰って見ると、もう二百十日が近いからと云って、篠竹《しのだけ》を沢山買って来て、女郎花《おみなえし》やら藤袴《ふじばかま》やらに一本一本それを立て副《そ》えて縛っていた。しかし二百十日は無事に過ぎてしまった。それから二百二十日があぶないと云っていたが、それも無事に過ぎた。しかしその頃から毎日毎日雲のたたずまいが不穏になって、暴模様《あれもよう》が見える。折々又夏に戻ったかと思うような蒸暑いことがある。巽《たつみ》から吹く風が強くなりそうになっては又歇《や》む。父は二百十日が「なしくずし」になったのだと云っていた。

僕は或る日曜日の夕方に、北千住から上条へ帰って来た。書生は皆外へ出ていて、下宿屋はひっそりしていた。自分の部屋へ這入《はい》って、暫《しばら》くぼんやりしていると、今まで誰もいないと思っていた隣の部屋でマッチを磨《す》る音がする。僕は寂しく思っていた時だから、直ぐに声を掛けた。

「岡田君。いたのか」

「うん」返事だか、なんだか分からぬような声である。僕と岡田とは随分心安くなって、他人行儀はしなくなっていたが、それにしてもこの時の返事はいつもとは違っていた。

　僕は腹の中で思った。こっちもぼんやりしていたが、岡田も矢《や》っ張《ぱり》ぼんやりしていたようだ。何か考え込んでいたのではあるまいか。こう思うと同時に、岡田がどんな顔をしているか見たいような気がした。そこで重ねて声を掛けて見た。「君、邪魔をしに往っても好《い》いかい」

「好いどころじゃない。実はさっき帰ってからぼんやりしていた所へ、君が隣へ帰って来てがたがた云わせたので、奮って明りでも附けようと云う気になったのだ」こん度は声がはっきりしている。

　僕は廊下に出て、岡田の部屋の障子を開けた。岡田は丁度鉄門の真向いになっている窓を開けて、机に肘《ひじ》を衝《つ》いて、暗い外の方を見ている。竪《たて》に鉄の棒を打ち附けた窓で、その外には犬走りに植えた側柏《ひのき》が二三本埃《ほこり》を浴びて立っているのである。

　岡田は僕の方へ振り向いて云った。「きょうも又妙にむしむしするじゃないか。僕の所には蚊が二三疋《びき》いてうるさくてしようがない」

　僕は岡田の机の横の方に胡坐《あぐら》を掻《か》いた。「そうだねえ。僕の親父は二百十日のなし崩しと称している」

「ふん。二百十日のなし崩しとは面白いねえ。なる程そうかも知れないよ。僕は空が曇ったり晴れたりしているもんだから、出ようかどうしようかと思って、とうとう午前の間中寝転んで、君に借りた金瓶梅《きんぺいばい》を読んでいたのだ。それから頭がぼうっとして来たので、午飯《ひるめし》を食ってからぶらぶら出掛けると、妙な事に出逢ってねえ」岡田は僕の顔を見ずに、窓の方へ向いてこう云った。

「どんな事だい」

「蛇退治を遣ったのだ」岡田は僕の方へ顔を向けた。

「美人をでも助けたのじゃないか」

「いや。助けたのは鳥だがね、美人にも関係しているのだよ」

「それは面白い。話して聞かせ給え」

拾玖《じゅうく》

岡田はこんな話をした。

雲が慌ただしく飛んで、物狂おしい風が一吹二吹衝突的に起って、街《ちまた》の塵《ちり》を捲《ま》き上げては又息《や》む午過ぎに、半日読んだ支那小説に頭を痛めた岡田は、どこへ往くと云う当てもなしに、上条の家を出て、習慣に任せて無縁坂の方へ曲がった。頭はぼんやりしていた。一体支那小説はどれでもそうだが、中にも金瓶梅は平穏な叙事が十枚か二十枚かあると思うと、約束したように怪《け》しからん事が書いてある。

「あんな本を読んだ跡だからねえ、僕はさぞ馬鹿げた顔をして歩いていただろうと思うよ」と、岡田は云った。

暫くして右側が岩崎の屋敷の石垣になって、道が爪先下《つまさきさが》りになった頃、左側に人立ちのしているのに気が附いた。それが丁度いつも自分の殊更に見て通る家の前であったが、その事だけは岡田が話す時打ち明けずにしまった。集まっているのは女ばかりで、十人ばかりもいただろう。大半は小娘だから、小鳥の囀るように何やら言って噪《さわ》いでいる。岡田は何事も弁《わきま》えず、又それを知ろうと云う好奇心を起す暇《ひま》もなく、今まで道の真ん中を歩いていた足を二三歩その方へ向けた。

大勢の女の目が只一つの物に集注しているので、岡田はその視線を辿《たど》ってこの騒ぎの元を見附けた。それはそこの家の格子窓の上に吊《つ》るしてある鳥籠《とりかご》である。女共の騒ぐのも無理は無い。岡田もその籠の中の様子を見て驚いた。鳥はばたばた羽ばたきをして、啼《な》きながら狭い籠の中を飛び廻っている。何物が鳥に不安を与えているのかと思って好く見れば、大きい青大将が首を籠の中に入れているのである。頭を楔《くさび》のように細い竹と竹との間に押し込んだものと見えて、籠は一寸《ちょっと》見た所では破れてはいない。蛇は自分の体の大《おお》きさの入口を開けて首を入れたのである。岡田は好く見ようと思って二三歩進んだ。小娘共の肩を並べている背後《うしろ》に立つようになったのである。小娘共は言い合せたように岡田を救助者として迎える気になったらしく、道を開いて岡田を前へ出した。岡田はこの時又新しい事実を発見した。それは鳥が一羽《いちわ》ではないと云う事である。羽ばたきをして逃げ廻っている鳥の外に、同じ羽色の鳥が今一羽もう蛇に銜《くわ》えられている。片方の羽の全部を口に含まれているに過ぎないのに、恐怖のためか死んだようになって、一方の羽をぐたりと垂れて、体が綿のようになっている。

この時家の主人らしい稍年上の女が、慌ただしげに、しかも遠慮らしく岡田に物を言った。蛇をどうかしてくれるわけには行くまいかと云うのである。「お隣へお為事《しごと》のお稽古《けいこ》に来ていらっしゃる皆さんが、すぐに大勢でいらっしゃって下すったのですが、どうも女の手ではどうする事も出来ませんでございます」と女は言い足した。小娘の中の一人が、「この方が鳥の騒ぐのを聞いて、障子を開けて見て、蛇を見附けなすった時、きゃっと声を立てなすったもんですから、わたし共はお為事を置いて、皆出て来ましたが、本当にどうもいたすことが出来ませんの、お師匠さんはお留守ですが、いらっしゃったってお婆あさんの方《かた》ですから駄目ですわ」と云った。師匠は日曜日に休まずに一六《いちろく》に休むので、弟子が集まっていたのである。

この話をする時岡田は、「その主人の女と云うのがなかなか別品なのだよ」と云った。しかし前から顔を見知っていて、通る度に挨拶をする女だとは云わなかった。

岡田は返辞をするより先きに、籠の下へ近寄って蛇の様子を見た。籠は隣の裁縫の師匠の家の方に寄せて、窓に吊るしてあって、蛇はこの家と隣家との間から、庇《ひさし》の下をつたって籠にねらい寄って首を挿し込んだのである。蛇の体は縄を掛けたように、庇の腕木を横切っていて、尾はまだ隅の柱のさきに隠れている。随分長い蛇である。いずれ草木《くさき》の茂った加賀屋敷のどこかに住んでいたのがこの頃の気圧の変調を感じてさまよい出て、途中でこの籠の鳥を見附けたものだろう。岡田もどうしようかとちょいと迷った。女達がどうもすることの出来なかったのは無理も無いのである。

「何か刃物はありませんか」と岡田は云った。主人の女が一人の小娘に、「あの台所にある出刃を持ってお出《い》で」と言い附けた。その娘は女中だったと見えて、稽古に隣へ来ていると云う外の娘達と同じような湯帷子《ゆかた》を着た上に紫のメリンスでくけた襷《たすき》を掛けていた。肴《さかな》を切る庖刀《ほうちょう》で蛇を切られては困るとでも思ったか、娘は抗議をするような目附きをして主人の顔を見た。「好いよ、お前の使うのは新らしく買って遣《や》るから」と主人が云った。娘は合点が行ったと見えて、駆けて内へ這入って出刃庖刀を取って来た。

岡田は待ち兼ねたようにそれを受け取って、穿《は》いていた下駄を脱ぎ棄てて、肱掛窓《ひじかけまど》へ片足を掛けた。体操は彼の長技である。左の手はもう庇の腕木を握っている。岡田は庖刀が新しくはあっても余り鋭利でないことを知っていたので、初から一撃に切ろうとはしない。庖刀で蛇の体を腕木に押し附けるようにして、ぐりぐりと刃を二三度前後に動かした。蛇の鱗《うろこ》の切れる時、硝子《がらす》を砕くような手ごたえがした。この時蛇はもう羽を銜えていた鳥の頭を頬のうちに手繰り込んでいたが、体に重傷を負って、波の起伏のような運動をしながら、獲物を口から吐こうともせず、首を籠から抜こうともしなかった。岡田は手を弛めずに庖刀を五六度も前後に動かしたかと思う時、鋭くもない刃がとうとう蛇を俎上《そじょう》の肉の如くに両断した。絶えず体に波を打たせていた蛇の下半身《しもはんしん》が、先《ま》ずばたりと麦門冬《りゅうのひげ》の植えてある雨垂落の上に落ちた。続いて上半身《かみはんしん》が這っていた窓の鴨居《かもい》の上をはずれて、首を籠に挿し込んだままぶらりと下がった。鳥を半分銜えてふくらんだ頭が、弓なりに撓《た》められて折れずにいた籠の竹に支《つか》えて抜けずにいるので、上半身の重みが籠に加わって、籠は四十五度位に傾いた。その中では生き残った一羽の鳥が、不思議に精力を消耗し尽さずに、また羽ばたきをして飛び廻っているのである。

岡田は腕木に搦《から》んでいた手を放して飛び降りた。女達はこの時まで一同息を屏《つ》めて見ていたが、二三人はここまで見て裁縫の師匠の家《うち》に這入った。「あの籠を卸して蛇の首を取らなくては」と云って、岡田は女主人の顔を見た。しかし蛇の半身がぶらりと下がって、切口から黒ずんだ血がぽたぽた窓板の上に垂れているので、主人も女中も内に這入って吊るしてある麻糸をはずす勇気がなかった。

その時「籠を卸して上げましょうか」と、とんきょうな声で云ったものがある。集まっている一同の目はその声の方に向いた。声の主は酒屋の小僧であった。岡田が蛇退治をしている間、寂しい日曜日の午後に無縁坂を通るものはなかったが、この小僧がひとり通り掛って、括縄《くぐなわ》で縛った徳利と通帳《かよいちょう》とをぶら下げたまま、蛇退治を見物していた。そのうち蛇の下半身が麦門冬の上に落ちたので小僧は徳利も帳面も棄てて置いて、すぐに小石を拾って蛇の創口《きずぐち》を叩いて、叩く度にまだ死に切らない下半身が波を打つように動くのを眺めていたのである。

「そんなら小僧さん済みませんが」と女主人が頼んだ。小さい女中が格子戸から小僧を連れて内へ這入った。間もなく窓に現れた小僧は万年青《おもと》の鉢の置いてある窓板の上に登って、一しょう懸命背伸びをして籠を吊るしてある麻糸を釘《くぎ》からはずした。そして女中が受け取ってくれぬので、小僧は籠を持ったまま窓板から降りて、戸口に廻って外へ出た。

小僧は一しょに附いて来た女中に、「籠はわたしが持っているから、あの血を掃除しなくちゃ行けませんぜ、畳にも落ちましたからね」と、高慢らしく忠告した。「本当に早く血をふいておしまいよ」と、女主人が云った。女中は格子戸の中へ引き返した。

岡田は小僧の持って出た籠をのぞいて見た。一羽の鳥は止まり木に止まって、ぶるぶる顫《ふる》えている。蛇に銜えられた鳥の体は半分以上口の中に這入っている。蛇は体を截《き》られつつも、最期の瞬間まで鳥を呑もうとしていたのである。

小僧は岡田の顔を見て、「蛇を取りましょうか」と云った。「うん、取るのは好《い》いが、首を籠の真ん中の所まで持ち上げて抜くようにしないと、まだ折れていない竹が折れるよ」と、岡田は笑いながら云った。小僧は旨く首を抜き出して、指尖《ゆびさき》で鳥の尻を引っ張って見て、「死んでも放しゃあがらない」と云った。

この時まで残っていた裁縫の弟子達は、もう見る物が無いと思ったか、揃《そろ》って隣の家の格子戸の内に這入った。

「さあ僕もそろそろお暇《いとま》をしましょう」と云って、岡田があたりを見廻した。

女主人はうっとりと何か物を考えているらしく見えていたが、この詞《ことば》を聞いて、岡田の方を見た。そして何か言いそうにして躊躇《ちゅうちょ》して、目を脇へそらした。それと同時に女は岡田の手に少し血の附いているのを見附けた。「あら、あなたお手がよごれていますわ」と云って、女中を呼んで上り口へ手水盥《ちょうずだらい》を持って来させた。岡田はこの話をする時女の態度を細かには言わなかったが、「ほんの少しばかり小指の所に血の附いていたのを、よく女が見附けたと、僕は思ったよ」と云った。

岡田が手を洗っている最中に、それまで蛇の吭《のど》から鳥の死骸を引き出そうとしていた小僧が、「やあ大変」と叫んだ。

新しい手拭《てぬぐい》の畳んだのを持って、岡田の側に立っている女主人が、開けたままにしてある格子戸に片手を掛けて外を覗いて、「小僧さん、何」と云った。

小僧は手をひろげて鳥籠を押さえていながら、「も少しで蛇が首を入れた穴から、生きている分の鳥が逃げる所でした」と云った。

岡田は手を洗ってしまって、女のわたした手拭でふきつつ、「その手を放さずにいるのだぞ」と小僧に言った。そして何かしっかりした糸のような物があるなら貰いたい、鳥が籠の穴から出ないようにするのだと云った。

女はちょっと考えて、「あの元結《もとゆい》ではいかがでございましょう」と云った。

「結構です」と岡田が云った。

女主人は女中に言い附けて、鏡台の抽斗《ひきだし》から元結を出して来させた。岡田はそれを受け取って、鳥籠の竹の折れた跡に縦横に結び附けた。

「先ず僕の為事はこの位でおしまいでしょうね」と云って、岡田は戸口を出た。

女主人は「どうもまことに」と、さも詞に窮したように云って、跡から附いて出た。

岡田は小僧に声を掛けた。「小僧さん。御苦労序《ついで》にその蛇を棄ててくれないか」

「ええ。坂下のどぶの深い処へ棄てて来ましょう。どこかに縄は無いかなあ」こう云って小僧はあたりを見廻した。

「縄はあるから上げますよ。それにちょっと待っていて下さいな」女主人は女中に何か言い附けている。

その隙《ひま》に岡田は「さようなら」と云って、跡を見ずに坂を降りた。

ここまで話してしまった岡田は僕の顔を見て、「ねえ、君、美人の為めとは云いながら、僕は随分働いただろう」と云った。

「うん。女のために蛇を殺すと云うのは、神話めいていて面白いが、どうもその話はそれぎりでは済みそうにないね」僕は正直に心に思う通りを言った。

「馬鹿を言い給え、未完の物なら、発表しはしないよ」岡田がこう云ったのも、矯飾《きょうしょく》して言ったわけではなかったらしい。しかし仮にそれぎりで済む物として、幾らか残惜しく思う位の事はあったのだろう。

僕は岡田の話を聞いて、単に神話らしいと云ったが、実は今一つすぐに胸に浮んだ事のあるのを隠していた。それは金瓶梅を読みさして出た岡田が、金蓮《きんれん》に逢ったのではないかと思ったのである。

大学の小使上がりで今金貸しをしている末造の名は、学生中に知らぬものが無い。金を借らぬまでも、名だけは知っている。しかし無縁坂の女が末造の妾《めかけ》だと云うことは、知らぬ人もあった。岡田はその一人《いちにん》である。僕はその頃まだ女の種性《すじょう》を好くも知らなかったが、それを裁縫の師匠の隣に囲って置くのが末造だと云うことだけは知っていた。僕の智識には岡田に比べて一日《いちじつ》の長があった。

弐拾《にじゅう》

岡田に蛇を殺して貰った日の事である。お玉はこれまで目で会釈をした事しか無い岡田と親しく話をした為めに、自分の心持が、我ながら驚く程急劇に変化して来たのを感じた。女には欲しいとは思いつつも買おうとまでは思わぬ品物がある。そう云う時計だとか指環《ゆびわ》だとかが、硝子窓の裏に飾ってある店を、女はそこを通る度に覗《のぞ》いて行く。わざわざその店の前に往こうとまではしない。

何か外の用事でそこの前を通り過ぎることになると、きっと覗いて見るのである。欲しいと云う望みと、それを買うことは所詮《しょせん》企て及ばぬと云う諦《あきら》めとが一つになって、或る痛切で無い、微《かす》かな、甘い哀傷的情緒が生じている。女はそれを味うことを楽みにしている。それとは違って、女が買おうと思う品物はその女に強烈な苦痛を感ぜさせる。女は落ち着いていられぬ程その品物に悩まされる。縦《たと》い幾日か待てば容易《たやす》く手に入《い》ると知っても、それを待つ余裕が無い。女は暑さをも寒さをも夜闇《よやみ》をも雨雪《うせつ》をも厭《いと》わずに、衝動的に思い立って、それを買いに往くことがある。万引なんと云うことをする女も、別に変った木で刻まれたものでは無い。只この欲しい物と買いたい物との境界がぼやけてしまった女たるに過ぎない。岡田はお玉のためには、これまで只欲しい物であったが、今や忽《たちま》ち変じて買いたい物になったのである。

お玉は小鳥を助けて貰ったのを縁に、どうにかして岡田に近寄りたいと思った。最初に考えたのは、何か品物を梅に持たせて礼に遣ろうか、と云う事である。さて品物は何にしようか、藤村の田舎饅頭《いなかまんじゅう》でも買って遣ろうか藤村のでは余り智慧《ちえ》が無さ過ぎる。世間並の事、誰《たれ》でもしそうな事になってしまう。そんならと云って、小切れで肘衝《ひじつき》でも縫って上げたら、岡田さんにはおぼこ娘の恋のようで可笑《おか》しいと思われよう。どうも好《い》い思附《おもいつ》きが無い。さて品物は何か工夫が附いたとして、それをつい梅に持たせて遣ったものだろうか。名刺はこないだ仲町で拵《こしら》えさせたのがあるが、それを添えただけでは、物足らない。ちょっと一筆《ひとふで》書いて遣りたい。さあ困った。学校は尋常科が済むと下がってしまって、それからは手習をする暇も無かったので、自分には満足な手紙は書けない。無論あの御殿奉公をしたと云うお隣のお師匠さんに頼めばわけは無い。しかしそれは厭《いや》だ。手紙には何も人に言われぬような事を書く積りではないが、とにかく岡田さんに手紙を遣ると云うことを、誰にも知らせたくない。まあ、どうしたものだろう。

丁度同じ道を往ったり来たりするように、お玉はこれだけの事を順に考え逆に考え、お化粧や台所の指図に一旦まぎれて忘れては又思い出していた。そのうち末造が来た。お玉は酌をしつつも思い出して、「何をそんなに考え込んでいるのだい」と咎《とが》められた。「あら、わたくしなんにも考えてなんぞいはしませんわ」と、意味の無い笑顔をして見せて、私《ひそ》かに胸をどき附かせた。しかしこの頃はだいぶ修行が詰《つ》んで来たので、何物かを隠していると云うことを、鋭い末造の目にも、容易に見抜かれるような事は無かった。末造が帰った跡で見た夢に、お玉はとうとう菓子折を買って来て、急いで梅に持たせて出した。その跡で名刺も添えず手紙も附けずに遣ったのに気が附いて、はっと思うと、夢が醒《さ》めた。

翌日になった。この日は岡田が散歩に出なかったか、それともこっちで見はずしたか、お玉は恋しい顔を見ることが出来なかった。その次の日は岡田が又いつものように窓の外を通った。窓の方をちょいと見て通り過ぎたが、内が暗いのでお玉と顔を見合せることは出来なかった。その又次の日は、いつも岡田の通る時刻になると、お玉は草帚《くさぼうき》を持ち出して、格別五味《ごみ》も無い格子戸の内を丁寧に掃除して、自分の穿《は》いている雪踏《せった》の外、只一足しか出して無い駒下駄を、右に置いたり、左に置いたりしていた。「あら、わたくしが掃きますわ」と云って、台所から出た梅を、「好いよ、お前は煮物を見ていておくれ、わたし用が無いからしているのだよ」と云って追い返した。そこへ丁度岡田が通り掛かって、帽を脱いで会釈をした。お玉は帚を持ったまま顔を真っ赤にして棒立に立っていたが、何も言うことが出来ずに、岡田を行き過ぎさせてしまった。お玉は手を焼いた火箸《ひばし》をほうり出すように帚を棄てて、雪踏を脱いで急いで上がった。

お玉は箱火鉢の傍《そば》へすわって、火をいじりながら思った。まあ、私はなんと云う馬鹿だろう。きょうのような涼しい日には、もう窓を開けて覗いていては可笑しいと思って、余計な掃除の真似なんぞをして、切角待っていた癖に、いざと云う場になると、なんにも言うことが出来なかった。檀那の前では間の悪いような風はしていても、言おうとさえ思えば、どんな事でも言われぬことは無い。それに岡田さんにはなぜ声が掛けられなかったのだろう。あんなにお世話になったのだから、お礼を言うのは当前《あたりまえ》だ。それがきょう言われぬようでは、あの方に物を言う折は無くなってしまうかも知れない。梅を使にして何か持たせて上げようと思っても、それは出来ず、お目に掛かっても、物を言うことが出来なくては、どうにも為様《しよう》がなくなってしまう。一体わたしはあの時なぜ声が出なかったのだろう。そう、そう。あの時わたしは慥《たし》かに物を言おうとした。唯何と云って好《よ》いか分からなかったのだ。「岡田さん」と馴々しく呼び掛けることは出来ない。そんならと云って、顔を見合せて「もしもし」とも云いにくい。ほんにこう思って見ると、あの時まごまごしたのも無理はない。こうしてゆっくり考えて見てさえ、なんと云って好《い》いか分からないのだもの。いやいや。こんな事を思うのは矢《や》っ張《ぱり》わたしが馬鹿なのだ。声なんぞを掛けるには及ばない。すぐに外へ駆け出せば好かったのだ。そうしたら岡田さんが足を駐《と》めたに違いない。足さえ駐めて貰えば、「あの、こないだは飛んだ事でお世話様になりまして」とでも、なんとでも云うことが出来たのだ。お玉はこんな事を考えて火をいじっているうちに、鉄瓶の蓋《ふた》が跳《おど》り出したので、湯気を洩《も》らすように蓋を切った。

それからはお玉は自分で物を言おうか、使を遣ろうかと二様に工夫を凝らしはじめた。そのうち夕方は次第に涼しくなって、窓の障子は開けていにくい。庭の掃除はこれまで朝一度に極《き》まっていたのに、こないだの事があってからは、梅が朝晩に掃除をするので、これも手が出しにくい。お玉は湯に往く時刻を遅くして、途中で岡田に逢おうとしたが、坂下の湯屋までの道は余り近いので、なかなか逢うことが出来なかった。又使を遣ると云うことも、日数《ひかず》が立てば立つ程出来にくくなった。

そこでお玉は一時こんな事を思って、無理に諦めを附けていた。わたしはあれきり岡田さんにお礼を言わないでいる。言わなくては済まぬお礼が言わずにあって見れば、わたしは岡田さんのしてくれた事を恩に被《き》ている。このわたしが恩に被ていると云うことは岡田さんには分かっている筈である。こうなっているのが、却《かえ》って下手にお礼をしてしまったより好《い》いかも知れぬと思ったのである。

しかしお玉はその恩に被ていると云うことを端緒にして、一刻も早く岡田に近づいて見たい。唯その方法手段が得られぬので、日々《にちにち》人知れず腐心している。

お玉は気の勝った女で、末造に囲われることになってから、短い月日の間に、周囲から陽に貶《おとし》められ、陰に羨《うらや》まれる妾と云うものの苦しさを味って、そのお蔭《かげ》で一種の世間を馬鹿にしたような気象を養成してはいるが、根が善人で、まだ人に揉《も》まれていぬので、下宿屋に住まっている書生の岡田に近づくのをひどくおっくうに思っていたのである。

そのうち秋日和に窓を開けていて、又岡田と会釈を交す日があっても、切角親しく物を言って、手拭を手渡ししたのが、少しも接近の階段を形づくらずにしまって、それ程の事のあった後《のち》が、何事もなかった前と、なんの異なる所もなくなっていた。お玉はそれをひどくじれったく思った。

末造が来ていても、箱火鉢を中に置いて、向き合って話をしている間に、これが岡田さんだったらと思う。最初はそう思う度に、自分で自分の横着を責めていたが、次第に平気で岡田の事ばかり思いつつも、話の調子を合せているようになった。それから末造の自由になっていて、目を瞑《つぶ》って岡田の事を思うようになった。折々は夢の中で岡田と一しょになる。煩わしい順序も運びもなく一しょになる。そして「ああ、嬉しい」と思うとたんに、相手が岡田ではなくて末造になっている。はっと驚いて目を醒まして、それから神経が興奮して寐《ね》られぬので、じれて泣くこともある。

いつの間にか十一月になった。小春日和が続いて、窓を開けて置いても目立たぬので、お玉は又岡田の顔を毎日のように見ることが出来た。これまで薄ら寒い雨の日などが続いて、二三日も岡田の顔の見られぬことがあると、お玉は塞《ふさ》いでいた。それでも飽くまで素直な性《たち》なので、梅に無理を言って迷惑させるような事はない。ましてや末造に不機嫌な顔を見せなんぞはしない。唯そんな時は箱火鉢の縁《ふち》に肘を衝《つ》いて、ぼんやりして黙っているので、梅が「どこかお悪いのですか」と云ったことがあるだけである。それが岡田の顔がこの頃続いて見られるので、珍らしく浮き浮きして来て、或る朝いつもよりも気軽に内を出て、池の端の父親の所へ遊びに往った。

お玉は父親を一週間に一度ずつ位はきっと尋ねることにしているが、まだ一度も一時間以上腰を落ち着けていたことは無い。それは父親が許さぬからである。父親は往く度に優しくしてくれる。何か旨《うま》い物でもあると、それを出して茶を飲ませる。しかしそれだけの事をしてしまうと、すぐに帰れと云う。これは老人の気の短い為めばかりでは無い。奉公に出したからには、勝手に自分の所に引き留めて置いては済まぬと思うのである。お玉が二度目か三度目に父親の所に来た時、午前のうちは檀那の見えることは決して無いから、少しはゆっくりしていても好《い》いと云ったことがある。父親は承知しなかった。「なる程これまではお出《いで》がなかったかも知れない。それでもいつ何の御用事があってお出なさるかも知れぬではないか。檀那に申し上げておひまを戴いた日は別だが、お前のように買物に出て寄って、ゆっくりしていてはならない。それではどこをうろついているかと、檀那がお思なされても為方が無い」と云うのであった。

若し父親が末造の職業を聞いて心持を悪くしはすまいかと、お玉は始終心配して、尋ねて往く度に様子を見るが、父親は全く知らずにいるらしい。それはその筈である。父親は池の端に越して来てから、暫《しばら》く立つうちに貸本を読むことを始めて、昼間はいつも眼鏡を掛けて貸本を読んでいる。それも実録物とか講談物とか云う「書き本」に限っている。この頃読んでいるのは三河後風土記《みかわごふうどき》である。これはだいぶ冊数が多いから、当分この本だけで楽めると云っている。貸本屋が「読み本」を見せて勧めると、それは譃《うそ》の書いてある本だろうと云って、手に取って見ようともしない。夜は目が草臥《くたび》れると云って本を読まずに、寄せへ往く。寄せで聞くものなら、本当か譃《うそ》かなどとは云わずに、落語も聞けば義太夫も聴く。主に講釈ばかり掛かる広小路の席へは、余程気に入った人が出なくては往かぬのである。道楽は只それだけで、人と無駄話をすると云うことが無いから、友達も出来ない。そこで末造の身の上なぞを聞き出す因縁は生じて来ぬのである。

それでも近所には、あの隠居の内へ尋ねて来る好い女はなんだろうと穿鑿《せんさく》して、とうとう高利貸の妾だそうだと突き留めたものもある。若し両隣に口のうるさい人でもいると、爺いさんがどんなに心安立《こころやすだて》をせずにいても、無理にも厭な噂《うわさ》を聞せられるのだが、為合せな事には一方の隣が博物館の属官で、法帖《ほうじょう》なんぞをいじって手習ばかりしている男、一方の隣がもう珍らしいものになっている板木師《はんぎし》で、篆刻《てんこく》なんぞには手を出さぬ男だから、どちらも爺いさんの心の平和を破るような虞《おそれ》はない。まだ並んでいる家の中で、店を開けて商売をしているのは蕎麦屋《そばや》の蓮玉庵と煎餅屋《せんべいや》と、その先きのもう広小路の角に近い処の十三屋と云う櫛屋《くしや》との外には無かった時代である。

爺いさんは格子戸を開けて這入《はい》る人のけはい、軽げな駒下駄の音だけで、まだ優しい声のおとないを聞かぬうちに、もうお玉が来たのだと云うことを知って、読みさしの後風土記を下に置いて待っている。掛けていた目金を脱《はず》して、可哀い娘の顔を見る日は、爺いさんのためには祭日である。娘が来れば、きっと目金を脱す。目金で見た方が好く見える筈だが、どうしても目金越しでは隔てがあるようで気が済まぬのである。娘に話したい事はいつも溜《た》まっていて、その一部分を忘れて残したのに、いつも娘の帰った跡で気が附く。しかし「檀那は御機嫌好くてお出になるかい」と末造の安否を問うことだけは忘れない。

お玉はきょう機嫌の好《い》い父親の顔を見て、阿茶《あちゃ》の局《つぼね》の話を聞せて貰い、広小路に出来た大千住《おおせんじゅ》の出店で買ったと云う、一尺四方もある軽焼の馳走になった。そして父親が「まだ帰らなくても好いかい」と度々聞くのに、「大丈夫よ」と笑いながら云って、とうとう正午近くまで遊んでいた。そしてこの頃のように末造が不意に来ることのあるのを父親に話したら、あの帰らなくても好いかと云う催促が一層劇《はげ》しくなるだろうと、心の中《うち》で思った。自分はいつか横着になって、末造に留守の間《ま》に来られてはならぬと云うような心遣をせぬようになっているのである。

弐拾壱《にじゅういち》

時候が次第に寒くなって、お玉の家の流しの前に、下駄で踏む処《ところ》だけ板が土に填《う》めてある、その板の上には朝霜が真っ白に置く。深い井戸の長い弔瓶縄《つるべなわ》が冷たいから、梅に気の毒だと云って、お玉は手袋を買って遣《や》ったが、それを一々嵌《は》めたり脱いだりして、台所の用が出来るものでは無いと思った梅は、貰った手袋を大切にしまって置いて、矢張《やはり》素手で水を汲む。洗物をさせるにも、雑巾掛《ぞうきんがけ》をさせるにも、湯を涌《わ》かして使わせるのに、梅の手がそろそろ荒れて来る。お玉はそれを気にして、こんな事を言った。「なんでも手を濡らした跡をそのままにして置くのが悪いのだよ。水から手を出したら、すぐに好く拭いて乾かしてお置。用が片附いたら、忘れないでシャボンで手を洗うのだよ」こう云ってシャボンまで買って渡した。それでも梅の手が次第に荒れるのを、お玉は気の毒がっている。そしてあの位の事は自分もしたが、梅のように手の荒れたことは無かったのにと、不思議にも思うのである。

朝目を醒まして起きずにはいられなかったお玉も、この頃は梅が、「けさは流しに氷が張っていますよ、も少しお休になっていらっしゃいまし」なぞと云うと、つい布団にくるまっている様になった。教育家は妄想《もうぞう》を起させぬために青年に床に入《い》ってから寐附かずにいるな、目が醒めてから起きずにいるなと戒める。少壮な身を暖い衾《ふすま》の裡《うち》に置けば、毒草の花を火の中に咲かせたような写象が萌《きざ》すからである。お玉の想像もこんな時には随分放恣《ほうし》になって来ることがある。そう云う時には目に一種の光が生じて、酒に酔ったように瞼《まぶた》から頬に掛け紅《くれない》が漲《みなぎ》るのである。

前晩《ぜんばん》に空が晴れ渡って、星がきらめいて、暁に霜の置いた或る日の事であった。お玉はだいぶ久しく布団の中で、近頃覚えた不精《ぶしょう》をしていて、梅が疾《と》っくに雨戸を繰り開けた表の窓から、朝日のさし入るのを見て、やっと起きた。そして細帯一つでねんねこ半纏《はんてん》を羽織って、縁側に出て楊枝《ようじ》を使っていた。すると格子戸をがらりと開ける音がする。「いらっしゃいまし」と愛想好く云う梅の声がする。そのまま上がって来る足音がする。

「やあ。寐坊だなあ」こう云って箱火鉢の前に据わったのは末造である。

「おや。御免なさいましよ。大そうお早いじゃございませんか」銜《くわ》えていた楊枝を急いで出して、唾《つばき》をバケツの中に吐いてこう云ったお玉の、少しのぼせたような笑顔が、末造の目にはこれまでになく美しく見えた。一体お玉は無縁坂に越して来てから、一日一日と美しくなるばかりである。最初は娘らしい可哀さが気に入っていたのだが、この頃はそれが一種の人を魅するような態度に変じて来た。末造はこの変化を見て、お玉に情愛が分かって来たのだ、自分が分からせて遣ったのだと思って、得意になっている。しかしこれは何事をも鋭く看破する末造の目が、笑止にも愛する女の精神状態を錯《あやま》り認めているのである。お玉は最初主人大事に奉公をする女であったのが、急劇な身の上の変化のために、煩悶《はんもん》して見たり省察《せいさつ》して見たりした挙句、横着と云っても好《い》いような自覚に到達して、世間の女が多くの男に触れた後《のち》に纔《わず》かに羸《か》ち得る冷静な心と同じような心になった。この心に翻弄《ほんろう》せられるのを、末造は愉快な刺戟《しげき》として感ずるのである。それにお玉は横着になると共に、次第に少しずつじだらくになる。末造はこのじだらくに情慾を煽《あお》られて、一層お玉に引き附けられるように感ずる。この一切の変化が末造には分からない。魅せられるような感じはそこから生れるのである。

お玉はしゃがんで金盥《かなだらい》を引き寄せながら云った。「あなた一寸《ちょっと》あちらへ向いていて下さいましな」

「なぜ」と云いつつ、末造は金天狗《きんてんぐ》に火を附けた。

「だって顔を洗わなくちゃ」

「好いじゃないか。さっさと洗え」

「だって見ていらっしゃっちゃ、洗えませんわ」

「むずかしいなあ。これで好いか」末造は烟《けぶり》を吹きつつ縁側に背中を向けた。そして心中になんと云うあどけない奴だろうと思った。

お玉は肌も脱がずに、只領《えり》だけくつろげて、忙がしげに顔を洗う。いつもより余程手を抜いてはいるが、化粧の秘密を藉《か》りて、庇《きず》を蔽《おお》い美を粧《よそお》うと云う弱点も無いので、別に見られていて困ることは無い。

末造は最初背中を向けていたが、暫くするとお玉の方へ向き直った。顔を洗う間末造に背中を向けていたお玉はこれを知らずにいたが、洗ってしまって鏡台を引き寄せると、それに末造の紙巻を銜えた顔がうつった。

「あら、ひどい方ね」とお玉は云ったが、そのまま髪を撫《な》で附けている。くつろげた領の下に項《うなじ》から背へ掛けて三角形に見える白い肌、手を高く挙げているので、肘の上二三寸の所まで見えるふっくりした臂《ひじ》が、末造のためにはいつまでも厭《あ》きない見ものである。そこで自分が黙って待っていたら、お玉が無理に急ぐかも知れぬと思って、わざと気楽げにゆっくりした調子で話し出した。

「おい急ぐには及ばないよ。何も用があってこんなに早く出掛けて来たのではないのだ。実はこないだお前に聞かれて、今晩あたり来るように云って置いたが、ちょいと千葉へ往かなくてはならない事になったのだ。話が旨く運べば、あすのうちに帰って来られるのだが、どうかするとあさってになるかも知れない」

櫛をふいていたお玉は「あら」と云って振り返った。顔に不安らしい表情が見えた。

「おとなしくして待っているのだよ」と、笑談《じょうだん》らしく云って、末造は巻烟草入《まきたばこいれ》をしまった。そしてついと立って戸口へ出た。

「まあお茶も上げないうちに」と云いさして、投げるように櫛を櫛箱に入れたお玉が、見送りに起《た》って出た時には、末造はもう格子戸を開けていた。

朝飯の膳を台所から運んで来た梅が、膳を下に置いて、「どうも済みません」と云って手を衝いた。箱火鉢の傍に据わって、火の上に被《かぶ》さった灰を火箸で掻《か》き落していたお玉は、「おや、何をあやまるのだい」と云って、にっこりした。

「でもついお茶を上げるのが遅くなりまして」

「ああ。その事かい。あれはわたしが御挨拶に云ったのだよ。檀那はなんとも思ってはお出《いで》なさらないよ」こう云って、お玉は箸を取った。

けさ御膳を食べている主人の顔を梅が見ると、めったに機嫌を悪くせぬ性分ではあるが、特別に嬉しそうに見える。さっき「何をあやまるのだい」と云って笑った時から、ほんのりと赤く匂《にお》った頬のあたりをまだ微笑《ほほえみ》の影が去らずにいる。なぜだろうかと云う問題が梅の頭にも生ぜずには済まなかったが、飽くまで単純な梅の頭にはそれが根を卸しもしない。只好い気持が伝染して、自分も好い気持になっただけである。

お玉はじっと梅の顔を見て、機嫌の好い顔を一層機嫌を好くして云った。「あの、お前お内へ往《い》きたかなくって」

梅は怪訝《かいが》の目を睜《みは》った。まだ明治十何年と云う頃には江戸の町家の習慣律が惰力を持っていたので、市中から市中へ奉公に上がっていても、藪入《やぶいり》の日の外には容易に内へは帰られぬことに極まっていた。

「あの今晩は檀那様がいらっしゃらないだろうと思うから、お前内へ往って泊って来たけりゃあ泊って来ても好いよ」お玉は重ねてこう云った。

「あの本当でございますの」梅は疑って問い返したのでは無い。過分の恩恵だと感じて、この詞《ことば》を発したのである。

「譃なんぞ言うものかね。わたしはそんな罪な事をして、お前をからかったり何かしやしないわ。御飯の跡は片附けなくっても好いから、すぐに往っても好いよ。そしてきょうはゆっくり遊んで、晩には泊ってお出。その代りあしたは早く帰るのだよ」

「はい」と云ってお梅は嬉しさに顔を真っ赤にしている。そして父が車夫をしているので、車の二三台並べてある入口の土間や、箪笥《たんす》と箱火鉢との間に、やっと座布団が一枚布《し》かれる様になっていて、そこに為事《しごと》に出ない間は父親が据わっており、留守には母親の据わっている所や、鬢《びん》の毛がいつも片頬に垂れ掛かっていて、肩から襷《たすき》を脱《はず》したことのめったに無い母親の姿などが、非常な速度を以《もっ》て入り替りつつ、小さい頭の中に影絵のように浮かんで来るのである。

食事が済んだので、お梅は膳を下げた。片附けなくても好いとは云われても、洗う物だけは洗って置かなくてはと思って、小桶《こおけ》に湯を取って茶碗や皿をちゃらちゃら言わせていると、そこへお玉は紙に包んだ物を持って出て来た。「あら、矢っ張り片附けているのね。それんばかりの物を洗うのはわけは無いから、わたしがするよ。お前髪はゆうべ結《い》ったのだからそれで好いわね。早く着物をお着替よ。そしてなんにもお土産が無いから、これを持ってお出」こう云って紙包をわたした。中には例の骨牌《かるた》のような恰好をした半円の青い札がはいっていたのである。

梅をせき立てて出して置いて、お玉は甲斐甲斐《かいがい》しく襷を掛け褄《つま》を端折《はしょ》って台所に出た。そしてさも面白い事をするように、梅が洗い掛けて置いた茶碗や皿を洗い始めた。こんな為事は昔取った杵柄《きねづか》で、梅なんぞが企て及ばぬ程迅速に、しかも周密に出来る筈のお玉が、きょうは子供がおもちゃを持って遊ぶより手ぬるい洗いようをしている。取り上げた皿一枚が五分間も手を離れない。そしてお玉の顔は活気のある淡紅色に赫《かがや》いて、目は空《くう》を見ている。

そしてその頭の中には、極めて楽観的な写象が往来している。一体女は何事によらず決心するまでには気の毒な程迷って、とつおいつする癖に、既に決心したとなると、男のように左顧右眄《さこうべん》しないで、〔oe&ille`re s〕《オヨイエエル》を装われた馬のように、向うばかり見て猛進するものである。思慮のある男には疑懼《ぎく》を懐《いだ》かしむる程の障礙物《しょうがいぶつ》が前途に横《よこた》わっていても、女はそれを屑《もののくず》ともしない。それでどうかすると男の敢《あえ》てせぬ事を敢てして、おもいの外に成功することもある。お玉は岡田に接近しようとするのに、若し第三者がいて観察したら、もどかしさに堪えまいと思われる程、逡巡《しゅんじゅん》していたが、けさ末造が千葉へ立つと云って暇乞《いとまごい》に来てから、追手《おいて》を帆に孕《はら》ませた舟のように、志す岸に向って走る気になった。それで梅をせき立てて、親許《おやもと》に返して遣ったのである。邪魔になる末造は千葉へ往って泊る。女中の梅も親の家に帰って泊る。これからあすの朝までは、誰にも掣肘《せいちゅう》せられることの無い身の上だと感ずるのが、お玉のためには先《ま》ず愉快でたまらない。そしてこうとんとん拍子に事が運んで行くのが、終局の目的の容易に達せられる前兆でなくてはならぬように思われる。きょうに限って岡田さんが内の前をお通なさらぬことは決して無い。往反《ゆきかえり》に二度お通なさる日もあるのだから、どうかして一度逢われずにしまうにしても、二度共見のがすようなことは無い。きょうはどんな犠牲を払っても物を言い掛けずには置かない。思い切って物を言い掛けるからは、あの方の足が留められぬ筈が無い。わたしは卑しい妾に身を堕《おと》している。しかも高利貸の妾になっている。だけれど生娘《きむすめ》でいた時より美しくはなっても、醜くはなっていない。その上どうしたのが男に気に入ると云うことは、不為合《ふしあわせ》な目に逢った物怪《もっけ》の幸《さいわい》に、次第に分かって来ているのである。して見れば、まさか岡田さんに一も二もなく厭《いや》な女だと思われることはあるまい。いや。そんな事は確かに無い。若し厭な女だと思ってお出なら、顔を見合せる度に礼をして下さる筈が無い。いつか蛇を殺して下すったのだってそうだ。あれがどこの内の出来事でも、きっと手を藉して下すったのだと云うわけではあるまい。若しわたしの内でなかったら、知らぬ顔をして通り過ぎておしまいなすったかも知れない。それにこっちでこれだけ思っているのだから、皆までとは行かぬにしても、この心が幾らか向うに通《とお》っていないことはない筈だ。なに。案じるよりは生むが易いかも知れない。こんな事を思い続けているうちに、小桶の湯がすっかり冷えてしまったのを、お玉はつめたいとも思わずにいた。

膳を膳棚にしまって箱火鉢の所に帰って据わったお玉は、なんだか気がそわそわしてじっとしてはいられぬと云う様子をしていた。そしてけさ梅が綺麗《きれい》に篩《ふる》った灰を、火箸で二三度掻き廻したかと思うと、つと立って着物を着換えはじめた。同朋町《どうぼうちょう》の女髪結の所へ往くのである。これは不断来る髪結が人の好い女で、余所行《よそゆき》の時に結いに往けと云って、紹介して置いてくれたのに、これまでまだ一度も往かなかった内なのである。

弐拾弐《にじゅうに》

西洋の子供の読む本に、釘《くぎ》一本と云う話がある。僕は好くは記憶していぬが、なんでも車の輪の釘が一本抜けていたために、それに乗って出た百姓の息子が種々の難儀に出会うと云う筋であった。僕のし掛けたこの話では、青魚《さば》の未醤煮《みそに》が丁度釘一本と同じ効果をなすのである。

僕は下宿屋や学校の寄宿舎の「まかない」に饑《うえ》を凌《しの》いでいるうちに、身の毛の弥立《よだ》つ程厭な菜が出来た。どんな風通しの好《い》い座敷で、どんな清潔な膳の上に載せて出されようとも、僕の目が一たびその菜を見ると、僕の鼻は名状すべからざる寄宿舎の食堂の臭気を嗅《か》ぐ。煮肴《にざかな》に羊栖菜《ひじき》や相良麩《さがらぶ》が附けてあると、もうそろそろこの嗅覚《きゅうかく》の hallucination《アリュシナション》 が起り掛かる。そしてそれが青魚の未醤煮に至って窮極の程度に達する。

然るにその青魚の未醤煮が或日《あるひ》上条の晩飯の膳に上《のぼ》った。いつも膳が出ると直ぐに箸を取る僕が躊躇《ちゅうちょ》しているので、女中が僕の顔を見て云った。

「あなた青魚がお嫌《きらい》」

「さあ青魚は嫌じゃない。焼いたのなら随分食うが、未醤煮は閉口だ」

「まあ。お上さんが存じませんもんですから。なんなら玉子でも持ってまいりましょうか」こう云って立ちそうにした。

「待て」と僕は云った。「実はまだ腹も透いていないから、散歩をして来《き》よう。お上さんにはなんとでも云って置いてくれ。菜が気に入らなかったなんて云うなよ。余計な心配をさせなくても好《い》いから」

「それでもなんだかお気の毒様で」

「馬鹿を言え」

僕が立って袴《はかま》を穿《は》き掛けたので、女中は膳を持って廊下へ出た。僕は隣の部屋へ声を掛けた。

「おい。岡田君いるか」

「いる。何か用かい」岡田ははっきりした声で答えた。

「用ではないがね、散歩に出て、帰りに豊国屋へでも往こうかと思うのだ。一しょに来ないか」

「行こう。丁度君に話したい事もあるのだ」

僕は釘に掛けてあった帽を取って被って、岡田と一しょに上条を出た。午後四時過であったかと思う。どこへ往こうと云う相談もせずに上条の格子戸を出たのだが、二人は門口から右へ曲った。

無縁坂を降り掛かる時、僕は「おい、いるぜ」と云って、肘《ひじ》で岡田を衝いた。

「何が」と口には云ったが、岡田は僕の詞の意味を解していたので、左側の格子戸のある家を見た。

家の前にはお玉が立っていた。お玉は窶《やつ》れていても美しい女であった。しかし若い健康な美人の常として、粧映《つくりばえ》もした。僕の目には、いつも見た時と、どこがどう変っているか、わからなかったが、とにかくいつもとまるで違った美しさであった。女の顔が照り赫いているようなので、僕は一種の羞明《まぶし》さを感じた。

お玉の目はうっとりとしたように、岡田の顔に注がれていた。岡田は慌てたように帽を取って礼をして、無意識に足の運《はこび》を早めた。

僕は第三者に有勝《ありがち》な無遠慮を以て、度々背後《うしろ》を振り向いて見たが、お玉の注視は頗《すこぶ》る長く継続せられていた。

岡田は俯向《うつむ》き加減になって、早めた足の運《はこび》を緩めずに坂を降りる。僕も黙って附いて降りる。僕の胸の中《うち》では種々の感情が戦っていた。この感情には自分を岡田の地位に置きたいと云うことが根調をなしている。しかし僕の意識はそれを認識することを嫌っている。僕は心の内で、「なに、己《おれ》がそんな卑劣な男なものか」と叫んで、それを打ち消そうとしている。そしてこの抑制が功を奏せぬのを、僕は憤っている。自分を岡田の地位に置きたいと云うのは、彼女《かのおんな》の誘惑に身を任せたいと思うのではない。只岡田のように、あんな美しい女に慕われたら、さぞ愉快だろうと思うに過ぎない。そんなら慕われてどうするか、僕はそこに意志の自由を保留して置きたい。僕は岡田のように逃げはしない。僕は逢って話をする。自分の清潔な身は汚さぬが、逢って話だけはする。そして彼女を妹の如くに愛する。彼女の力になって遣る。彼女を淤泥《おでい》の中《うち》から救抜する。僕の想像はこんな取留のない処に帰着してしまった。

坂下の四辻《よつつじ》まで岡田と僕とは黙って歩いた。真っ直に巡査派出所の前を通り過ぎる時、僕はよう物を言うことが出来た。「おい。凄《すご》い状況になっているじゃないか」

「ええ。何が」

「何がも何も無いじゃないか。君だってさっきからあの女の事を思って歩いていたに違ない。僕は度々振り返って見たが、あの女はいつまでも君の後影を見ていた。おおかたまだこっちの方角を見て立っているだろう。あの左伝の、目迎えて而《しこう》してこれを送ると云う文句だねえ。あれをあべこべに女の方で遣っているのだ」

「その話はもうよしてくれ給え。君にだけは顛末《てんまつ》を打ち明けて話してあるのだから、この上僕をいじめなくても好いじゃないか」

　こう云っているうちに、池の縁《ふち》に出たので、二人共ちょいと足を停めた。

「あっちを廻ろうか」と、岡田が池の北の方を指ざした。

「うん」と云って、僕は左へ池に沿うて曲った。そして十歩ばかりも歩いた時、僕は左手に並んでいる二階造の家を見て、「ここが桜痴《おうち》先生と末造君との第宅《ていたく》だ」と独語《ひとりごと》のように云った。

「妙な対照のようだが、桜痴居士も余り廉潔じゃないと云うじゃないか」と、岡田が云った。

　僕は別に思慮もなく、弁駁《べんばく》らしい事を言った。「そりゃあ政治家になると、どんなにしていたって、難癖を附けられるさ」恐らくは福地さんと末造との距離を、なるたけ大きく考えたかったのであろう。

　福地の邸《やしき》の板塀のはずれから、北へ二三軒目の小家《こいえ》に、ついこの頃「川魚」と云う看板を掛けたのがある。僕はそれを見て云った。「この看板を見ると、なんだか不忍の池の肴を食わせそうに見えるなあ」

「僕もそう思った。しかしまさか梁山泊《りょうざんぱく》の豪傑が店を出したと云うわけでもあるまい」

　こんな話をして、池の北の方へ往く小橋を渡った。すると、岸の上に立って何か見ている学生らしい青年がいた。それが二人の近づくのを見て、「やあ」と声を掛けた。柔術に凝っていて、学科の外の本は一切読まぬと云う性《たち》だから、岡田も僕も親しくはせぬが、そうかと云って嫌ってもいぬ石原と云う男である。

「こんな所に立って何を見ていたのだ」と、僕が問うた。

石原は黙って池の方を指ざした。岡田も僕も、灰色に濁った夕《ゆうべ》の空気を透かして、指ざす方角を見た。その頃は根津に通ずる小溝《こみぞ》から、今三人の立っている汀《みぎわ》まで、一面に葦《あし》が茂っていた。その葦の枯葉が池の中心に向って次第に疎《まばら》になって、只枯蓮《かれはす》の襤褸《ぼろ》のような葉、海綿のような房《ぼう》が碁布《きふ》せられ、葉や房の茎は、種々の高さに折れて、それが鋭角に聳《そび》えて、景物に荒涼な趣を添えている。このbitume《ビチュウム》色の茎の間を縫って、黒ずんだ上に鈍い反射を見せている水の面《おもて》を、十羽ばかりの雁《がん》が緩やかに往来している。中には停止して動かぬのもある。

「あれまで石が届くか」と、石原が岡田の顔を見て云った。

「届くことは届くが、中《あた》るか中らぬかが疑問だ」と、岡田は答えた。

「遣って見給え」

岡田は躊躇《ちゅうちょ》した。「あれはもう寐《ね》るのだろう。石を投げ附けるのは可哀そうだ」

石原は笑った。「そう物の哀《あわれ》を知り過ぎては困るなあ。君が投げんと云うなら、僕が投げる」

岡田は不精らしく石を拾った。「そんなら僕が逃がして遣る」つぶてはひゅうと云う微《かす》かな響をさせて飛んだ。僕がその行方をじっと見ていると、一羽の雁が擡《もた》げていた頸《くび》をぐたりと垂れた。それと同時に二三羽の雁が鳴きつつ羽たたきをして、水面を滑って散った。しかし飛び起ちはしなかった。頸を垂れた雁は動かずに故《もと》の所にいる。

「中った」と、石原が云った。そして暫《しばら》く池の面《おもて》を見ていて、詞を継いだ。「あの雁は僕が取って来るから、その時は君達も少し手伝ってくれ給え」

「どうして取る」と、岡田が問うた。僕も覚えず耳を欹《そばだ》てた。

「先ず今は時が悪い。もう三十分立つと暗くなる。暗くさえなれば、僕がわけなく取って見せる。君達は手を出してくれなくても好いが、その時居合せて、僕の頼むことを聴いてくれ給え。雁は御馳走するから」と、石原は云った。

「面白いな」と、岡田が云った。「しかし三十分立つまでどうしているのかい」

「僕はこの辺《へん》をぶらついている。君達はどこへでも往って来給え。三人ここにいると目立つから」

僕は岡田に言った。「そんなら二人で池を一周して来ようか」

「好かろう」と云って岡田はすぐに歩き出した。

弐拾参《にじゅうさん》

僕は岡田と一しょに花園町の端《はな》を横切って、東照宮の石段の方へ往った。二人の間には暫く詞が絶えている。「不しあわせな雁もあるものだ」と、岡田が独言の様に云う。僕の写象には、何の論理的連繫《れんけい》もなく、無縁坂の女が浮ぶ。「僕は只雁のいる所を狙って投げたのだがなあ」と、今度は僕に対して岡田が云う。「うん」と云いつつも、僕は矢張《やはり》女の事を思っている。「でも石原のあれを取りに往くのが見たいよ」と、僕が暫く立ってから云う。こん度は岡田が「うん」と云って、何やら考えつつ歩いている。多分雁が気になっているのであろう。

石段の下を南へ、弁天の方へ向いて歩く二人の心には、とにかく雁の死が暗い影を印《いん》していて、話がきれぎれになり勝であった。弁天の鳥居の前を通る時、岡田は強いて思想を他の方角に転ぜようとするらしく、「僕は君に話す事があるのだった」と言い出した。そして僕は全く思いも掛けぬ事を聞せられた。

その話はこうである。岡田は今夜己の部屋へ来て話そうと思っていたが、丁度己にさそわれたので、一しょに外へ出た。出てからは、食事をする時話そうと思っていたが、それもどうやら駄目になりそうである。そこで歩きながら掻《か》い撮《つ》まんで話すことにする。岡田は卒業の期を待たずに洋行することに極《き》まって、もう外務省から旅行券を受け取り、大学へ退学届を出してしまった。それは東洋の風土病を研究しに来たドイツの Professor《プロフェッソル》 W.《ウエエ》が、往復旅費四千マルクと、月給二百マルクを給して岡田を傭《やと》ったからである。ドイツ語を話す学生の中《うち》で、漢文を楽に読むものと云う注文を受けて、Baelz《ベルツ》 教授が岡田を紹介した。岡田は築地にW《ウエエ》さんを尋ねて、試験を受けた。素問《そもん》と難経《なんきょう》とを二三行ずつ、傷寒論と病源候論とを五六行ずつ訳させられたのである。難経は生憎《あいにく》「三焦」の一節が出て、何と訳して好いかとまごついたが、これはchiao《チャオ》と音訳して済ませた。とにかく試験に合格して、即座に契約が出来た。Wさんは Baelz さんの現に籍を置いているライプチヒ大学の教授だから、岡田をライプチヒへ連れて往って、ドクトルの試験はWさんの手で引き受けてさせる。卒業論文にはWさんのために訳した東洋の文献を使用しても好《い》いと云うことである。岡田はあす上条を出て、築地のWさんの所へ越して往って、Wさんが支那と日本とで買い集めた書物の荷造をする。それからWさんに附いて九州を視察して、九州からすぐに Messagerie《メッサジュリイ》 Maritime《マリチイム》 会社の舟に乗るのである。

僕は折々立ち留まって、「驚いたね」とか、「君は果断だよ」とか云って、随分ゆるゆる歩きつつこの話を聞いた積であった。しかし聞いてしまって時計を見れば、石原に分れてからまだ十分しか立たない。それにもう池の周囲の殆ど三分の二を通り過ぎて、仲町裏の池の端をはずれ掛かっている。

「このまま往っては早過ぎるね」と、僕は云った。

「蓮玉へ寄って蕎麦《そば》を一杯食って行こうか」と、岡田が提議した。

僕はすぐに同意して、一しょに蓮玉庵へ引き返した。その頃下谷から本郷へ掛けて一番名高かった蕎麦屋である。

蕎麦を食いつつ岡田は云った。「切角今まで遣って来て、卒業しないのは残念だが、所詮《しょせん》官費留学生になれない僕がこの機会を失すると、ヨオロッパが見られないからね」

「そうだとも。機逸すべからずだ。卒業がなんだ。向うでドクトルになれば同じ事だし、又そのドクトルをしなくたって、それも憂うるに足りないじゃないか」

「僕もそう思う。只資格を拵《こしら》えると云うだけだ。俗に随《したが》って聊《いささか》復爾《またしか》りだ」

「支度はどうだい。随分慌ただしい旅立になりそうだが」

「なに。僕はこのままで往く。Wさんの云うには、日本で洋服を拵えて行ったって、向うでは着られないそうだ」

「そうかなあ。いつか花月新誌で読んだが、成島柳北も横浜でふいと思い立って、即坐に決心して舟に乗ったと云うことだった」

「うん。僕も読んだ。柳北は内へ手紙も出さずに立ったそうだが、僕は内の方へは精《くわ》しく言って遣った」

「そうか。羨《うらや》ましいな。Wさんに附いて行くのだから、途中でまごつくことはあるまいが、旅行はどんな塩梅《あんばい》だろう。僕には想像も出来ない」

「僕もどんな物だか分からないが、きのう柴田承桂《しょうけい》さんに逢って、これまで世話になった人だから、今度の一件を話したら、先生の書いた洋行案内をくれたよ」

「はあ。そんな本があるかねえ」

「うん。非売品だ。椋鳥《むくどり》連中に配るのだそうだ」

こんな話をしているうちに、時計を見れば、もう三十分までに五分しかなかった。僕は岡田と急いで蓮玉庵を出て、石原の待っている所へ往った。もう池は闇に鎖《とざ》されて、弁天の朱塗の祠《ほこら》が模糊《もこ》として靄《もや》の中《うち》に見える頃であった。

待ち受けていた石原は、岡田と僕とを引っ張って、池の縁に出て云った。「時刻は丁度好い。達者な雁は皆塒《ねぐら》を変えてしまった。僕はすぐに為事に掛かる。それには君達がここにいて、号令を掛けてくれなくてはならないのだ。見給え。そこの三間ばかり前の所に蓮の茎の右へ折れたのがある。その延線に少し低い茎の左へ折れたのがある。僕はあの延線を前へ前へと行かなくてはならないのだ。そこで僕がそれをはずれそうになったら、君達がここから右とか左とか云って修正してくれるのだ」

「なる程。Parallaxe《パララックセ》のような理窟《りくつ》だな。しかし深くはないだろうか」と岡田が云った。

「なに。背の立たない気遣《きづかい》は無い」こう云って、石原は素早く裸になった。

石原の踏み込んだ処を見ると、泥は膝《ひざ》の上までしか無い。鷺《さぎ》のように足を蹻《あ》げては踏み込んで、ごぼりごぼりと遣って行く。少し深くなるかと思うと、又浅くなる。見る見る二本の蓮の茎より前に出た。暫くすると、岡田が「右」と云った。石原は右へ寄って歩く。岡田が又「左」と云った。石原が余り右へ寄り過ぎたのである。忽《たちま》ち石原は足を停めて身を屈《かが》めた。そしてすぐに跡へ引き返して来た。遠い方の蓮の茎の辺《あたり》を過ぎた頃には、もう右の手に提げている獲ものが見えた。

石原は太股《ふともも》を半分泥に汚《よご》しただけで、岸に着いた。獲ものは思い掛けぬ大さの雁であった。石原はざっと足を洗って、着物を着た。この辺《へん》はその頃まだ人の往来《ゆきき》が少くて、石原が池に這入《はい》ってから又上がって来るまで、一人も通り掛かったものが無かった。

「どうして持って行こう」と僕が云うと、石原が袴を穿きつつ云った。

「岡田君の外套《がいとう》が一番大きいから、あの下に入れて持って貰うのだ。料理は僕の所でさせる」

石原は素人家の一間を借りていた。主人の婆あさんは、余り人の好くないのが取柄で、獲ものを分けて遣れば、口を噤《つぐ》ませることも出来そうである。その家は湯島切通しから、岩崎邸の裏手へ出る横町で、曲りくねった奥にある。石原はそこへ雁を持ち込む道筋を手短に説明した。先ずここから石原の所へ往くには、由《よ》るべき道が二条《ふたすじ》ある。即ち南から切通しを経る道と、北から無縁坂を経る道とで、この二条は岩崎邸の内に中心を有した圏を画《えが》いている。遠近の差は少い。又この場合に問う所でも無い。障礙物《しょうがいぶつ》は巡査派出所だが、これはどちらにも一箇所ずつある。そこで利害を比較すれば、只振《にぎや》かな切通しを避けて、寂しい無縁坂を取ると云うことに帰着する。雁は岡田に、外套の下に入れて持たせ、跡の二人が左右に並んで、岡田の体を隠蔽《いんぺい》して行くが最良の策だと云うのである。

岡田は苦笑しつつも雁を持った。どんなにして持って見ても、外套の裾《すそ》から下へ、羽が二三寸出る。その上外套の裾が不恰好に拡がって、岡田の姿は円錐形《えんすいけい》に見える。石原と僕とは、それを目立たせぬようにしなくてはならぬのである。

弐拾肆《にじゅうし》

「さあ、こう云う風にして歩くのだ」と云って、石原と僕と二人で、岡田を中に挟んで歩き出した。三人で初から気に掛けているのは、無縁坂下の四辻にある交番である。そこを通り抜ける時の心得だと云って、石原が盛んな講釈をし出した。なんでも、僕の聴き取った所では、心が動いてはならぬ、動けば隙《すき》を生ずる、隙を生ずれば乗ぜられると云うような事であった。石原は虎が酔人を啖《く》わぬと云う譬《たとえ》を引いた。多分この講釈は柔術の先生に聞いた事をそのまま繰り返したものかと思われた。

「して見ると、巡査が虎で、我々三人が酔人だね」と、岡田が冷かした。

「Silentium《シレンチウム》!」と石原が叫んだ。もう無縁坂の方角へ曲る角に近くなったからである。

角を曲れば、茅町《かやちょう》の町家《まちや》と池に沿うた屋敷とが背中合せになった横町で、その頃は両側に荷車や何かが置いてあった。四辻に立っている巡査の姿は、もう角から見えていた。

突然岡田の左に引き添って歩いていた石原が、岡田に言った。「君円錐の立方積を出す公式を知っているか。なに。知らない。あれは造做《ぞうさ》はないさ。基底面に高さを乗じたものの三分の一だから、若し基底面が圏になっていれば、$\frac{1}{3}r^2\pi h$ が立方積だ。$\pi = 3.1416$ だと云うことを記憶していれば、わけなく出来るのだ。僕は π を小数点下八位まで記憶している。$\pi = 3.14159265$ になるのだ。実際それ以上の数は不必要だよ」

こう云っているうちに、三人は四辻を通り過ぎた。巡査は我々の通る横町の左側、交番の前に立って、茅町を根津の方へ走る人力車を見ていたが、我々には只無意味な一瞥《いちべつ》を投じたに過ぎなかった。

「なんだって円錐の立方積なんぞを計算し出したのだ」と、僕は石原に言ったが、それと同時に僕の目は坂の中程に立って、こっちを見ている女の姿を認めて、僕の心は一種異様な激動を感じた。僕は池の北の端から引き返す途《みち》すがら、交番の巡査の事を思うよりは、この女の事を思っていた。なぜだか知らぬが、僕にはこの女が岡田を待ち受けていそうに思われたのである。果して僕の想像は僕を欺かなかった。女は自分の家よりは二三軒先へ出迎えていた。

僕は石原の目を掠《かす》めるように、女の顔と岡田の顔とを見較《みくら》べた。いつも薄紅《うすくれない》に匂《にお》っている岡田の顔は、確に一入《ひとしお》赤く染まった。そして彼は偶然帽を動かすらしく粧《よそお》って、帽の庇《ひさし》に手を掛けた。女の顔は石のように凝っていた。そして美しく睜《みは》った目の底には、無限の残惜しさが含まれているようであった。

この時石原の僕に答えた詞は、その響が耳に入《い》っただけで、その意は心に通ぜなかった。多分岡田の外套が下ぶくれになっていて、円錐形に見える処から思い附いて、円錐の立方積と云うことを言い出したのだと、弁明したのであろう。

石原も女を見ることは見たが、只美しい女だと思っただけで意に介せずにしまったらしかった。石原はまだ饒舌《しゃべ》り続けている。「僕は君達に不動の秘訣《ひけつ》を説いて聞かせたが、君達は修養が無いから、急場に臨んでそれを実行することが出来そうでなかった。そこで僕は君達の心を外へ転ぜさせる工夫をしたのだ。問題は何を出しても好かったのだが、今云ったようなわけで円錐の公式が出たのさ。とにかく僕の工夫は好かったね。君達は円錐の公式のお蔭で、unbefangen《ウンベファンゲン》な態度を保って巡査の前を通過することが出来たのだ」

三人は岩崎邸に附いて東へ曲る処に来た。一人乗《いちにんのり》の人力車が行き違うことの出来ぬ横町に這入るのだから、危険はもう全く無いと云っても好い。石原は岡田の側《そば》を離れて、案内者のように前に立った。僕は今一度振り返って見たが、もう女の姿は見えなかった。


僕と岡田とは、その晩石原の所に夜の更《ふ》けるまでいた。雁を肴《さかな》に酒を飲む石原の相伴をしたと云っても好い。岡田が洋行の事を噫気《おくび》にも出さぬので、僕は色々話したい事のあるのをこらえて、石原と岡田との間に交換せられる競漕《きょうそう》の経歴談などに耳を傾けていた。

上条へ帰った時は、僕は草臥《くたびれ》と酒の酔《えい》とのために、岡田と話すことも出来ずに、別れて寝た。翌日大学から帰って見ればもう岡田はいなかった。

一本の釘《くぎ》から大事件が生ずるように、青魚《さば》の煮肴が上条の夕食の饌《せん》に上《のぼ》ったために、岡田とお玉とは永遠に相見ることを得ずにしまった。それればかりでは無い。しかしそれより以上の事は雁と云う物語の範囲外にある。

僕は今この物語を書いてしまって、指を折って数えて見ると、もうその時から三十五年を経過している。物語の一半は、親しく岡田に交《まじわ》っていて見たのだが、他の一半は岡田が去った後《のち》に、図らずもお玉と相識になって聞いたのである。譬《たと》えば実体鏡の下にある左右二枚の図を、一《いっ》の影像として視《み》るように、前に見た事と後に聞いた事とを、照らし合せて作ったのがこの物語である。読者は僕に問うかも知れない。「お玉とはどうして相識になって、どんな場合にそれを聞いたか」と問うかも知れない。しかしこれに対する答も、前に云った通り、物語の範囲外にある。只僕にお玉の情人になる要約の備わっていぬことは論を須《ま》たぬから、読者は無用の臆測をせぬが好《よ》い。

（明治四十四年九月―大正四年五月）

鼠坂《ねずみざか》

小日向《こびなた》から音羽《おとわ》へ降りる鼠坂《ねずみざか》と云う坂がある。鼠でなくては上がり降りが出来ないと云う意味で附けた名だそうだ。台町の方から坂の上までは人力車が通うが、左側に近頃《ちかごろ》刈り込んだ事のなさそうな生垣を見て右側に広い邸跡《やしきあと》を大きい松が一本我物顔に占めている赤土の地盤を見ながら、ここからが坂だと思う辺まで来ると、突然勾配《こうばい》の強い、狭い、曲りくねった小道になる。人力車に乗って降りられないのは勿論《もちろん》、空車《からぐるま》にして挽《ひ》かせて降りることも出来ない。車を降りて徒歩で降りることさえ、雨上《あまあ》がりなんぞにはむずかしい。鼠坂の名、真に虚《むな》しからずである。

その松の木の生えている明屋敷《あきやしき》が久しく子供の遊場になっていたところが、去年の暮からそこへ大きい材木や、御蔭石《みかげいし》を運びはじめた。音羽の通まで牛車で運んで来て、鼠坂の傍《そば》へ足場を掛けたり、汽船に荷物を載せるCrane《クレエヌ》と云うものに似た器械を据え附けたりして、吊《つ》り上げるのである。職人が大勢這入《はい》る。大工は木を削る。石屋は石を切る。二箇月立つか立たないうちに、和洋折衷とか云うような、二階家が建築せられる。黒塗の高塀が繞《めぐ》らされる。とうとう立派な邸宅が出来上がった。

近所の人は驚いている。材木が運び始められる頃から、誰《だれ》が建築をするのだろうと云って、ひどく気にして問い合せると、深淵《ふかぶち》さんだと云う。深淵と云う人は大きい官員にはない。実業家にもまだ聞かない。どんな身の上の人だろうと疑っている。そのうち誰やらがどこからか聞き出して来て、あれは戦争の時満洲で金を儲《もう》けた人だそうだと云う。それで物珍らしがる人達が安心した。

建築の出来上がった時、高塀と同じ黒塗にした門を見ると、なるほど深淵と云う、俗な隷書で書いた陶器の札が、電話番号の札と並べて掛けてある。いかにも立派な邸ではあるが、なんとなく様式離れのした、趣味の無い、そして陰気な構造のように感ぜられる。番町の阿久沢とか云う家に似ている。一歩を進めて言えば、古風な人には、西遊記の怪物の住みそうな家とも見え、現代的な人には、マアテルリンクの戯曲にありそうな家とも思われるだろう。

二月十七日の晩であった。奥の八畳の座敷に、二人の客があって、酒酣《たけなわ》になっている。座敷は極めて殺風景に出来ていて、床の間にはいかがわしい文晁《ぶんちょう》の大幅《たいふく》が掛けてある。肥満した、赤ら顔の、八字髭《ひげ》の濃い主人を始として、客の傍《そば》にも一々毒々しい緑色の切れを張った脇息《きょうそく》が置いてある。杯盤の世話を焼いているのは、色の蒼《あお》い、髪の薄い、目が好く働いて、しかも不愛相な年増《としま》で、これが主人の女房らしい。座敷から人物まで、総て新開地の料理店で見るような光景を呈している。

「なんにしろ、大勢行っていたのだが、本当に財産を拵《こしら》えた人は、晨星寥々《しんせいりょうりょう》さ。戦争が始まってからは丸一年になる。旅順は落ちると云う時期に、身上《しんしょう》の有るだけを酒にして、漁師仲間を大連へ送る舟の底積にして乗り出すと云うのは、着眼が好かったよ。肝心の漁師の宰領は、為事《しごと》は当ったが、金は大して儲けなかったのに、内では酒なら幾らでも売れると云う所へ持ち込んだのだから、旨《うま》く行ったのだ。」こう云った一人の客は大ぶ酒が利いて、話の途中で、折々舌の運転が悪くなっている。渋紙のような顔に、胡麻塩鬚《ごましおひげ》が中伸《ちゅうの》びに伸びている。支那語の通訳をしていた男である。

「度胸だね」と今一人の客が合槌《あいづち》を打った。「鞍山站《あんざんてん》まで酒を運んだちゃん車《ぐるま》の主《ぬし》を縛り上げて、道で拾った針金を懐《ふところ》に捩《ね》じ込んで、軍用電信を切った嫌疑者にして、正直な憲兵を騙《だま》して引き渡してしまうなんと云う為組《しくみ》は、外のものには出来ないよ。」こう云ったのは濃紺のジャケツの下にはでなチョッキを着た、色の白い新聞記者である。

この時小綺麗《こぎれい》な顔をした、田舎出らしい女中が、燗《かん》を附けた銚子《ちょうし》を持って来て、障子を開けて出すと主人が女房に目食《めく》わせをした。女房は銚子を忙《せわ》しげに受け取って、女中に「用があればベルを鳴らすよ、ちりんちりんを鳴らすよ、あっちへ行ってお出《いで》」と云って、障子を締めた。

新聞記者は詞《ことば》を続《つ》いだ。「それは好《い》いが、先生自分で鞭《むち》を持って、ひゅあひゅあしょあしょあとかなんとか云って、ぬかるみ道を前進しようとしたところが、騾馬《らば》やら、驢馬《ろば》やら、ちっぽけな牛やらが、ちっとも言うことを聞かないで、綱がこんがらかって、高粱《こうりゃん》の切株だらけの畑中に立往生をしたのは、滑稽《こっけい》だったね。」記者は主人の顔をじろりと見た。

主人は苦笑をして、酒をちびりちびり飲んでいる。

通訳あがりの男は、何か思い出して舌舐《したなめ》ずりをした。「お蔭で我々が久し振に大牢《たいろう》の味《あじわ》いに有り附いたのだ。酒は幾らでも飲ませてくれたし、あの時位僕は愉快だった事は無いよ。なんにしろ、兵站《へいたん》にはあんまり御馳走《ごちそう》のあったことはないからなあ。」

主人は短い笑声を漏らした。「君は酒と肉さえあれば満足しているのだから、風流だね。」

「無論さ。大杯の酒に大塊の肉があれば、能事畢《のうじおわ》るね。これからまた遼陽《りょうよう》へ帰って、会社のお役人を遣《や》らなくてはならない。実はそんな事はよして南清《なんしん》の方へ行きたいのだが、人生意の如くならずだ。」

「君は無邪気だよ。あの驢馬を貰《もら》った時の、君の喜びようと云ったらなかったね。僕はそう思ったよ。君だの、あの騾馬を手に入れて喜んだ司令官の爺《じ》いさんなんぞは、仙人だと思ったよ。己は騎兵科で、こんな服を着て徒歩をするのはつらかったが、これがあれば、もうてくてく歩きはしなくっても好いと云って、ころころしていた司令官も、随分好人物だったね。あれから君は驢馬をどうしたね。」記者が通訳あがりに問うたのである。

「なに。十里河《じゅうりが》まで行くと、兵站部で取り上げられてしまった。」

記者は主人の顔をちょいと見て、狡猾《こうかつ》げに笑った。

主人は記者の顔を、同じような目附で見返した。「そこへ行くと、君は罪が深い。酒と肉では満足しないのだから。」

「うん。大した違いはないが、僕は今一つの肉を要求する。金も悪くはないが、その今一つの肉を得る手段に過ぎない。金その物に興味を持っている君とは違う。しかし友達には、君のような人があるのが好い。」

主人は持前《もちまえ》の苦笑をした。「今一つの肉は好いが、営口に来て酔った晩に話した、あの事件は凄《すご》いぜ。」こう云って、女房の方をちょいと見た。

上《かみ》さんは薄い脣《くちびる》の間から、黄ばんだ歯を出して微笑《ほほえ》んだ。「本当に小川さんは、優しい顔はしていても悪党だわねえ。」小川と云うのは記者の名である。

小川は急所を突かれたとでも云うような様子で、今まで元気の好かったのに似ず、しょげ返って、饌《ぜん》の上の杯を手に取ったのさえ、てれ隠しではないかと思われた。

「あら。それはもう冷えているわ。熱いのになさいよ。」上さんは横から小川の顔を覗《のぞ》くようにしてこう云って、女中の置いて行った銚子を取り上げた。

小川は冷えた酒を汁椀《しるわん》の中へ明けて、上さんの注ぐ酒を受けた。

酒を注ぎながら、上さんは甘ったるい調子で云った、「でも宮口で内に置いていた、あの子には、小川さんも慽《かな》わなかったわね。」

「名古屋ものには小川君にも負けない奴《やっ》がいるよ。」主人が傍《そば》から口を挟んだ。

やはり小川の顔を横から覗くようにして、上さんが云った。「なかなか別品だったわねえ。それに肌が好くって。」

この時通訳あがりが突然大声をして云った。「その凄い話と云うのを、僕は聞きたいなあ。」

「よせ」と、小川は鋭く通訳あがりを睨《にら》んだ。主人はどっしりした体で、胡坐《あぐら》を掻《か》いて、ちびりちびり酒を飲みながら、小川の表情を、睫《まつげ》毛の動くのをも見遁《みの》がさないように見ている。そのくせ顔は通訳あがりの方へ向けていて、笑談《じょうだん》らしい、軽い調子で話し出した。「平山君はあの話をまだしらないのかい。まあどうせ泊ると極めている以上は、ゆっくり話すとしよう。なんでも黒溝台《こっこうだい》の戦争の済んだ跡で、奉天攻撃はまだ始まらなかった頃だったそうだ。なんとか窩棚《かほう》と云う村に、小川君は宿舎を割り当てられていたのだ。小さい村で、人民は大抵避難してしまって、明家《あきや》の沢山出来ている所なのだね。小川君は隣の家も明家だと思っていたところが、ある晩便所に行って用を足している時、その明家の中で何か物音がすると云うのだ。」通訳あがりは平山と云う男である。

小川は迷惑だが、もうこうなれば為方《しかた》がないので、諦《あきら》めて話させると云う様子で、上さんの注ぐ酒を飲んでいる。

主人は話し続けた。「便所は例の通り氷っている土を少しばかり掘り上げて、板が渡してあるのだね。そいつに跨《また》がって、尻《しり》の寒いのを我慢して、用を足しながら、小川君が耳を澄まして聞いていると、その物音が色々に変化して聞える。どうも鼠やなんぞではないらしい。狗《いぬ》でもないらしい。小川君は好奇心が起って溜《た》まらなくなった。その家は表からは開けひろげたようになって見えている。炕《かん》の縁《ふち》にしてある材木はどこかへ無くなって、築き上げた土が暴露している。その奥は土地で磚《たん》と云っている煉瓦《れんが》のようなものが一ぱい積み上げてある。どうしても奥の壁に沿うて積み上げてあるとしか思われない。小川君は物音の性質を聞き定めようとすると同時に、その場所を聞き定めようとして努力したそうだ。自分の跨がっている坑《あな》の直前は背丈位の石垣になっていて、隣の家の横側がその石垣と密接している。物音はその一番奥の所でしている。表から磚《たん》の積んだのが見えている辺である。これだけの事を考えて、小川君はとうとう探検に出掛ける決心をしたそうだ。無論便所に行くにだって、毛皮の大外套《おおがいとう》を着たままで行く。まくった尻を卸してしまえば、寒くはない。丁度便所の坑の傍《そば》に、実をむしり残した向日葵《ひまわり》の茎を二三本縛り寄せたのを、一本の棒に結び附けてある。その棒が石垣に倒れ掛かっている。それに手を掛けて、小川君は重い外套を着たままで、造做《ぞうさ》もなく石垣の上に乗って、向側を見卸したそうだ。空は青く澄んで、星がきらきらしている。そこら一面に雪が積って氷っている。夜の二時頃でもあろうが、明るい事は明るいのだね。」

　小川はつぶやくように口を挟んだ。「人の出たらめを饒舌《しゃべ》ったのを、好くそんなに覚えているものだ。」「好いから黙って聞いてい給《たま》え。石垣の向側はやはり磚が積んであって降りるには足場が好い。降りて家の背後《うしろ》へ廻って見ると、そこは当り前の壁ではない。窓を締めて、外から磚で塞いだものと見える。暫《しばら》くその外に立って聞いていると、物音はじき窓の内でしている。家の構造から考えて見ると、どうしても炕《かん》の上なのだ。表から見える、土の暴露している炕《かん》は、鉤《かぎ》なりに曲った炕《かん》の半分で、跡の半分は積み上げた磚で隠れているものと思われる。物音のするのは、どうしてもその跡の半分の炕《かん》の上なのだ。こうなると、小川君はどうもこの窓の内を見なくては気が済まない。そこで磚を除《の》けて、突き上げになっている障子を内へ押せば好いわけだ。ところがその磚がひどくぞんざいに、疎《まばら》に積んであって、十ばかりも卸してしまえば、窓が開きそうだ。小川君は磚を卸し始めた。その時物音がぴったりと息《や》んだそうだ。」

　小川は諦念《あきら》めて飲んでいる。平山は次第に熱心に傾聴している。上さんは油断なく酒を三人の杯に注いで廻る。

「小川君は磚を一つ一つ卸しながら考えたと云うのだね。どうもこれは塞《ふさ》ぎ切《きり》に塞いだものではない。出入口にしているらしい。しかし中に人が這入っているとすると、外から磚が積んであるのが不思議だ。兎《と》に角拳銃《かくけんじゅう》が寝床に置いてあったのを、持って来れば好かったと思ったが、好奇心がそれを取りに帰る程の余裕を与えないし、それを取りに帰ったら、一しょにいる人が目を醒《さ》ますだろうと思って諦念めたそうだ。磚は造做もなく除けてしまった。窓へ手を掛けて押すとなんの抗抵もなく開く。その時がさがさと云う音がしたそうだ。小川君がそっと中を覗いて見ると、粟稈《あわがら》が一ぱいに散らばっている。それが窓に障《さわ》って、がさがさ云ったのだね。それは好いが、そこらに甑《かめ》のような物やら、籠《かご》のような物やら置いてあって、その奥に粟稈に半分埋《うず》まって、人がいる。慥《たし》かに人だ。土人の着る浅葱色《あさぎいろ》の外套のような服で、裾《すそ》の所がひっくり返っているのを見ると、羊の毛皮が裏に附けてある。窓の方へ背中を向けて頭を粟稈に埋めるようにしているが、その背中はぶるぶる慄《ふる》えていると云うのだね。」

　小川は杯を取り上げたり、置いたりして不安らしい様子をしている。平山はますます熱心に聞いている。

主人はわざと間を置いて、二人を等分に見て話し続けた。

「ところがその人間の頭が辮子《べんつう》でない。女なのだ。それが分かった時、小川君はそれまで交っていた危険と云う念が全く無くなって、好奇心が純粋の好奇心になったそうだ。これはさもありそうな事だね。儞《にい》と声に力を入れて呼んで見たが、ただ慄えているばかりだ。小川君は炕の上へ飛び上がった。女の肩に手を掛けて、引き起して、窓の方へ向けて見ると、まだ二十《はたち》にならない位な、すばらしい別品だったと云うのだ。」

主人はまた間を置いて二人を見較べた。そしてゆっくり酒を一杯飲んだ。「これから先は端折《はしょ》って話すよ。これまでのような珍らしい話とは違って、いつ誰がどこで遣っても同じ事だからね。一体支那人はいざとなると、覚悟が好い。首を斬《き》られる時なぞも、尋常に斬られる。女は尋常に服従したそうだ。無論小川君の好嫖致《はおぴやおち》な所も、女の諦念《あきらめ》を容易ならしめたには相違ないさ。そこで女の服従したのは好いが、小川君は自分の顔を見覚えられたのがこわくなったのだね。」ここまで話して、主人は小川の顔をちょっと見た。赤かった顔が蒼《あお》くなっている。

「もうよし給え」と云った小川の声は、小さく、異様に空洞《うつろ》に響いた。

「うん。よすよすよ。もうおしまいになったじゃないか。なんでもその女には折々土人が食物をこっそり窓から運んでいたのだ。女はそれを夜なかに食ったり、甕《かめ》の中へ便を足したりすることになっていたのを、小川君が聞き附けたのだね。顔が綺麗だから、兵隊に見せまいと思って、隠して置いたのだろう。羊の毛皮を二枚着ていたそうだが、それで粟稈の中に潜っていたにしても、炕《かん》は焚《た》かれないから、随分寒かっただろうね。支那人は辛抱強いことは無類だよ。兎に角その女はそれきり粟稈の中から起きずにしまったそうだ。」主人は最後の一句を、特別にゆっくり言った。

違棚の上でしつっこい金の装飾をした置時計がちいんと一つ鳴った。

「もう一時だ。寝ようかな。」こう云ったのは、平山であった。

主客は暫《しばら》くぐずぐずしていたが、それからはどうした事か、話が栄《は》えない。とうとう一同寝ると云うことになって、客を二階へ案内させるために、上さんが女中を呼んだ。

一同が立ち上がる時、小川の足元は大ぶ怪しかった。

主人が小川に言った。「さっきの話は旧暦の除夜だったと君は云ったから、丁度今日が七回忌だ。」

小川は黙って主人の顔を見た。そして女中の跡に附いて、平山と並んで梯子《はしご》を登った。

二階は西洋まがいの構造になっていて、小さい部屋が幾つも並んでいる。大勢の客を留める計画をして建てた家と見える。廊下には暗い電燈が附いている。女中が平山に、「あなたはこちらで」と一つの戸を指さした。

戸の撮《つま》みに手を掛けて、「さようなら」と云った平山の声が小川にはひどく不愛相に聞えた。

女中はずんずん先へ立って行く。

「まだ先かい」と小川が云った。

「ええ。あちらの方に煖炉《だんろ》が焚いてございます。」こう云って、女中は廊下の行き留まりの戸まで連れて行った。

　小川は戸を開けて這入《はい》った。瓦斯《ガス》煖炉が焚いて、電燈が附けてある。本当の西洋間ではない。小川は国で這入っていた中学の寄宿舎のようだと思った。壁に沿うて棚を吊《つ》ったように寝床が出来ている。その下は押入れになっている。煖炉があるのに、枕元《まくらもと》に真鍮《しんちゅう》の火鉢を置いて、湯沸かしが掛けてある。その傍《そば》に九谷《くたに》焼の煎茶《せんちゃ》道具が置いてある。小川は吭《のど》が乾くので、急須《きゅうす》に一ぱい湯をさして、茶は出ても出なくても好いと思って、直ぐに茶碗に注いで、一口にぐっと呑《の》んだ。そして着ていたジャケツも脱がずに、行きなり布団の中に這入った。

　横になってから、頭の心が痛むのに気が附いた。「ああ、酒が変に利いた。誰だったか、丸く酔わないで三角に酔うと云ったが、己は三角に酔ったようだ。それに深淵奴《め》があんな話をしやがるものだから、不愉快になってしまった。あいつ奴、妙な客間を拵《こしら》えやがったなあ。あいつの事だから、賭場《とば》でも始めるのじゃあるまいか。畜生。布団は軟かで好いが、厭《いや》な寝床だなあ。炕のようだ。そうだ。丸で炕だ。ああ。厭だ。」こんな事を思っているうちに、酔と疲れとが次第に意識を昏《くら》ましてしまった。

　小川はふいと目を醒ました。電燈が消えている。しかし部屋の中は薄明りがさしている。窓からさしているかと思って、窓を見れば、窓は真っ暗だ。「瓦斯煖炉の明りかな」と思って見ると、なるほど、礬土《はんど》の管《くだ》が五本並んで、下の端だけ樺色《かばいろ》に燃えている。しかしその火の光は煖炉の前の半畳敷程の床を黄いろに照しているだけである。それと室内の青白いような薄明りとは違うらしい。小川は兎に角電燈を附けようと思って、体を半分起した。その時正面の壁に意外な物がはっきり見えた。それはこわい物でもなんでもないが、それが見えると同時に、小川は全身に水を浴せられたように、ぞっとした。見えたのは紅唐紙《べにとうし》で、それに「立春大吉」と書いてある。その吉の字が半分裂けて、ぶらりと下がっている。それを見てからは、小川は暗示を受けたように目をその壁から放すことが出来ない。「や。あの裂けた紅唐紙の切れのぶら下っている下は、一面の粟稈《あわがら》だ。その上に長い髪をうねらせて、浅葱色《あさぎいろ》の着物の前が開いて、鼠色によごれた肌着が皺《しわ》くちゃになって、あいつが仰向けに寝ていやがる。顋《あご》だけ見えて顔は見えない。どうかして顔が見たいものだ。あ。下脣《したくちびる》が見える。右の口角から血が糸のように一筋流れている。」

小川はきゃっと声を立てて、半分起した体を背後《うしろ》へ倒した。

翌朝深淵の家へは医者が来たり、警部や巡査が来たりして、非常に雑遝《ざっとう》した。夕方になって、布団を被《かぶ》せた吊台《つりだい》が舁《か》き出された。

近所の人がどうしたのだろうと囁《ささや》き合ったが、吊台の中の人は誰だか分からなかった。「いずれ号外が出ましょう」などと云うものもあったが、号外は出なかった。

その次の日の新聞を、近所の人は待ち兼ねて見た。記事は同じ文章で諸新聞に出ていた。多分どの通信社かの手で廻したのだろう。しかし平凡極まる記事なので、読んで失望しないものはなかった。

「小石川区小日向台町《こびなただいまち》何丁目何番地に新築落成して横浜市より引き移りし株式業深淵某氏宅にては、二月十七日の晩に新宅祝として、友人を招き、宴会を催し、深更に及びし為《た》め、一二名宿泊することとなりたるに、其《その》一名にて主人の親友なる、芝区南佐久間町何丁目何番地住何新聞記者小川某氏其夜脳溢血症《のういっけつしょう》にて死亡せりと云ふ。新宅祝の宴会に死亡者を出したるは、深淵氏の為め、気の毒なりしと、近所にて噂《うわさ》し合へり。」

（明治四十五年四月）

冬の王

　このデネマルクという国は実に美しい。言語には晴々しい北国《ほっこく》の音響があって、異様に聞える。人種も異様である。驚く程純血で、髪の毛は苧《お》のような色か、または黄金色《こがねいろ》に光り、肌は雪のように白く、体は鞭《むち》のようにすらりとしている。それに海近く棲《す》んでいる人種の常で、秘密らしく大きく開いた、妙に赫《かがや》く目をしている。

　己《おれ》はこの国の海岸を愛する。夢を見ているように美しい、ハムレット太子《たいし》の故郷、ヘルジンギヨオルから、スウェエデンの海岸まで、さっぱりした、住心地《すみごこち》の好《よ》さそうな田舎家《いなかや》が、帯のように続いていて、それが田畑の緑に埋《うず》もれて、夢を見るように、海に覗《のぞ》いている。雨を催している日の空気は、舟からこの海岸を手の届くように近く見せるのである。

　我々は北国《ほっこく》の関門に立っているのである。なぜというに、ここを越せばスカンジナヴィアの南の果《はて》である。そこから偉大な半島がノルウェエゲンの瀲《みぎわ》や岩のある所まで延びている。

　あそこにイブセンの墓がある。あそこにアイスフォオゲルの家《いえ》がある。どこかあの辺《へん》で、北極探険者アンドレエの骨が曝《さら》されている。あそこで地極《ちきょく》の夜《よ》が人を威《おど》している。あそこで大きな白熊《しろくま》がうろつき、ピングィン鳥《ちょう》が尻《しり》を据えて坐《すわ》り、光って漂い歩く氷の宮殿のあたりに、昔話にありそうな海象《かいぞう》が群がっている。あそこにまた昔話の磁石の山が、舟の釘《くぎ》を吸い寄せるように、探険家の心を始終引き付けている地極の秘密が眠っている。我々は北極の閾《しきい》の上に立って、地極というものの衝《つ》く息を顔に受けている。

この土地では夜《よる》も戸を締めない。乞食《こじき》もいなければ、盗賊もいないからである。斜面をなしている海辺《かいへん》の地の上に、神の平和のようなものが広がっている。何もかも故郷《こきょう》のドイツなどとは違う。更けても暗くはならない、此頃《このごろ》の六月の夜《よ》の薄明りの、褪《さ》めたような色の光線にも、また翌日の朝焼けまで微《かす》かに光り止《や》まない、空想的な、不思議に優しい調子の、薄色の夕日の景色にも、また暴風《あらし》の来そうな、薄黒い空の下で、銀鼠色《ぎんねずみいろ》に光っている海にも、また海岸に棲んでいる人民の異様な目にも、どの中にも一種の秘密がある。遠い北国《ほっこく》の謎《なぞ》がある。静かな夏の日に、北風が持って来る、あちらの地極世界の沈黙と憂鬱《ゆううつ》とがある。

己は静かな所で為事《しごと》をしようと思って、この海岸のある部落の、小さい下宿に住み込んだ。青々とした蔓草《つるぐさ》の巻き付いている、その家に越して来た当座の、ある日の午前《ごぜん》であった。己の部屋の窓を叩《たた》いたものがある。

「誰《たれ》か」と云《い》って、その這入《はい》った男を見て、己は目を大きく睜《みは》った。

背の高い、立派な男である。この土地で奴僕《ぬぼく》の締める浅葱《あさぎ》の前掛を締めている。男は響の好《よ》い、節奏のはっきりしたデネマルク語で、もし靴が一足間違ってはいないかと問うた。

果して己は間違った靴を一足受け取っていた。男は自分の過《あやまち》を謝した。

その時己はこの男の名を問うたが、なぜそんな事をしたのだか分からない。多分体格の立派なのと、項《うなじ》を反《そら》せて、傲然《ごうぜん》としているのとのためであっただろう。

「エルリングです」と答えて、軽く会釈して、男は出て行った。

エルリングというのは古い、立派な、北国《ほっこく》の王の名である。それを靴を磨く男が名告《なの》っている。ドイツにもフリイドリヒという奴僕はいる。しかしまさかアルミニウスという名は付けない。この土地はおさんにインゲボルクがいたり、小間使にエッダがいたりする。それがそういう立派な名を汚《けが》すわけでもない。

己はいつまでもエルリングの事を忘れる事が出来なかった。あの男のどこが、こんなに己の注意を惹《ひ》いたのだか、己の部屋に這入っていた時間が余り短かったので、なんとも判断しにくい。目は青くて、妙な表情をしていた。なんでもずっと遠くにある物を見ているかと思うように、空《くう》を見ていた。悲しげな目というでもない。真面目《まじめ》な、ごく真面目な目で、譬《たと》えば最も静かな、最も神聖な最も世と懸隔している寂しさのようだとでも云いたい目であった。そうだ。あの男は不思議に寂しげな目をしていた。

下宿の女主人は、上品な老処女である。朝食《あさしょく》に出た時、そのおばさんにエルリングはどこのものかという事を問うた。

「ララランドのものでございます。どなたでもあの男を見ると不思議がってお聞きになりますよ。本当にあのエルリングは変った男です。」こう云いさして、大層意味ありげに詞《ことば》を切って、外の事を話し出した。なんだかエルリングの事は、食卓なんぞで、笑談《じょうだん》半分には話されないとでも思うらしく見えた。

食事が済んだ時、それまで公爵夫人ででもあるように、一座の首席を占めていたおばさんが、ただエルリングはもう二十五年ばかりもこの家にいるのだというだけの事を話した。ひどく尊敬しているらしい口調で話して、その外の事は言わずにしまった。丁度親友の内情を人に打ち明けたくないのと、同じような関係らしく見えた。

そこで己は外《ほか》の方角から、エルリングの事を探知しようとした。

己はその後《ご》中庭や畠《はた》で、エルリングが色々の為事をするのを見た。薪《まき》を割っている事もある。花壇を掘り返している事もある。桜ん坊を摘んでいる事もある。一山もある、濡《ぬ》れた洗濯物を車に積んで干場《ほしば》へ運んで行《ゆ》く事もある。何羽いるか知れない程の鶏《にわとり》の世話をしている事もある。古びた自転車に乗って、郵便局から郵便物を受け取って帰る事もある。

エルリングの体は筋肉が善く発達している。その幅の広い両肩の上には、哲学者のような頭が乗っている。たっぷりある、半明色の髪に少し白髪《しらが》が交って、波を打って、立派な額を囲んでいる。鼻は立派で、大きくて、しかも優しく、鼻梁《びりょう》が軽く鷲《わし》の嘴《くちばし》のように中隆《なかだか》に曲っている。髭《ひげ》は無い。口は唇が狭く、渋い表情をしているが、それでも冷酷なようには見えない。歯は白く光っている。

己の鑑定では五十歳位に見える。

下宿には大きい庭があって、それがすぐに海に接している。カツテガツトの波が岸を打っている。そこを散歩して、己は小さい丘の上に、樅《もみ》の木で囲まれた低い小屋のあるのを発見した。木立が、何か秘密を掩《おお》い蔽《かく》すような工合《ぐあい》に小屋に迫っている。木の枝を押し分けると、赤い窓帷《カアテン》を掛けた窓硝子《まどがらす》が見える。

家の棟に烏《からす》が一羽止まっている。馴《な》らしてあるものと見えて、その炭のような目で己をじっと見ている。低い戸の側《そば》に、沢《つや》の好《い》い、黒い大きい、猫が蹲《うづくま》って、日向《ひなた》を見詰めていて、己が側へ寄っても知らぬ顔をしている。

そこへ弦《つる》のある籐《と》の籠《かご》にあかすぐりの実を入れて手に持った女中が通り掛かったので、それにこの家は誰が住まっているのだと問うた。

「エルリングさんの内です」と、女中が云った。さも尊敬しているらしい調子であった。

エルリングに出逢《であ》って、話をし掛けた事は度々あったが、いつも何か邪魔が出来て会話を中止しなくてはならなかった。

ある晩波の荒れている海の上に、ちぎれちぎれの雲が横《よこた》わっていて、その背後に日が沈み掛かっていた。如何《いか》にも壮大な、ベエトホオフェンの音楽のような景色である。それを見ようと思って、己は海水浴場に行《ゆ》く狭い道へ出掛けた。ふと槌《つち》の音が聞えた。その方を見ると、浴客が海へ下りて行《ゆ》く階段を、エルリングが修覆している。

己が会釈をすると、エルリングは鳥打帽の庇《ひさし》に手を掛けたが、直《す》ぐそのまま為事を続けている。

暫《しばら》く立って見ている内に、階段は立派に直った。

「お前さんも海水浴をするかね」と、己が問うた。

「ええ。毎晩いたします。」

「泳げるかね。」

「大好きです。」

なぜ夜海水浴をするのか問おうかと思ったが止めた。多分昼間は隙《すき》がないのだろう。

「冬になるとお前さんどこへ行くかね。コッペンハアゲンだろうね。」

「いいえ。ここにいます。」

「ここにいるのだって。この別荘造りの下宿にかね。」

「ええ。」

「お前さんの外にも、冬になってあの家にいる人があるかね。」

「わたくしの外には誰もいません。」

己はぞっとしてエルリングの顔を見た。「溜《た》まるまいじゃないか。冬寒くなってから、こんな所にたった一人でいては。」

エルリングは、俯向《うつむ》いたままで長い螺釘《ねじくぎ》を調べるように見ていたが、中音《ちゅうおん》で云った。

「冬は中々《なかなか》好うございます。」

己はその顔を見詰めて、首を振った。そして分疏《いいわけ》のように、こう云った。「余計な事を聞くようだが、わたしは小説を書くものだからね。」

この時相手は初めて顔を上げた。「小説家でおいでなさるのですか。デネマルクの詩人は多くこの土地へ見えますよ。」

「小説なんと云うものを読むかね。」

エルリングは頭を振った。「冬になると、随分本を読みます。だが小説は読みません。若い時は読みました。そうですね。マリイ・グルッベなんぞは、今も折々出して見ますよ。ヤアコップセンは好きですからね。どうもこの頃の人の書くものは。」手で拒絶するような振をした。

己は自分の事を末流《ばつりゅう》だと諦《あきら》めてはいるが、それでも少し侮辱せられたような気がした。そこで会釈をして、その場を退《の》いた。

夕食の時、己がおばさんに、あのエルリングのような男を、冬の七ヶ月間、こんな寂しい家《うち》に置くのは、残酷ではないかと云って見た。

おばさんは意味ありげな微笑をした。そして云うには、ことしの五月一日《じつ》に、エルリングは町に手紙をよこして、もう別荘の面白い季節が過ぎてしまって、そろそろお前さんや、避暑客の群《むれ》が来られるだろうと思うと、ぞっとすると云ったと云うのである。

「して見ると、あなたの御贔屓《ごひいき》のエルリングは、余りお世辞はないと見えますね。」

「それはそうでございます。お世辞なんぞはございません。」こう云っておばさんは笑った。

己にはこの男が段々面白くなって来た。

その晩十時過ぎに、もう内中のものが寐《ね》てしまってから、己は物案じをしながら、薄暗い庭を歩いて、凪《な》いだ海の鈍い波の音を、ぼんやりして聞いていた。その時己の目に明りが見えた。それはエルリングの家から射《さ》していたのである。

己は直ぐにその明りを辿《たど》って、家の戸口に行って、少し動悸《どうき》をさせながら、戸を叩いた。

内からは「どうぞ」と、落ち着いた声で答えた。

己は戸を開けたが、意外の感に打たれて、閾の上に足を留《と》めた。

ランプの点《つ》けてある古卓《ふるづくえ》に、エルリングはいつもの為事衣《しごとぎ》を着て、凭《よ》り掛かっている。ただ前掛だけはしていない。何か書き物をしているのである。書いている紙は大判である。その側には厚い書物が開けてある。卓《たく》の上のインク壺《つぼ》の背後には、例の大きい黒猫が蹲って眠っている。エルリングが肩の上には、例の鳥が止まって今己が出し抜けに来た詫《わび》を云うのを、真面目な顔附《かおつき》で聞いていたが、エルリングが座を起《た》ったので、鳥は部屋の隅へ飛んで行った。

エルリングは椅子《いす》を出して己を掛けさせた。己はちょいと横目で、書棚にある書物の背皮を見た。グルンドヴィグ、キルケガアルド、ヤアコップ・ビョオメ、アンゲルス・シレジウス、それからギョオテのファウストなどがある。後《あと》に言った三つの書物は、背革の文字で見ると、ドイツの原書である。エルリングはドイツを読むと見える。書物の選択から推して見ると、この男は宗教哲学のようなものを研究しているらしい。

大きな望遠鏡が、高い台に据えて、海の方へ向けてある。後《のち》に聞けば、その凸面鏡は、エルリングが自分で磨《す》ったのである。書棚の上には、地球儀が一つ置いてある。卓《たく》の上には分析に使う硝子瓶《がらすびん》がある。六分儀《ろくぶんぎ》がある。古い顕微鏡がある。自然学の趣味もあるという事が分かる。家具は、部屋の隅に煖炉《だんろ》が一つ据えてあって、その側に寝台《ねだい》があるばかりである。

「心持の好さそうな住まいだね。」

「ええ。」

「冬になってからは、誰が煮炊《にたき》をするのだね。」

「わたしが自分で遣《や》ります。」こう云って、エルリングは左の方を指さした。そこは龕《がん》のように出張《でば》っていて、その中に竈《かまど》や鍋釜《なべかま》が置いてあった。

「この土地の冬が好きだと云ったっけね。」

「大好きです。」

「冬の間に誰か尋ねて来るかね。」

「あの男だけです。」エルリングが指さしをする方を見ると、祭服を着けた司祭の肖像が卓《たく》の上に懸かっている。それより外には扁額《へんがく》のようなものは一つも懸けてないらしかった。「あれが友達です。

ホオルンベエクと云う隣村の牧師です。やはりわたしと同じように無妻で暮しています。それから余り附合をしないことも同様です。年越の晩には、極《き》まって来ますが、その外の晩にも、冬になるとちょいちょい来て一しょにトッジイを飲んで話して行きます。」

「冬になったら、この辺《へん》は早く暗くなるだろうね。」

「三時半位です。」

「早く寝るかね。」

「いいえ。随分長く起きています。」こんな問答をしているうちに、エルリングは時計を見上げた。

「御免なさい。丁度夜なかです。わたしはこれから海水浴を遣るのです。」

己は主人と一しょに立ち上がった。そして出口の方へ行《ゆ》こうとして、ふと壁を見ると、今まで気が附かなかったが、あっさりした額縁に嵌《は》めたものが今一つ懸けてあった。それに荊《いばら》の輪飾《わかざり》がしてある。薄暗いので、念を入れて額縁の中を覗くと、肖像や画《え》ではなくて、手紙か何かのような、書いた物である。己は足を留《と》めて、少し立ち入ったようで悪いかとも思ったが、決心して聞いて見た。

「あれはなんだね。」

「判決文です。」エルリングはこう云って、目を大きく睜って、落ち着いた気色《けしき》で己を見た。

「誰の。」

「わたくしのです。」

「どう云う文句かね。」

「殺人犯で、懲役五箇年です。」緩やかな、力の這入った詞で、真面目な、憂愁を帯びた目を、怯《おそ》れ気《げ》もなく、大きく睜って、己を見ながら、こう云った。

「その刑期を済ましたのかね。」

「ええ。わたくしの約束した女房を附け廻《まわ》していた船乗でした。」

「そのお上《かみ》さんになるはずの女はどうなったかね。」

エルリングは異様な手附きをして窓を指さした。その背後《うしろ》は海である。「行ってしまったのです。移住したのです。行方不明です。」

「それはよほど前の事かね。」

「さよう。もう三十年程になります。」

エルリングは昂然《こうぜん》として戸口を出て行《ゆ》くので、己も附いて出た。戸の外で己は握手して覚えず丁寧に礼をした。

暫くしてから海面の薄明りの中で己はエルリングの頭が浮び出てまた沈んだのを見た。海水は鈍い銀色の光を放っている。

己は帰って寝たが、夜どおしエルリングが事を思っていた。その犯罪、その生涯の事を思ったのである。

丁度浮木《うきき》が波に弄《もてあそ》ばれて漂い寄るように、あの男はいつかこの僻遠《へきえん》の境《さかい》に来て、漁師をしたか、農夫をしたか知らぬが、ある事に出会って、それから沈思する、冥想《めいそう》する、思想の上で何物をか求めて、一人でいると云うことを覚えたものと見える。その苦痛が、そう云う運命にあの男を陥《おとし》いれたのであろう。そこでこうして、この別荘の冬の王になっている。しかし毎年春が来て、あの男の頭上の冠《かんむり》を奪うと、あの男は浅葱の前掛をして、人の靴を磨くのである。夏の生活は短い。明るい色の衣裳《いしょう》や、麦藁帽子《むぎわらぼうし》や、笑声や、噂話《うわさばなし》は倏忽《たちまち》の間《あいだ》に閃《ひらめ》き去って、夢の如《ごと》くに消え失《う》せる。秋の風が立つと、燕《つばめ》や、蝶《ちょう》や、散った花や、落ちた葉と一しょに、そんな生活は吹きまくられてしまう。そして別荘の窓を、外から冬の夜《よ》の闇《やみ》が覗く。人に見棄《みす》てられた家と、葉の落ち尽した木立《こだち》のある、広い庭とへ、沈黙が抜足をして尋ねて来る。その時エルリングはまた昂然として頭を挙げて、あの小家《こいえ》の中の卓《たく》に靠《よ》っているのであろう。その肩の上には鴉《からす》が止まっている。この北国《ほっこく》神話の中の神のような人物は、宇宙の問題に思を潜めている。それでも稀《まれ》には、あの荊の輪飾の下の扁額《へんがく》に目を注ぐことがあるだろう。そしてあの世棄人《よすてびと》も、遠い、微かな夢のように、人世《じんせい》とか、喜怒哀楽とか、得喪利害とか云うものを思い浮べるだろう。しかしそれはあの男のためには、疾《と》くに一切折伏《しゃくぶく》し去った物に過ぎぬ。

　暴風が起って、海が荒れて、波濤《はとう》があの小家《こいえ》を撃ち、庭の木々が軋《きし》めく時、沖を過ぎる舟の中の、心細い舟人は、エルリングが家の窓から洩《も》れる、小さい燈《ともしび》の光を慕わしく思って見て通ることであろう。

（明治四十五年一月）

心中

お金《きん》がどの客にも一度はきっとする話であった。どうかして間違って二度話し掛けて、その客に「ひゅうひゅうと云うのだろう」なんぞと、先《せん》を越して云われようものなら、お金の悔やしがりようは一通りではない。なぜと云うに、あの女は一度来た客を忘れると云うことはないと云って、ひどく自分の記憶を恃《たの》んでいたからである。

それを客の方から頼んで二度話して貰ったものは、恐らくは僕一人であろう。それは好く聞いて覚えて置いて、いつか書こうと思ったからである。

お金はあの頃いくつ位だったかしら。「おばさん、今晩は」なんと云うと、「まあ、あんまり可哀そうじゃありませんか」と真面目に云って、救を求めるように一座を見渡したものだ。「おい、万年新造《しんぞ》」と云うと、「でも新造だけは難有《ありがた》いわねえ」と云って、心《しん》から嬉しいのを隠し切れなかったようである。とにかく三十は慥《たし》かに越していた。

僕は思い出しても可笑《おか》しくなる。お金は妙な癖のある奴だった。妙な癖だとは思いながら、あいつのいないところで、その癖をはっきり思い浮かべて見ようとしても、どうも分からなかった。しかし度々見るうちに、僕はとうとう覚えてしまった。お金を知っている人は沢山あるが、こんな事をはっきり覚えているのは、これも矢っ張僕一人かも知れない。癖と云うのはこうである。

お金は客の前へ出ると、なんだか一寸《ちょっと》坐わっても直ぐに又立たなくてはならないと云うような、落ち着かない坐わりようをする。それが随分長く坐わっている時でもそうである。そしてその客の親疎によって、「あなた大層お見限りで」とか、「どうなすったの、鼬《いたち》の道はひどいわ」とか云いながら、左の手で右の袂《たもと》を撮《つま》んで前に投げ出す。その手を吭《のど》の下に持って行って襟《えり》を直す。直すかと思うと、その手を下へ引くのだが、その引きようが面白い。手が下まで下りて来る途中で、左の乳房を押えるような運動をする。さて下りたかと思うと、その手が直ぐに又上がって、手の甲が上になって、鼻の下を右から左へ横に通り掛かって、途中で留まって、口を掩《おお》うような恰好になる。手をこう云う位置に置いて、いつでも何かしゃべり続けるのである。尤《もっと》も乳房を押えるような運動は、折々右の手ですることもある。その時は押えられるのが右の乳房である。

僕はお金が話したままをそっくりここに書こうと思う。頃日《このごろ》僕の書く物の総ては、神聖なる評壇が、「上手な落語のようだ」と云う紋切形の一言で褒《ほ》めてくれることになっているが、若《も》し今度も同じマンション・オノレエルを頂戴したら、それをそっくりお金にお祝儀に遣れば好《い》いことになる。

＊　＊　＊

話は川桝《かわます》と云う料理店での出来事である。但しこの料理店の名は遠慮して、わざと嘘の名を書いたのだから、そのお積りに願いたい。

そこで川桝には、この話のあった頃、女中が十四五人いた。それが二十畳敷の二階に、目刺《めざし》を並べたように寝ることになっていた。まだ七十近い先代の主人が生きていて、隠居為事《しごと》にと云うわけでもあるまいが、毎朝五時が打つと二階へ上がって来て、寝ている女中の布団を片端《かたっぱし》からまくって歩いた。朝起は勤勉の第一要件である。お爺いさんのする事は至って殊勝なようであるが、女中達は一向敬服していなかった。それればかりではない。女中達はお爺いさんを、蔭で助兵衛爺《すけべえじい》さんと呼んでいた。これはお爺いさんが為めにする所あって布団をまくるのだと思って附けた渾名《あだな》である。そしてそれが全くの寃罪《えんざい》でもなかったらしい。

暮に押し詰まって、毎晩のように忘年会の大一座があって、女中達は目の廻るように忙《せわ》しい頃の事であった。或る晩例の目刺の一疋《ぴき》になって寝ているお金が、夜なかにふいと目を醒《さ》ました。外の女ならこんな時手水《ちょうず》にでも起きるのだが、お金は小用の遠い性《たち》で、寒い晩でも十二時過ぎに手水に行って寝ると、夜の明けるまで行かずに済ますのである。お金はぼんやりして、広間の真中に吊してある電灯を見ていた。女中達は皆好く寐《ね》ている様子で、所々で歯ぎしりの音がする。

その晩は雪の夜であった。寝る前に手水に行った時には綿をちぎったような、大きい雪が盛んに降って、手水鉢《ちょうずばち》の向うの南天と竹柏《なぎ》の木とにだいぶ積って、竹柏の木の方は飲み過ぎたお客のように、よろけて倒れそうになっていた。お金はまだ降っているかしらと思って、耳を澄まして聞いているが、折々風がごうと鳴って、庭木の枝に積もった雪のなだれ落ちる音らしい音がする外には、只方々の戸がことこと震うように鳴るばかりで、まだ降っているのだか、もう歇《や》んでいるのだか分からない。

暫くすると、お金の右隣に寝ている女中が、むっくり銀杏返《いちょうがえ》しの頭を擡《もた》げて、お金と目を見合わせた。お松と云って、痩《や》せた、色の浅黒い、気丈な女で、年は十九だと云っているが、その頃二十五になっていたお金が、自分より精々二つ位しか若くはないと思っていたと云うのである。

「あら。お金さん。目が醒めているの。わたしだいぶ寐たようだわ。もう何時。」

「そうさね。わたしも目が醒めてから、まだ時計は聞かないが、二時頃だろうと思うわ。」

「そうでしょうねえ。わたし一時間は慥かに寐たようだから。寝る前程寒かないことね。」

「宵のうち寒かったのは、雪が降り出す前だったからだよ。降っている間は寒かないのさ。」

「そうかしら。どれ憚《はばか》りに行って来よう。お金さん附き合わなくって。」

「寒くないと云ったたって、矢っ張寝ている方が勝手だわ。」

「友達甲斐《がい》のない人ね。そんなら為方《しかた》がないから一人で行くわ。」

お松は夜着の中から滑り出て、鬆《ゆる》んだ細帯を締め直しながら、梯子段《はしごだん》の方へ歩き出した。二階の上がり口は長方形の間の、お松やお金の寝ている方角と反対の方角に附いているので、二列に頭を衝き合せて寝ている大勢の間を、お松は通って行かなくてはならない。

お松が電灯の下がっている下の処まで歩いて行ったとき、風がごうと鳴って、だだだあと云う音がした。雪のなだれ落ちた音である。多分庭の真ん中の立石《たていし》の傍《そば》にある大きい松の木の雪が落ちたのだろう。お松は覚えず一寸《ちょっと》立ち留まった。

この時突然お松の立っている処と、上がり口との中途あたりで、「お松さん、待って頂戴、一しょに行くから」と叫ぶように云った女中がある。

そう云う声と共に、むっくり島田髷《しまだまげ》を擡げたのは、新参のお花と云う、色の白い、髪の縮《ちぢ》れた、おかめのような顔の、十六七の娘である。

「来るなら、早くおし。」お松は寝巻の前を掻き合せながら一足進んで、お花の方へ向いた。

「わたしこわいから我慢しようかと思っていたんだけれど、お松さんと一しょなら、矢っ張行った方が好《い》いわ。」こう云いながら、お花は半身起き上がって、ぐずぐずしている。

「早くおしよ。何をしているの。」

「わたし脱いで寝た足袋を穿《は》いているの。」

「じれったいねえ。」お松は足踏をした。

「もう穿けてよ。勘辨して頂戴、ね。」お花はしどけない風をして、お松に附いて梯子を降りて行った。

便所は女中達の寝る二階からは、生憎《あいにく》遠い処にある。梯子を降りてから、長い、狭い廊下を通って行く。その行き留まりにあるのである。廊下の横手には、お客を通す八畳の間が両側に二つずつ並んでいてそのはずれの処と便所との間が、右の方は女竹《めだけ》が二三十本立っている下に、小さい石燈籠《いしどうろう》の据えてある小庭になっていて、左の方に茶室賽《まが》いの四畳半があるのである。

いつも夜なかに小用に行く女中は、竹のさらさらと摩《す》れ合う音をこわがったり、花崗石《みかげいし》の石燈籠を、白い着物を着た人がしゃがんでいるように見えると云ってこわがったりする。或る時又用を足している間じゅう、四畳半の中で、女の泣いている声がしたので、帰りに障子を開けて見たが、人はいなかったと云ったものがある。これは友達をこわがらせる為めに、造り事を言ったのであるが、その話を聞いてからは、便所の往《ゆ》き返りに、とかく四畳半が気になってならないのである。殊に可笑しいのは、その造り事を言った当人が、それを言ってからは四畳半がこわくなって、とうとう一度は四畳半の中で、本当に泣声がしたように思って、便所の帰りに大声を出して人を呼んだことがあったのである。

＊　＊　＊

お金は二人が小用に立った跡で、今まで気の附かなかった事に気が附いた。それはお花の空床《あきどこ》の隣が矢張空床になっていることであった。二つ並んで明いているので、目立ったのである。

そして、「ああお蝶さんがまだ寝ていないが、どうしたのだろう」と思った。お花の隣の空床の主はお蝶と云って、今年の夏田舎から初奉公に出た、十七になる娘である。お蝶は下野《しもつけ》の結城《ゆうき》で機屋をして、困らずに暮しているものの一人娘であるが、婿を嫌って逃げ出して来たと云うことであった。間もなく親元から連れ戻しに親類が出たが、強情を張って帰らない。親類も川桝の店が、料理店ではあっても、堅い店だと云うことを呑み込んで、とうとう娘の身の上をこの内のお上さんに頼んで置いて帰ってしまった。それが帰ると、又間もなく親類だと云って、お蝶を尋ねて来た男がある。十八九ばかりの書生風の男で、浴帷子《ゆかた》に小倉袴《こくらばかま》を穿いて、麦藁《むぎわら》帽子を被《かぶ》って来たのを、女中達が覗《のぞ》いて見て、高麗蔵《こまぞう》のした「魔風恋風《まかぜ》」の東吾《とうご》に似た書生さんだと云って騒いだ。それから寄ってたかってお蝶を揶揄ったところが、おとなしいことはおとなしくても、意気地のある、張りの強いお蝶は、佐野と云うその書生さんの身の上を、さっぱりと友達に打ち明けた。佐野さんは親が坊さんにすると云って、例の殺生石《せっしょうせき》の伝説で名高い、源翁《げんおう》禅師を開基としている安穏寺《あんおんじ》に預けて置くと、お蝶が見初《みそ》めて、いろいろにして近附いて、最初は容易に聴かなかったのを納得させた。婿を嫌ったのは、佐野さんがあるからの事であった。安穏寺の住職は東京で新しい教育を受けた、物分りの好い人なので、佐野さんの人柄を見て、うるさく品行を非難するような事をせずに、「君は僧侶《そうりょ》になる柄の人ではないから、今のうちに廃《よ》し給え」と云って、寺を何がなしに逐《お》い出してしまった。そこで佐野さんは、内情を知らない親達が、住職の難癖を附けずに出家を止めるのを聞いて、げにもと思うらしいのに勢を得て、お蝶より先きに東京に出て、或る私立学校に這入《はい》った。お蝶が東京に出たのは、佐野さんの跡を慕って来たのであった。

佐野さんはその後も、度々川桝へお蝶に逢いに来て、一寸話しては帰って行く。お客になって来たことはない。お蝶の親元からも度々人が出て来る。婿取の話が矢張続いているらしい。婿は機屋と取引上の関係のある男で、それをことわっては、機屋で困るような事情があるらしい。佐野さんは、初めはお蝶をなだめ賺《すか》すようにしてあしらっている様子であったが、段々深くお蝶に同情して来て、後にはお蝶と一しょになって、機屋一家に対してどうしようか、こうしようかと相談をする立場になったらしい。

こう云う入り組んだ事情のある女を、そのまま使っていると云うことは、川桝ではこれまでついぞなかった。それを目をねむって使っているには、わけがある。一つはお蝶がひどくお上さんの気に入っている為めである。田舎から出た娘のようではなく、何事にも好く気が附いて、好く立ち働くので、お蝶はお客の褒めものになっている。国から来た親類には、随分やかましい事を言われる様子で、お蝶はいつも神妙に俯向《うつむ》いて話を聞いていても、その人を帰した跡では、直ぐ何事もなかったように弾力を回復して、元気よく立ち働く。そしてその口の周囲には微笑の影さえ漂っている。一体お蝶は主人に間違ったことで小言を言われても、友達に意地悪くいじめられても、その時は困ったような様子で、謹んで聞いているが、直ぐ跡で機嫌を直して働く。そして例の微笑《ほほえ》んでいる。それが決して人を馬鹿にしたような微笑ではない。怜悧《れいり》で何もかも分かって、それで堪忍して、おこるの怨むのと云うことはしないと云う微笑である。「あの、笑靨《えくぼ》よりは、口の端《はた》の処に、竪《たて》にちょいとした皺《しわ》が寄って、それが本当に可哀うございましたの」と、お金が云った。僕はその時リオナルドオ・ダア・ヰンチのかいたモンナ・リザの画を思い出した。お客に褒められ、友達の折合も好い、愛敬《あいきょう》のあるお蝶が、この内のお上さんに気に入っているのは無理もない。

今一つ川桝でお蝶に非難を言うことの出来ないわけがある。それは外の女中がいろいろの口実を拵《こしら》えて暇を貰うのに、お蝶は一晩も外泊をしないばかりでなく、昼間も休んだことがない。佐野さんが来るのを傍輩がかれこれ云っても、これも生帳面《きちょうめん》に素話《すばなし》をして帰るに極まっている。どんな約束をしているか、どう云う中か分からないが、みだらな振舞をしないから、不行跡だと云うことは出来ない。これもお蝶の信用を固うする本になっているのである。

お金は宵に大分遅くなってから、佐野さんが来たのを知っている。外の女中も知っている。こんな事はこれまでもあったが、女中達が先きに寝て、暫く立ってから目が醒めて見れば、いつもお蝶はちゃんと来て寝ていたのである。それが今夜は二時を過ぎたかと思うのに、まだ床に戻っていない。何と云う理由《わけ》もなく、お金はそれが直ぐに気になった。どうも色になっている二人が逢って話をしているのだと云う感じではなくて、何か変った事でもありはしないかと気遣われるような感じがしたのである。

＊　　＊　　＊

お花はお松の跡に附いて、「お松さん、そんなに急がないで下さいよ」と云いながら、一しょに梯子段を降りて、例の狭い、長い廊下に掛かった。

二階から差している明りは廊下へ曲る角までしか届かない。それから先きは便所の前に、一燭《しょく》ばかりの電灯が一つ附いているだけである。それが遠い、遠い向うにちょんぼり見えていて、却《かえっ》てそれが見える為めに、途中の暗黒が暗黒として感ぜられるようである。心理学者が「闇その物が見える」と云う場合に似た感じである。

「こわいわねえ」と、お花は自分の足の指が、先きに立って歩いているお松の踵《かかと》に障るように、食っ附いて歩きながら云った。

「笑談《じょうだん》お言いでない。」お松も実は余り心丈夫でもなかったが、半分は意地で強そうな返事をした。

二階では稀《まれ》に一しきり強い風が吹き渡る時、その音が聞えるばかりであったが、下に降りて見ると、その間にも絶えず庭の木立の戦《そよ》ぐ音や、どこかの開き戸の蝶番《ちょうつがい》の弛《ゆる》んだのが、風にあおられて鳴る音がする。その間に一種特別な、ひゅうひゅうと、微《かす》かに長く引くような音がする。どこかの戸の隙間から風が吹き込む音ででもあるだろうか。その断えては続く工合が、譬《たと》えば人がゆっくり息をするようである。

「お松さん。ちょいとお待ちよ。」お花はお松の袖を控えて、自分は足を止めた。

「なんだねえ。出し抜けに袖にぶら下がるのだもの。わたしびっくりしたわ。」お松もこうは云ったが、足を止めた。

「あの、ひゅうひゅうと云うのはなんでしょう。」

「そうさねえ。梯子を降りた時から聞えてるわねえ。どこかここいらの隙間から風が吹き込むのだわ。」

二人は暫く耳を欹《そばだ》てて聞いていた。そしてお松がこう云った。「なんでもあんまり遠いとこじゃなくってよ。それに板の隙間では、あんな音はしまいと思うわ。なんでも障子の紙かなんかの破れた処から吹き込むようだねえ。あの手水場《ちょうずば》の高い処にある小窓の障子かも知れないわ。表の手水場のは硝子《ガラス》戸だけれども、裏のは紙障子だわね。」

「そうでしょうか。いやあねえ。わたしもう手水なんか我慢して、二階へ帰って寝ようかしら。」

「馬鹿な事をお言いでない。わたしそんなお附合いなんか御免だわ。帰りたけりゃあ、花ちゃんひとりでお帰り。」

「ひとりではこわいから、そんなら一しょに行ってよ。」

二人は又歩き出した。一足歩くごとに、ひゅうひゅうと云う音が心持近くなるようである。障子の穴に当たる風の音だろうとは、二人共思っているが、なんとなく変な音だと云う感じが底にあって、それがいつまでも消えない。

お花は息を屏《つ》めてお松の跡に附いて歩いているが、頭に血が昇って、自分の耳の中でいろいろな音がする。それでいて、ひゅうひゅうと云う音だけは矢張際立って聞えるのである。お松も余り好い気持はしない。お花が陽にお松を力にしているように、お松も陰にはお花を力にしているのである。

便所が段々近くなって、電灯の小さい明りの照し出す範囲が段々広くなって来るのがせめてものの頼みである。

二人はとうとう四畳半の処まで来た。右手の壁は腰の辺から硝子戸になっているので、始《はじめ》て外が見えた。石灯籠の笠には雪が五六寸もあろうかと思う程積もっていて、竹は何本か雪に撓《たわ》んで地に着きそうになっている。今立っている竹は雪が堕《お》ちた跡で、はね上がったのであろう。雪はもう降っていなかった。

二人は覚えず足を止めて、硝子戸の外を見て、それから顔を見合わせた。二人共相手の顔がひどく青いと思った。電灯が小さいので、雪明りに負けているからである。

ひゅうひゅうと云う音は、この時これまでになく近く聞えている。

「それ御覧なさい。あの音は手水場でしているのだわ。」お松はこう云ったが、自分の声が不断と変っているのに気が附いて、それと同時にぞっと寒けがした。

お花はこわくて物が言えないのか、黙って合点《がってん》々々をした。

二人は急いで用を足してしまった。そして前に便所に這入る前に立ち留まった処へ出て来ると、お松が又立ち留まって、こう云った。

「手水場の障子は破れていなかったのねえ。」

「そう。わたし見なかったわ。それどこじゃないのですもの。さあ、こんなとこにいないで、早く行きましょう。」お花の声は震えている。

「まあ、ちょいとお待ちよ。どうも変だわ。あの音をお聞き。手水場の中よりか、矢っ張ここの方が近く聞えるわ。わたしきっとこの四畳半の障子だと思うの。ちょっと開けて見ようじゃないか。」

お松はこん度常の声が出たので、自分ながら気強く思った。

「あら。およしなさいよ。」お花は慌《あわ》てて、又お松の袖にしがみ附いた。

お松は袖を攫《つか》まえられながら、じっと耳を澄まして聞いている。直き傍《そば》のように聞えるかと思うと、又そうでないようにもある。慥《たし》かに四畳半の中だと思われる時もあるが、又どうかすると便所の方角のようにも聞える。どうも聞き定めることが出来ない。

僕にお金が話す時、「どうしても方角がしっかり分からなかったと云うのが不思議じゃありませんか」と云ったが、僕は格別不思議にも思わない。聴くと云うことは空間的感覚ではないからである。それを強《し》いて空間的感覚にしようと思うと、ミュンステルベルヒのように内耳の迷路で方角を聞き定めるなどと云う無理な議論も出るのである。

お松は少し依怙地《えこじ》になったのと、内々はお花のいるのを力にしているのとで、表面だけは強そうに見せている。

「わたし開けてよ」と云いさま、攫まえられた袖を払って、障子をさっと開けた。

廊下の硝子障子から差し込む雪明りで、微かではあるが、薄暗い廊下に慣れた目には、何もかも輪郭だけはっきり知れる。一目室内を見込むや否や、お松もお花も一しょに声を立てた。

お花はそのまま気絶したのを、お松は棄てて置いて、廊下をばたばたと母屋《おもや》の方へ駈け出した。

＊　＊　＊

川桝の内では一人も残らず起きて、廊下の隅々の電灯まで附けて、主人と隠居とが大勢のものの騒ぐのを制しながら、四畳半に来て見た。直ぐに使を出したので、医師が来る。巡査が来る。続いて刑事係が来る。警察署長が来る。気絶しているお花を隣の明間《あきま》へ抱えて行く。狭い、長い廊下に人が押し合って、がやがやと罵《ののし》る。非常な混雑であった。

四畳半には鋭利な刃物で、気管を横に切られたお蝶が、まだ息が絶えずに倒れていた。ひゅうひゅうと云うのは、切られた気管の疵口《きずぐち》から呼吸をする音であった。お蝶の傍《そば》には、佐野さんが自分の頸《くび》を深く剜《えぐ》った、白鞘《しらさや》の短刀の柄《つか》を握って死んでいた。頸動脈《けいどうみゃく》が断たれて、血が夥《おびただ》しく出ている。

火鉢の火には灰が掛けて埋《うず》めてある。電灯には血の痕《あと》が附いている。佐野さんがお蝶の吭《のど》を切ってから、明りを消して置いて、自分が死んだのだろうと、刑事係が云った。佐野さんの手で書いて連署した遺書が床の間に置いてあって、その上に佐野さんの銀時計が文鎮にしてあった。お蝶の名だけはお蝶が自筆で書いている。文面の概略はこうである。「今年の暮に機屋一家は破産しそうである。それはお蝶が親の詞《ことば》に背《そむ》いた為めである。お蝶が死んだら、債権者も過酷な手段は取るまい。佐野も東京には出て見たが、神経衰弱の為めに、学業の成績は面白くなく、それに親戚から長く学費を給してくれる見込みもないから、お蝶が切に願うに任せて、自分は甘んじて犠牲になる。」書いてある事は、ざっとこんな筋であったそうだ。

川桝へ行く客には、お金が一人も残さず話すのだから、この話を知っている人は世間に沢山あるだろう。事によると、もう何かに書いて出した人があるかも知れない。

（明治四十四年八月）

カズイスチカ

父が開業をしていたので、花房《はなぶさ》医学士は卒業する少し前から、休課に父の許《もと》へ来ている間は、代診の真似事《まねごと》をしていた。

花房の父の診療所は大千住《おおせんじゅ》にあったが、小金井きみ子という女が「千住の家」というものを書いて、委《くわ》しくこの家の事を叙述しているから、loco citato《ロコチタト》としてここには贅《ぜい》せない。Monet《モネエ》なんぞは同じ池に同じ水草の生《は》えている処を何遍も書いていて、時候が違い、天気が違い、一日のうちでも朝夕の日当りの違うのを、人に味《あじわ》わせるから、一枚見るよりは較べて見る方が面白い。それは巧妙な芸術家の事である。同じモデルの写生を下手《へた》に繰り返されては、たまったものではない。ここらで省筆《せいひつ》をするのは、読者に感謝して貰《もら》っても好《い》い。

尤《もっと》もきみ子はあの家の歴史を書いていなかった。あれを建てた緒方某《おがたぼう》は千住の旧家で、徳川将軍が鷹狩《たかがり》の時、千住で小休みをする度毎《たびごと》に、緒方の家が御用を承わることに極《き》まっていた。花房の父があの家をがらくたと一しょに買い取った時、天井裏から長さ三尺ばかりの細長い箱が出た。蓋《ふた》に御鋪物《おんしきもの》と書いてある。御鋪物とは将軍の鋪物である。今は花房の家で、その箱に掛物が入れてある。

火事にも逢《あ》わずに、だいぶ久しく立っている家と見えて、頗《すこ》ぶる古びが附いていた。柱なんぞは黒檀《こくたん》のように光っていた。硝子《ガラス》の器を載せた春慶塗《しゅんけいぬり》の卓や、白いシイツを掩《おお》うた診察用の寝台《ねだい》が、この柱と異様なコントラストをなしていた。

この卓や寝台の置いてある診察室は、南向きの、一番広い間で、花房の父が大きい雛棚《ひなだな》のような台を据えて、盆栽を並べて置くのは、この室の前の庭であった。病人を見て疲れると、この髯《ひげ》の長い翁《おきな》は、目を棚の上の盆栽に移して、私《ひそ》かに自ら娯《たのし》むのであった。

待合《まちあい》にしてある次の間には幾ら病人が溜《た》まっていても、翁は小さい煙管《きせる》で雲井を吹かしながら、ゆっくり盆栽を眺《なが》めていた。

午前に一度、午後に一度は、極まって三十分ばかり休む。その時は待合の病人の中を通り抜けて、北向きの小部屋に這入《はい》って、煎茶《せんちゃ》を飲む。中年の頃、石州流の茶をしていたのが、晩年に国を去って東京に出た頃から碾茶《ひきちゃ》を止《や》めて、煎茶を飲むことにした。盆栽と煎茶とが翁の道楽であった。

この北向きの室は、家じゅうで一番狭い間で、三畳敷である。何の手入もしないに、年々宿根《しゅくこん》が残っていて、秋海棠《しゅうかいどう》が敷居と平らに育った。その直ぐ向うは木槿《もくげ》の生垣《いけがき》で、垣の内側には疎《まば》らに高い棕櫚《しゅろ》が立っていた。

花房が大学にいる頃も、官立病院に勤めるようになってからも、休日に帰って来ると、先《ま》ずこの三畳で煎茶を飲ませられる。当時八犬伝に読み耽《ふけ》っていた花房は、これをお父うさんの「三茶の礼」と名づけていた。

翁が特に愛していた、蝦蟇《がま》出《で》という朱泥《しゅでい》の急須《きゅうす》がある。径《わたり》二寸もあろうかと思われる、小さい急須の代赭色《たいしゃいろ》の膚《はだえ》に Pemphigus《ペンフイグス》 という水泡《すいほう》のような、大小種々の疣《いぼ》が出来ている。多分焼く時に出来損ねたのであろう。この蝦蟇出の急須に絹糸の切屑《きりくず》のように細かくよじれた、暗緑色の宇治茶を入れて、それに冷ました湯を注《つ》いで、暫《しばら》く待っていて、茶碗《ちゃわん》に滴《た》らす。茶碗の底には五立方サンチメエトル位の濃い帯緑黄色の汁が落ちている。花房はそれを舐《な》めさせられるのである。甘みは微《かす》かで、苦みの勝ったこの茶をも、花房は翁の微笑と共に味わって、それを埋合せにしていた。

或日こう云う対坐の時、花房が云った。

「お父うさん。わたくしも大分理窟だけは覚えました。少しお手伝をしましょうか」

「そうじゃろう。理窟はわしよりはえらいに違いない。むずかしい病人があったら、見て貰おう」

この話をしてから、花房は病人をちょいちょい見るようになったのであった。そして翁の満足を贏《か》ち得ることも折々あった。

翁の医学は Hufeland《フウフェランド》 の内科を主としたもので、その頃もう古くなって用立たないことが多かった。そこで翁は新しい翻訳書を幾らか見るようにしていた。素《も》とフウフェランドは蘭訳《らんやく》の書を先輩の日本訳の書に引き較べて見たのであるが、新しい蘭書を得ることが容易《たやす》くなかったのと、多くの障碍《しょうがい》を凌《しの》いで横文《おうぶん》の書を読もうとする程の気力がなかったのとの為《た》めに、昔読み馴れた書でない洋書を読むことを、翁は面倒がって、とうとう翻訳書ばかり見るようになったのである。ところが、その翻訳書の数《かず》が多くないのに、善い訳は少ないので、翁の新しい医学の上の智識には頗《すこぶ》る不十分な処がある。

防腐外科なんぞは、翁は分っている積りでも、実際本当には分からなかった。丁寧に消毒した手を有合《ありあわせ》の手拭《てぬぐい》で拭《ふ》くような事が、いつまでも止まなかった。

これに反して、若い花房がどうしても企て及ばないと思ったのは、一種のCoup《クウ》〔d'oe&i l〕《ドヨイユ》であった。「この病人はもう一日は持たん」と翁が云うと、その病人はきっと二十四時間以内に死ぬる。それが花房にはどう見ても分からなかった。

只これだけなら、少花房が経験の上で老花房に及ばないと云うに過ぎないが、実はそうでは無い。翁の及ぶべからざる処が別に有ったのである。

翁は病人を見ている間は、全幅の精神を以《もっ》て病人を見ている。そしてその病人が軽かろうが重かろうが、鼻風だろうが必死の病だろうが、同じ態度でこれに対している。盆栽を翫《もてあそ》んでいる時もその通りである。茶を啜《すす》っている時もその通りである。

花房学士は何かしたい事若《も》しくはする筈《はず》の事があって、それをせずに姑《しばら》く病人を見ているという心持である。それだから、同じ病人を見ても、平凡な病だとつまらなく思う。〔Inte'ressant〕《エントレッサン》の病症でなくては厭《あ》き足らなく思う。又偶々所謂《たまたまいわゆる》興味ある病症を見ても、それを研究して書いて置いて、業績として公にしようとも思わなかった。勿論《もちろん》発見も発明も出来るならしようとは思うが、それを生活の目的だとは思わない。始終何か更にしたい事、する筈の事があるように思っている。しかしそのしたい事、する筈の事はなんだか分からない。或時は何物かが幻影の如くに浮んでも、捕捉することの出来ないうちに消えてしまう。女の形をしている時もある。種々の栄華の夢になっている時もある。それかと思うと、その頃碧巌《へきがん》を見たり無門関《むもんかん》を見たりしていたので、禅定《ぜんじょう》めいたcontemplatif《コンタンプラチイフ》な観念になっている時もある。とにかく取留めのないものであった。それが病人を見る時ばかりではない。何をしていても同じ事で、これをしてしまって、片付けて置いて、それからというような考をしている。それからどうするのだか分からない。

そして花房はその分からない或物が何物だということを、強《し》いて分からせようともしなかった。唯《ただ》或時はその或物を幸福というものだと考えて見たり、或時はそれを希望ということに結び付けて見たりする。その癖又それを得れば成功で、失えば失敗だというような処までは追求しなかったのである。

しかしこの或物が父に無いということだけは、花房も疾《と》っくに気が付いて、初めは父がつまらない、内容の無い生活をしているように思って、それは老人だからだ、老人のつまらないのは当然だと思った。そのうち、熊沢蕃山《くまざわばんざん》の書いたものを読んでいると、志を得て天下国家を事とするのも道を行うのであるが、平生顔を洗ったり髪を梳《くしけず》ったりするのも道を行うのであるという意味の事が書いてあった。花房はそれを見て、父の平生《へいぜい》を考えて見ると、自分が遠い向うに或物を望んで、目前の事を好《い》い加減に済ませて行くのに反して、父はつまらない日常の事にも全幅の精神を傾注しているということに気が附いた。宿場《しゅくば》の医者たるに安んじている父の〔reˈsignation〕《レジニアション》の態度が、有道者の面目に近いということが、朧気《おぼろげ》ながら見えて来た。そしてその時から遽《にわか》に父を尊敬する念を生じた。

実際花房の気の付いた通りに、翁の及び難いところはここに存《そん》じていたのである。

花房は大学を卒業して官吏になって、半年ばかりも病院で勤めていただろう。それから後は学校教師になって、Laboratorium《ラボラトリウム》に出入《しゅつにゅう》するばかりで、病人というものを扱った事が無い。それだから花房の記憶には、いつまでも千住の家で、父の代診をした時の事が残っている。それが医学をした花房の医者らしい生活をした短い期間であった。

その花房の記憶に僅《わず》かに残っている事を二つ三つ書く。一体医者の為めには、軽い病人も重い病人も、贅沢薬《ぜいたくぐすり》を飲む人も、病気が死活問題になっている人も、均《ひと》しくこれ casus《カズス》である。Casus《カズス》として取り扱って、感動せずに、冷眼に視ている処に医者の強みがある。しかし花房はそういう境界には到らずにしまった。花房はまだ病人が人間に見えているうちに、病人を扱わないようになってしまった。そしてその記憶には唯 Curiosa《クリオザ》が残っている。作者が漫然と医者の術語を用いて、これに Casuistica《カズイスチカ》と題するのは、花房の冤枉《えんおう》とする所かも知れない。

落架風《らっかふう》。花房が父に手伝をしようと云ってから、間のない時の事であった。丁度新年で、門口に羽根を衝《つ》いていた、花房の妹の藤子が、きゃっと云って奥の間へ飛び込んで来た。花月新誌の新年号を見ていた花房が、なんだと問うと、恐ろしい顔の病人が来たと云う。どんな顔かと問えば、只食い附きそうな顔をしていたから、二目と見ずに逃げて這入ったと云う。そこへ佐藤という、色の白い、髪を長くしている、越後《えちご》生れの書生が来て花房に云った。

「老先生が一寸《ちょっと》お出下《いで》さるようにと仰《おっし》ゃいますが」

「そうか」

と云って、花房は直ぐに書生と一しょに広間に出た。

春慶塗の、楕円形《だえんけい》をしている卓の向うに、翁はにこにこした顔をして、椅子《いす》に倚《よ》り掛かっていたが、花房に「あの病人を御覧」と云って、顔で方角を示した。

寝台《ねだい》の据えてあるあたりの畳の上に、四十余《しじゅう》りのお上《かみ》さんと、二十《はたち》ばかりの青年とが据わっている。藤子が食い付きそうだと云ったのは、この青年の顔であった。

色の蒼白《あおじろ》い、面長《おもなが》な男である。下顎《したあご》を後下方《こうかほう》へ引っ張っているように、口を開《あ》いているので、その長い顔が殆《ほとん》ど二倍の長さに引き延ばされている。絶えず涎《よだれ》が垂れるので、畳んだ手拭で腮《あご》を拭いている。顔位の狭い面積の処で、一部を強く引っ張れば、全体の形が変って来る。醜くくはない顔の大きい目が、外眦《がいさい》を引き下げられて、異様に開《ひら》いて、物に驚いたように正面を凝視している。藤子が食い付きそうだと云ったのも無理は無い。

附き添って来たお上さんは、目の縁《ふち》を赤くして、涙声で一度翁に訴えた通りを又花房に訴えた。

お上さんの内には昨夜骨牌会《ゆうべかるたかい》があった。息子さんは誰《たれ》やらと札の引張合いをして勝ったのが愉快だというので、大声に笑った拍子に、顎が両方一度に脱《はず》れた。それから大騒ぎになって、近所の医者に見て貰ったが、嵌《は》めてはくれなかった。このままで直らなかったらどうしようというので、息子よりはお上さんが心配して、とうとう寐《ね》られなかったというのである。

「どうだね」

と、翁は微笑《ほほえ》みながら、若い学士の顔を見て云った。

「そうですね。診断は僕もお上さんに同意します。両側下顎脱臼《りょうそくかがくだっきゅう》です。昨夜《ゆうべ》脱臼したのなら、直ぐに整復が出来る見込です」

「遣《や》って御覧」

花房は佐藤にガアゼを持って来させて、両手の拇指《おやゆび》を厚く巻いて、それを口に挿《さ》し入れて、下顎を左右二箇所で押えたと思うと、後部を下へぐっと押し下げた。手を緩《ゆる》めると、顎は見事に嵌まってしまった。

二十の涎繰《よだれく》りは、今まで腮を押えていた手拭で涙を拭いた。お上さんも袂《たもと》から手拭を出して嬉《うれ》し涙を拭いた。

花房はしたり顔に父の顔を見た。父は相変らず微笑んでいる。

「解剖を知っておるだけの事はあるのう。始てのようではなかった」

親子が喜び勇んで帰った迹《あと》で、翁は語《ことば》を続《つ》いでこう云った。

「下顎の脱臼は昔は落架風と云って、或る大家は整復の秘密を人に見られんように、大風炉敷《おおぶろしき》を病人の頭から被《かぶ》せて置いて、術を施したものだよ。骨の形さえ知っていれば秘密は無い。皿の前の下へ向いて飛び出している処を、背後《うしろ》へ越させるだけの事だ。学問は難有《ありがた》いものじゃのう」

一枚板。これは夏のことであった。瓶有村《かめありむら》の百姓が来て、倅《せがれ》が一枚板になったから、来て見て貰いたいと云った。佐藤が色々容態を問うて見ても、只繰り返して一枚板になったというばかりで、その外にはなんにも言わない。言うすべを知らないのであろう。翁は聞いて、丁度暑中休みで帰っていた花房に、なんだか分からないが、余り珍らしい話だから、往って見る気は無いかと云った。花房は別に面白い事があろうとも思わないが、訴えの詞《ことば》に多少の好奇心を動かされないでもない。とにかく自分が行くことにした。

蒸暑い日の日盛りに、車で風を切って行くのは、却《かえっ》て内にいるよりは好い心持であった。田と田との間に、堤のように高く築き上げてある、長い長い畷道《なわてみち》を、汗を拭きながら挽《ひ》いて行く定吉に「暑かろうなあ」と云えば「なあに、寝ていたって、暑いのは同じ事でさあ」と云う。一本一本の榛《はん》の木から起る蝉《せみ》の声に、空気の全体が微《かす》かに顫《ふる》えているようである。

三時頃に病家に著いた。杉の生垣《いけがき》の切れた処に、柴折戸《しおりど》のような一枚の扉《とびら》を取り付けた門を這入ると、土を堅く踏み固めた、広い庭がある。穀物を扱う処である。乾き切った黄いろい土の上に日が一ぱいに照っている。狭く囲まれた処に這入ったので、蝉の声が耳を塞《ふさ》ぎたい程やかましく聞える。その外には何の物音もない。村じゅうが午休《ひるやす》みをしている時刻なのである。

庭の向うに、横に長方形に立ててある藁葺《わらぶき》の家が、建具を悉《ことごと》くはずして、開け放ってある。東京近在の百姓家の常で、向って右に台所や土間が取ってあって左の可なり広い処を畳敷にしてあるのが、只一目に見渡される。

縁側なしに造った家の敷居、鴨居《かもい》から柱、天井、壁、畳まで、bitume《ビチュウム》の勝った画のように、濃淡種々の茶褐色に染まっている。正面の背景になっている、濃い褐色に光っている戸棚の板戸の前に、煎餅布団《せんべいぶとん》を敷いて、病人が寝かしてある。家族の男女が三四人、涅槃図《ねはんず》を見たように、それを取り巻いている。まだ余りよごれていない、病人の白地の浴衣《ゆかた》が真白に、西洋の古い戦争の油画で、よく真中にかいてある白馬のように、目を刺激《しげき》するばかりで、周囲の人物も皆褐色である。

「お医者様が来ておくんなされた」

と誰やらが云ったばかりで、起《た》って出迎えようともしない。男も女も熱心に病人を目守《まも》っているらしい。

花房の背後《うしろ》に附いて来た定吉は、左の手で汗を拭きながら、提《さ》げて来た薬籠《やくろう》の風呂敷包を敷居の際《きわ》に置いて、台所の先きの井戸へ駈けて行った。直ぐにきいきいと轆轤《ろくろ》の軋《きし》る音、ざっざっと水を翻《こぼ》す音がする。

花房は暫《しばら》く敷居の前に立って、内の様子を見ていた。病人は十二三の男の子である。熱帯地方の子供かと思うように、ひどく日に焼けた膚の色が、白地の浴衣で引っ立って見える。筋肉の緊《し》まった、細く固く出来た体だということが一目で知れる。

暫く見ていた花房は、駒下駄《こまげた》を脱ぎ棄てて、一足敷居の上に上がった。その刹那《せつな》の事である。病人は釣り上げた鯉《こい》のように、煎餅布団の上で跳ね上がった。

花房は右の片足を敷居に踏み掛けたままで、はっと思って、左を床の上へ運ぶことを躊躇《ちゅうちょ》した。横に三畳の畳を隔てて、花房が敷居に踏み掛けた足の撞突《とうとつ》が、波動を病人の体に及ぼして、微細な刺戟が猛烈な全身の痙攣《けいれん》を誘《いざな》い起したのである。

家族が皆じっとして据わっていて、起って客を迎えなかったのは、百姓の礼儀を知らない為めばかりではなかった。

診断は左の足を床の上に運ぶ時に附いてしまった。破傷風である。

花房はそっと傍《そば》に歩み寄った。そして手を触れずに、やや久しく望診していた。一枚の浴衣を、胸をあらわして著ているので、殆《ほとん》ど裸体も同じ事である。全身の筋肉が緊縮して、体は板のようになっていて、それが周囲のあらゆる微細な動揺に反応《はんおう》して、痙攣を起す。これは学術上の現症記事ではないから、一々の徴候は書かない。しかし卒業して間もない花房が、まだ頭にそっくり持っていた、内科各論の中の破傷風の徴候が、何一つ遺《わす》れられずに、印刷したように目前に現れていたのである。鼻の頭に真珠を並べたように滲《し》み出している汗までが、約束通りに、遺れられずにいた。

一枚板とは実に簡にして尽した報告である。知識の私《わたくし》に累せられない、純樸《じゅんぼく》な百姓の自然の口からでなくては、こんな詞《ことば》の出ようが無い。あの報告は生活の印象主義者の報告であった。

花房は八犬伝の犬塚信乃《いぬづかしの》の容体に、少しも破傷風らしい処が無かったのを思い出して、心の中《うち》に可笑《おか》しく思った。

傍《そば》にいた両親の交《かわ》る交《がわ》る話すのを聞けば、この大切な一人息子は、夏になってから毎日裏の池で泳いでいたということである。体中に掻《か》きむしったような痍《きず》の絶えない男の子であるから、病原菌の浸入口はどこだか分からなかった。

花房は興味ある casus《カズス》 だと思って、父に頼んでこの病人の治療を一人で受け持った。そしてその経過を見に、度々瓶有村の農家へ、炎天を侵《おか》して出掛けた。途中でひどい夕立に逢《あ》って困った事もある。

病人は恐ろしい大量の Chloral《クロラアル》 を飲んで平気でいて、とうとう全快してしまった。

生理的腫瘍《しゅよう》。秋の末で、南向きの広間の前の庭に、木葉が掃いても掃いても溜《た》まる頃であった。丁度土曜日なので、花房は泊り掛けに父の家へ来て、診察室の西南《にしみなみ》に新しく建て増した亜鉛葺《トタンぶき》の調剤室と、その向うに古い棗《なつめ》の木の下に建ててある同じ亜鉛葺の車小屋との間の一坪ばかりの土地に、その年沢山実のなった錦茘支《れいし》の蔓《つる》の枯れているのをむしっていた。

その時調剤室の硝子窓《ガラスまど》を開けて、佐藤が首を出した。

「一寸《ちょっと》若先生に御覧を願いたい患者がございますが」

「むずかしい病気なのかね。もうお父《と》っさんが帰ってお出《いで》になるだろうから、待《また》せて置けば好《い》いじゃないか」

「しかしもうだいぶ長く待せてあります。今日の最終の患者ですから」

「そうか。もう跡《あと》は皆《みん》な帰ったのか。道理でひどく静かになったと思った。それじゃあ余り待たせても気の毒だから、僕が見ても好い。一体どんな病人だね」

「もう土地の医師の処を二三軒廻って来た婦人の患者です。最初誰かに脹満《ちょうまん》だと云われたので、水を取って貰うには、外科のお医者が好かろうと思って、誰かの処へ行くと、どうも堅いから癌《がん》かも知れないと云って、針を刺してくれなかったと云うのです」

「それじゃあ腹水か、腹腔《ふくこう》の腫瘍かという問題なのだね。君は見たのかい」

「ええ。波動はありません。既往症を聞いて見ても、肝臓に何か来そうな、取り留めた事実もないのです。酒はどうかと云うと、厭《いや》ではないと云います。はてなと思って好く聞いて見ると、飲んでも二三杯だと云うのですから、まさか肝臓に変化を来《きた》す程のこともないだろうと思います。栄養は中等です。悪性腫瘍らしい処は少しもありません」

「ふん。とにかく見よう。今手を洗って行くから、待ってくれ給え。一体医者が手をこんなにしてはたまらないね、君」

花房は前へ出した両手の指のよごれたのを、屈《かが》めて広げて、人に掴《つか》み付きそうな風をして、佐藤に見せて笑っている。

佐藤が窓を締めて引っ込んでから、花房はゆっくり手を洗って診察室に這入った。

例の寝台の脚《あし》の処に、二十二三の櫛巻《くしまき》の女が、半襟《はんえり》の掛かった銘撰《めいせん》の半纏《はんてん》を着て、絹のはでな前掛を胸高《むなだか》に締めて、右の手を畳に衝《つ》いて、体を斜にして据わっていた。琥珀色《こはくいろ》を帯びた円い顔の、目の縁《ふち》が薄赤い。その目でちょいと花房を見て、直ぐに下を向いてしまった。Cliente《クリアント》としてこれに対している花房も、ひどく媚《こび》のある目だと思った。

「寝台に寝させましょうか」

と、附いて来た佐藤が、知れ切った事を世話焼顔に云った。

「そう」

若先生に見て戴《いただ》くのだからと断って、佐藤が女に再び寝台に寝ることを命じた。女は壁の方に向いて、前掛と帯と何本かの紐《ひも》とを、随分気長に解いている。

「先生が御覧になるかも知れないと思って、さっきそのままで待っているように云っといたのですが」

と、佐藤は言分けらしくつぶやいた。掛布団もない寝台の上でそのまま待てとは女の心を知らない命令であったかも知れない。

女は寝た。

「膝《ひざ》を立てて、楽に息をしてお出《いで》」

と云って、花房は暫く擦《す》り合せていた両手の平を、女の腹に当てた。そしてちょいと押えて見たかと思うと「聴診器を」と云った。

花房は佐藤の卓の上から取って渡す聴診器を受け取って、臍《へそ》の近処に当てて左の手で女の脈を取りながら、聴診していたが「もう宜《よろ》しい」と云って寝台を離れた。

女は直ぐに着物の前を掻き合せて、起き上がろうとした。

「ちょっとそうして待っていて下さい」

と、花房が止めた。

花房に黙って顔を見られて、佐藤は機嫌《きげん》を伺うように、小声で云った。

「なんでございましょう」

「腫瘍は腫瘍だが、生理的腫瘍だ」

「生理的腫瘍」

と、無意味に繰り返して、佐藤は呆《あき》れたような顔をしている。

花房は聴診器を佐藤の手に渡した。

「ちょっと聴いて見給え。胎児の心音が好く聞える。手の脈と一致している母体の心音よりは度数が早いからね。」

佐藤は黙って聴診してしまって、忸怩《じくじ》たるものがあった。

「よく話して聞《き》かせて遣《や》ってくれ給え。まあ、套管針《とうかんしん》なんぞを立てられなくて為合《しあわ》せだった」

こう云って置いて、花房は診察室を出た。

子が無くて夫に別れてから、裁縫をして一人で暮している女なので、外の医者は妊娠《にんしん》に気が附かなかったのである。

この女の家の門口に懸《か》かっている「御《お》仕立物」とお家流《いえりゅう》で書いた看板の下を潜《くぐ》って、若い小学教員が一人度々出入をしていたということが、後《のち》になって評判せられた。


（明治四十四年二月）

蛇

明け易い夏の夜に、なんだってこんなそうぞうしい家に泊り合わせたことかと思って、己《おれ》はうるさく頬《ほお》のあたりに飛んで来る蚊を逐《お》いながら、二間の縁側から、せせこましく石を据えて、いろいろな木を植え込んである奥の小庭を、ぼんやり眺めている。

座布団の傍《かたわら》に蚊遣《かやり》の土器が置いてあって、青い烟《けむり》が器に穿《うが》ってある穴から、絶えず立ち昇って、風のない縁側で渦巻いて、身のまわりを繞《めぐ》っているのに、蚊がうるさく顔へ来る。夕飯《ゆうめし》の饌《ぜん》に附けてあった、厭《いや》な酒を二三杯飲んだので、息が酒の香がするからだろうかと思う。飲まなければ好《よ》かったに、咽《のど》が乾いていたもんだから、つい飲んだのを後悔する。

ここまで案内をせられたとき、通った間数を見ても、由緒のありげな、その割に人けの少い、大きな家の幾間かを隔てて、女ののべつにしゃべっている声が、少しもと切れずに聞えているのである。

恐ろしく早言《はやこと》で、詞《ことば》は聞き取れない。土地の訛《なま》りの、にいと云う弖爾波《てには》が、数珠の数取りの珠のように、単調にしゃべっている詞の間々に、はっきりと聞こえる。東京で、ねえと云うところである。ここは信州の山の中のある駅である。

暫《しばら》く耳を済まして聞いていたが、相手の詞が少しも聞こえない。女は一人でしゃべっているらしい。

挨拶《あいさつ》に出た爺《じ》いさんが、「病人がありまして、おやかましゅうございましょう」と、あやまるように云ったが、まさか病人があんなにしゃべり続けはすまい。もしや狂人《きちがい》ではあるまいか。

詞は分からないが、音調で察して見れば、何事をか相手に哀願しているようである。遠いところでぼんぼん時計が鳴る。懐中時計を出して見れば、十時である。

月が小庭にさしている。薄濁りのしたような、青白い月の光である。きのう峠で逢《あ》った雨は、日中の照りに乾いて、きょうは道が好かったに、小庭の苔《こけ》はまだ濡《ぬ》れている。「こちらが少しはお涼しゅうございましょう」と云って爺いさんに連れて来られた黄昏《たそがれ》に、大きな蝦蟇《がま》が一疋《いっぴき》いつまでも動かずに、おりおり口をぱくりと開けて、己の厭がる蚊を食っていたのを思い出して、手水鉢《ちょうずばち》の向うを見たが、もうそこにはなんにもいなかった。

この縁側の附いている八畳の間には、黒塗の太い床縁《とこべり》のある床の間があって、黒ずんだ文人画の山水が掛っている。向こうに締め切ってある襖《ふすま》には、杜少陵《としょうりょう》の詩が骨々しい大字で書いてある。何か物音がするように思って、襖の方を見ると、丁度竹の筒を台にした、薄暗いランプの附いている向うの処で、「和気日融々」と書いてある、襖が開いて、古帷子《ふるかたびら》に袴《はかま》を穿《は》いた、さっきの爺いさんが出て来た。

「あちらへお床を延べました。いつでもお休みになりますなら。」

「そうさね。まだ寐られそうにないよ。お前詞が土地の人と違うじゃないか。」

「へえ。若い時東京に奉公をいたしておりましたから、いくらか違いますのでございましょう」と云って、禿《は》げた頭を掻《か》いている。

次第に家の内がしんとして来るので、例の女の声が前よりもはっきり聞える。己は覚えず耳を傾けると、爺さんがその様子を見て、こう云った。

「どうも誠に相済みません。さぞおやかましゅうございましょう。」

爺いさんのこう云う様子が、ただ一通《ひととお》りの挨拶ではなく、心《しん》から恐れ入っているらしいので、己は却《かえっ》て気の毒に思った。しかしそれと同時に、聞けば聞く程怪しい物の言い振りなので、indiscret《アンジスクレエ》なようだとは知りながら、どうした女だか聞いて見ようと決心した。

そうとは知らない爺いさんは、右の手尖《てさき》だけを畳に衝《つ》いて、腰を浮かせた。そして己の顔を見て云った。

「もう何も御用は。」

「そう。別になんにもないのだが、お前の方で忙しくないなら、少し聞いて見たいことがある。」

「いえ。どういたしまして。どうぞなんなりとも仰《おっし》ゃって下さいますように。」腰はまた落ち着けられた。

「どうだい。ここいらでは夏でもそんなに遅くまで起きてはいないのだろうが、こうしてお前を引き留めて、話をしていても好《い》いかい。」

「へえ。こちらなぞでは、宿屋と違いまして、割合いに早く休みまするが、わたくしはどうせ今夜も通夜《つや》をいたしまするのでございます。」

「通夜をするというのかね。それは近い頃《ころ》不幸か何かあったのだね。」

「へえ。主人の母親が亡くなりましてから、明日で二七日《ふたなぬか》になりますのでございます。」

「ふん。さっき聞けば病人があるそうだし、それに忌中では、さぞ宿なんぞ引き受けて、迷惑な事だろうね。実に気の毒な事をした。しかしもう御厄介になりついでだから為方《しかた》がない。縁側は少し涼しいから、まあ、ちっとこちらへ来て話したら好いだろう。」

「難有《ありがと》うございます。いえ。県庁からお宿を仰附《おおせつ》けられましたのは、この上もない名誉な事でございます。こういうところへお留め申しまして、さぞ御迷惑でございましょうが、当家ではこれもお上《かみ》へ対しまして、報恩の一つでございまするから。」

爺いさんはこう云いながら、蚊遣の煙の断え断えになったのを見て、袋戸棚から蚊遣香を出して取り換えて、そのままそこに据わった。そして己が問うままにぽつぽつこんな事を話した。

この穂積《ほづみ》という家は、素《も》と県で三軒と云われた豪家の一つである。

亡くなった先代の主人は多額納税者で、貴族院議員になるところであったが、病気を申し立てて早く隠居してしまった。佐久間象山《さくまぞうざん》先生を崇拝して、省諐録《せいけんろく》を死ぬるまで傍《そば》に置いていた。爺いさんは、「なんとかいう、歌を四角な字ばかりで書いてある本」だと云った。

それでいて仏教の信者であった。なんでもこれからの人は西洋の事を知らなくては行けない。しかし耶蘇教《やそきょう》になってはならない。耶蘇教の本を読んで見たが、皆浅はかなもので、仏教の足元にも寄り附けないと云っていた。それで自分なぞにも、不断仏教の難有い事を話して聞せた。それは別にむずかしい事ではない。ただ四恩というものを忘れずにいれば、それで好いと云う事であったと、爺いさんは云った。なるほどさっきも、国家の義務だとでもいうようなところを、「報恩」だと云ったっけと、己は思い合せた。

先代の妻は実に優しい女で、夫の言うことに何一つ負《そむ》いた事がない。そして自分を始め、下々《しもじも》のものをいたわって使ってくれた。あすで二七日《ふたなぬか》になるというのは、この女の事である。八十歳の長寿をして、こないだ死ぬるまで、毎日十人ずつの乞食《こじき》に二十五銭ずつ施すことになっていたので、近年は郡役所で貧窮のものを調べて、代り代り貰いに来させることになっていた。若い奉公人の中には、「御隠居様のお客様」と云って、蔭で笑うものがあったが、貰いに来るものの感情を害するような事をしたものはない。

この夫婦の間にどうしたわけか子がないので、ひどく歎いていると、明治の初年に奥さんが四十になって姙娠した。夫婦は大層喜んだが、長野から請待《しょうたい》した産科のお医者が、これまで四十の初産《ういざん》は手掛けたことがないと云って、眉《まゆ》を顰《ひそ》めたそうである。

それでも無事に今の主人は生れた。小学校というものが始めて出来た頃に、好く物が出来るというので、県庁までも知られていた。その頃自分は商人になろうと思って、主人の取引をしている、日本橋の問屋《といや》へ奉公に出た。小僧の時から奉公したのではなくては使わないというのを、主人の保証で番頭の見習をさせて貰った。

西南の戦争の時、問屋が糧秣品《りょうまつひん》を納めて、大分の利益を見てから、四五年立った時であった。いつか故参になった自分は、女房を持たせて、暖簾《のれん》を分けて貰うことになっていると、先代の穂積の主人が卒中して、六十五歳で頓死《とんし》した。聞き取りにくい詞で、「跡の事は清吉に頼め」と云ったのが、御隠居さんにやっと分かったということである。

自分は取るものも取りあえず、この土地へ帰って来た。御隠居は五十を越しているのに、今の主人はやっと長野の中学校に這入《はい》ったばかりである。それからというものは、穂積家一切の事を引き受けて、とうとう一生独身で暮したのである。

好い子だと評判せられていた今の主人は、段々大きくなるに連れて、少し弱々しい青年になった。学校の成績は相変わらず好い。是非学士にすると云っていた、先代の遺志を紹《つ》いで、御隠居が世話をしていられた。先代の心安くした住職のいるある寺に泊って、中学に通っている主人の、暑中休暇や暮の休暇に帰って来るのを、御隠居は楽みにしているのであった。

その頃から今の主人はどうも体が悪い。少し無理な勉強をすると、眩暈《めまい》がして卒倒する。講堂で卒倒して、同級のものに送られて寺へ帰ることなぞがあった。

それでも中学は相応に卒業したが、東京へ出て、高等学校の試験を受けることになってから、度々落第して、次第に神経質になった。無理な事をさせてはならないというので、傍《はた》から勧めて早稲田に入れることにした。それからは諦《あきら》めて余り勉強をしない。

そのうち適齢になったので、一年志願兵の試験を受けたが、体格ではねられた。丁度日清戦争のある年に、早稲田の方が卒業になって帰った。

もう一人前の男になられたからと思って、これまで形式的に御隠居に伺っていた穂積家の経営の事を、そろそろ相談し掛けて見ても、「清吉、お前に任せるから、これまで通りに遣ってくれ」と云って顧みようともしない。そんなら何か熱心にしている事があるかと思って、気を附けて見ても、分からない。もう六十を越していた御隠居には優しくして、一家の事は自分に任せているので、至極結構な御主人ではあるが、どうも張合のないような気がして来た。

尤《もっと》も不思議に思ったのは、東京から帰った翌年、二十四歳で今の奥さんを迎えた時の事である。身代は穂積家より小さくても、同郡で旧家として知られている家の娘に、これも東京に出て、高等女学校を卒業して帰っているのがあった。いつか越後《えちご》の人がこの娘を見て、自分の国は女の美しい国だが、お豊《とよ》さんのように美しいのは、見たことがないと云ったそうである。お豊さんの小さいとき、祭礼やなんぞで、穂積の今の主人と落ち合うことがあると、穂積の千足《ちたる》さんとお豊さんとは好い夫婦だと、人が好く揶揄《からか》ったもので、両家でなんの話もないのに、お豊さんが東京へ稽古《けいこ》に行けば、あれは千足さんの処に嫁入をするとき、負けてはならぬから行くのだなどという噂《うわさ》さえあった。それが十八になって、穂積の息子と前後して都から帰ったのである。そこで二人の結婚はほとんど周囲から余儀なくせられたような有様であった。今の主人はこの相談を母にせられたとき、どうでも好いと云った。母の方では、東京のような風儀の好くない土地にいて、女の事について何事もなかった倅《せがれ》の、遠慮深い口から、どうでも好いというのは、喜んで迎える気になっているのだと思って、直ぐに話を運ばせた。先方では待っていたらしかった。殊に娘さん自身が待っていたらしいということさえ、媒人《なこうど》の口から穂積家へ伝えられた。見合いの済んだ頃には、珍らしい良縁だと、長野の新聞にまで出て、穂積の親類は勿論《もちろん》、知らぬ人まで讃《ほ》めて、羨《うらや》んで、妬《ねた》んで、騒いでいる中に、ただ清吉爺いさん一人は、若い主人の素振《そぶり》が腑《ふ》に落ちないように思った。それは自分に問屋の主人が女房を持たせると始て云った時の事に思い較べて見たからである。自分はその時もう三十五になっていた。それまで死に身になって稼いだので、女と聞いて胸の轟《とどろ》く時は徒《いたず》らに過ぎ去って、心が落ち着いていた。それでもただ女房を持たせられると聞いたばかりで、どこの誰《たれ》という当てもないのに、二三日の間はそわそわして物が手に附かなかった。主人のどうでも好いと云うのが、隠居の思うように、遠慮しての口上なら好いが、どうも素振までがどうでも好さそうに見える。稼業の事もどうでも好い。女房の事もどうでも好い。そんなはずはないがと、自分だけは思ったのである。

婚礼は首尾好く済んだ。翌朝の事である。朝飯の膳《ぜん》が並んだ。これまでは御隠居と若い主人とが上《かみ》に据わる。自分は末座に連《つらな》って食べることになっていた。これは先代の主人が亡くなった年からの為来《しきた》りである。御遺言もあり、並《なみ》の奉公人でないからというので、御隠居がこう極めたのである。後家の身の上ではあるが、もう六十になっているから、遠慮はいるまいということであった。親類には口のやかましい人もあったが、こういう事に非難も出なかった。その朝は主人が真中にいて、両側に御隠居と嫁さんとが据わった。美しい嫁を取ったのが嬉《うれ》しいと見えて、御隠居が楽しげに主人に話し掛ける。主人が返事をする。嫁さんは下を向いて聞いていたが、ろくに物も食べずに、誰よりも先に黙って席を立ってしまった。自分は向いで見ていたが、多分極まりが悪いので立ったのであろうと思った。御隠居も主人もそう思ったことであろう。

しかし午《ひる》も晩も同じように、嫁さんだけ早く席を起った。その次の日からは、用事にかこつけて、嫁さんは遅れて食べに出る。主人がなぜかと思って問うと、どうもお母あ様のお話が嫌いでならないと云う。これは穂積家に限ってある事で、食事の時は何か近郷であった嘉言《かげん》善行というような事を話すことになっている。先代の主人のした流儀が残っているのである。丁度新聞紙の三面記事の反面のような話である。もし、これという出来事がないと、誰でも前日あたりに本か何かで読んだとか、人に聞いたとかいう話をする。そのために人の話を聞くにでも、本を読むにでも、食事の時の話の種子《たね》になるような事柄に耳を留めて聞く、目を留めて見るということになっているのである。

主人も不思議に思った。善行嘉言なんぞというものは、人によっては聞いて面白くないということもあろう。しかし別に聞くに堪えないというわけのものではない。うるさくても辛抱していられないはずはない。なぜだろうと云うので、嫁さんに問うて見た。そうすると、あんな偽善の話は厭《いや》だと云ったそうである。

その事を聞いてから、御隠居は詞《ことば》少なに、遠慮勝ちになった。話されないとなると話して見たいように感ずるのが、人情の常である。それを我慢する。我慢するのが癖になって、外の話のしたいのをも我慢する。

穂積家は沈黙の家になった。

ここまで話を聞いた時、さっき清吉爺いさんの出て来た、「和気日融々」と書いてある襖が、またすうと開いた。

見れば薩摩《さつまがすり》飛白に黒絽《くろろ》の羽織を着流した、四十恰好《かっこう》の品の好い男が出た。神経の興奮しているらしい声で、こう云った。

「わたくしは当家の主人で、穂積千足と申すものです。先生がお泊り下さいましたに、御挨拶にも出ずにいて、突然お席に参ったのですから、定めて変な奴《やつ》だと思召《おぼしめ》すでしょうが、全く二週間ほど前から気分が優れませんで、休んでいました。県庁からの指図で、郡役所から通知のありました時も、忌中ではあるし、お断り申そうかとも考えましたが、近来不為合《ふしあわ》せな事が続きまして、この老人が大層心寂しく存じている様子でして、名高い学者の方に泊ってお貰い申したら、何か心得になるような事が伺われるかも知れないと申すのです。それで御迷惑かとは存じながら、お宿をお引受け申しました。先刻から清吉が色々お話をいたした様子ですが、わたくし共一家は実に悲惨な境遇に陥っているのです。わたくしは今少し前に、お次まで参っていました。教育を受けたものが、立聞きをしては悪いということ位は、わたくしも知っています。しかしお迎いにも出ず、御挨拶にも出ずにいて、突然伺うのが、余り不躾《ぶしつけ》な様ですから、躊躇《ちゅうちょ》していたのです。清吉じじいの申す通り、わたくしは小さい時から母に苦労を掛けていながら、母を寂しい家で死なせてしまいました。それは物質的な奉養は出来るだけ尽した積りです。しかし母は晩年になって、わたくし共夫婦のために、恐ろしく寂しい生活をしたのです。そんなら妻《さい》を離別したら好かろうと、人は云うでしょうが、それがそう容易《たやす》く行くものではありません。どう云うわけか長い間子がなくている妻ですから、それを離別する程容易な事はない様です。しかし民法もある世の中ですね。妻にこれと云って廉立《かどだ》った悪いことはありません。母に優しくない。それだと云って、別に手荒い事もしない。よしやわたくしが離別しようとしたって、妻は勿論同意しません。妻の積りでは、こうして一日一日と過すうちに、いつかは楽しい生活に入る時が来るだろうと思っていたのです。妻がそう云う風で、合意が成り立たないのに、わたくしがどうしようと申したって、里方の親類が承知しません。何をわたくしは理由にしましょう。話をたんとしない。それがなんの理由になりましょう。無論法廷で争う理由なんぞにはなりません。その上世間体《てい》というものもあります。穂積という家は、信州では多少人も知っている旧家です。その内輪を新聞に書かれたくはありません。そういう次第で、とうとう十四五年というものが立ってしまったのです。清吉じじいなんぞは、こんな律儀な男で、それに非常に耐忍力が強いのですから、黙って内の事をしていてくれましたが、腹の中ではわたくしを意気地がないように思ったり、妻に惑溺《わくでき》しているように思ったりしているようです。わたくしは決して惑溺なぞはしていません。ただ薄志弱行だと云われれば、それだけはいたし方がありません。それにはわたくしに極《き》まった人生観が無いのが原因になっています。わたくしは病身で大学には這入《はい》ることが出来ませんでしたが、色々な学科を修めました。何かわたくしの生活の基礎になるような思想があって、それを貫くためには、いかなるものをも犠牲にするという気になられたならば、これまでにどうにか解決が附いたのでしょう。世間の毀誉褒貶《きよほうへん》は顧みない。人が死んでも好い。自分が死んでも好いと云う事なら、解決が附いたのでしょう。それが無いので、今にぐずぐずしているのです。そして母はとうとう亡くなってしまう。妻もあんな風に気が狂ってしまう。わたくしもどうなるか知れません。」

主人の血走った目は、じいっと己の顔に注がれている。己はぞっとした。清吉爺いさんだけは腕組みをして俯向《うつむ》いている。十一時の時計が鳴った。

「そんなら、さっきまで声のしていたのが奥さんですね」と、己は問うた。

「そうです。いつでも十一時前まではあの通りです。幻覚か何かがある様子であんな工合にしゃべり続けていて、草臥《くたび》れ切るまでは寐ないのです。」

「なるほど。清吉さんの話では、奥さんが嘉言善行というような話が嫌いだと云ったのが、内輪の面白くなくなる初めだということでしたが、一体どういうわけだったのですか。」

「実に馬鹿《ばか》げ切っているのです。妻の考では人間に真の善人というものは無い。もし有るとしても、広い国に一人あるとか、千百年の間に一人出るとかいうもので、実際附き合っている人の中には、そんなものの有りようがない。善い事をしたり言ったりするというのは、ためにする所があるので、自分を利するのである。卑劣である。これに反して、悪い事は誰もしたい。しかしそれを吹聴《ふいちょう》するには及ばないから、黙っている方が好い。よしまた言うにしても、悪い事の方なら、正直に言うのであるから、虚偽でもなければ、卑劣でもないと云うのです。わたくしは妻が優しい顔をして、美しい声でそんな事を言うのですから、馬鹿らしくもあり、不思議にも思っていました。そのうちに妙な事があったのです。去年でしたか、東京にいた頃、学校で心安くした友人が温泉へ来たというので、わたくしの所へ寄りました。その男がこう云う事を言ったのです。妻を持って子供が沢山出来た。ところが、その妻が authority《オオソリチイ》 というものを一切認めぬ奴で、言う事を少しも聞かない。それでは親に済むまいとか、お上《かみ》に済むまいとか、神様に済むまいとか、仏に済むまいとか、天帝に済むまいとか云おうとしても、どれもこの女に掴《つか》まえさせる力草《ちからぐさ》にはならない。どうも今の女学校を出た女は、皆無政府主義者や社会主義者を見たような思想を持っているようだと、そう云うのです。その時はわたくしもこの男は随分思い切った事を云うと思って聞いていましたが、好く考えて見ると、わたくしの妻などもオオソリチイは認めません。事によると、今の女はまるで動物のように、生存競争のためには、あらゆるものと戦うようになっているのではないでしょうか。一体どうしてこんな風になって来たのでしょう。」

「打遣《うっちゃ》って置けば、そうなるのです。赤ん坊は生れながらの〔e'goiste《エゴイスト》〕ですからね。」

「しかしどうして男とは違うのでしょう。」

「それはなんと云っても、男の方は理性が勝っているのでしょう。君はさっき人生観を持っていないと云われたが、持っていないと云っても、社会に立っての利害関係は知っている。利己主義ばかりで推して行けば、自分の立場がなくなるということは知っている。Dogma《ドグマ》は承認しない。勿《なか》れ勿《なか》れの教には服せない。しかし利害の打算上から、むちゃな事はしない。女だって理性の勝っている女は同じ事でしょう。ただそんな女は少いのです。人間は利害関係だけでも本当に分かっていれば、むちゃな事は出来ない。基督《キリスト》の山の説教なんぞを高尚なように云うが、あれも利害に愬《うった》えているのですからねぇ。」

「なるほどそうです。赤ん坊は赤い物に目を刺戟《しげき》せられれば、火をでも攫《つか》む。それと同じように、女は我慾を張り通して、自分が破滅するのですね。」

「まあ、そんな物でしょう。だから、赤ん坊を泣かせて、火を攫ませないようにする。赤ん坊を大人と一しょには扱わない。無政府主義者でも、社会主義者でも、下《げ》の下《げ》までの人間を理性のある人間と同一に扱おうとしているから間違っているのです。一般選挙権の問題でからがそうです。多数政治なんというものも、将来これに代るべき、何等《なんら》かの好い方法が立てば、棄てられてしまうかも知れません。詰まり〔e'galite〕《エガリテエ》という思想が根本から間違っているのですね。女だって遠くが見えないために、自分の破滅を招くような事をすれば、暴力で留めなくてはならないでしょう。」

「先生はそうお思いですか。独逸《ドイツ》では小学校の教師に鞭《むち》で生徒を打つことが許してある。それから夫たるものは妻に打っても好いことになっているとか聞きましたが、先生のお考では、あれも差支《さしつかえ》がないのでしょうか。」

己は覚えず微笑《ほほえ》んだ。「わたしなんぞもそれ程まで踏み込んだ考を持っているわけではありませんよ。先頃もフランスで誰やらが、英国の笞刑《ちけい》が好結果を奏していると新聞に書いた。すると、Bernard Shaw《バアナアド ショオ》がわざわざ反駁書《はんばくしょ》を出しました。兎《と》に角《かく》打つなんということは非常手段ですから、教師だから打っても好い、夫だから打っても好いというように、法則にして置くのは不都合でしょう。」

「なるほどそうでしょう。兎に角わたくしもある場合には打っても好いという位な、堅固な意思を持っていましたら、可哀相に妻をあんな物にはしませんでしたろう。ああ、亡くなった母も気の毒ですが、妻も実に気の毒です。」

　主人はじっと考え込んでいる。

　己は問うた。「一体気の変になられたのは、どう云う動機からですか。」

　腕組みをしていた清吉爺いさんが、手をほぐして膝《ひざ》を進めた。「実に申し上げにくい事でございますが、先生が理学博士でいらっしゃると承《うけたまわ》りまして、お泊りを願うことが出来ましたら、それを伺って見たいと存じておりましたのでございます。初七日《しょなぬか》の晩でございました。奥さんが線香を上げに、仏壇を覗《のぞ》かれますと、大きな蛇のとぐろを巻いていましたのが、鎌首《かまくび》を上げて、じっと奥さんのお顔を見たそうでございます。きゃっと云って倒れておしまいになりましたが、それから只今のようにおなりになりました。わたくし共も驚きまして、若い者の中に好く蛇などをいじるものがございますので、掴まえさせまして、野原へ棄てに遣りました。主人は新しい学問もいたしているものでございますから、なに、蛇というものは気圧なんぞを鋭敏に感ずるものだから、暴風雨の前なんぞには、馴れた棲家《すみか》を出て、人家に這入り込むことがあるそうだ。仏壇にいたのは、全く偶然だと申しておりました。ところが、翌朝《よくちょう》になって仏壇を見ますると、蛇はちゃんと帰っているのでございます。わたくしも此度《このたび》は前より一層驚きました。なんでもこんな事を下々《しもじも》に聞かせてはならない。昨日奥さんの御病気になられたのでからが、御隠居様を疎々《うとうと》しくなされた罰だなんぞと囁《ささや》き合っているらしい。こんな事を知ったら、なんというか分からないと存じまするから、それからはお仏間には人を入れないようにいたしております。実はこれにおられまする主人には、直ぐに相談いたしましたが、なに、あんなきたないものをいじらなくともの事だ、いつか逃げてしまうだろうと申して取り合いません。迷信とか申すものかと存じますので、誠に恥じ入りまする次第でございまするが、先生がお出でになりましたら、伺って見たいと存じまして。」

主人は苦々しそうな顔をして、黙っている。

「今でもいるのか」と、己は爺いさんに問うた。

「はい。じっといたしております。」

「そうか」と云って、己は話をする間飲んでいた葉巻を棄てて立った。「一寸《ちょっと》わたしに見せて貰いましょう。」

爺いさんは先きに立って案内する。仏間に入って見れば、二間幅の立派な仏壇に、蝋燭《ろうそく》が何本も立てて、大きい銅の香炉に線香が焚《た》いてある。真ん中にある白い位牌《いはい》が新仏《しんぼとけ》のであろう。香炉の向うを覗いて見ると、果して蛇がいる。

大きな青大将である。ひどく栄養が好いと見えて、肥満している。尾はずん切ったようなのが、とぐろを巻いている体の前の方へ五寸ばかり出ている。

己は仏壇の天井を仰いで見た。幅の広い、立派な檜《ひのき》の板で張ってあるのが、いつか反り返ったままに古びて、真黒になっている。

爺いさんは据わって、口の中に仏名《ぶつみょう》を唱えている。主人は somnambule《ソンナンビュウル》 のような歩き付きをして、跡から附いて来たのが、己の背後《うしろ》にぼんやり立っている。

己は爺いさんを顧みて云った。「近い処に米の這入った蔵があるだろうね。」

「はい。直き一間《ひとま》先きに、戸前《とまえ》の廊下に続いている蔵がございます。」

「そこから出て来たのだ。動物は習慣に支配せられ易いもので、一度止まった処にはまた止まる。外へ棄てても、元の栖家《すみか》に帰る。何も不思議な事はないのですよ。兎に角この蛇はわたしが貰って行こう。」

爺いさんは目を円くした。「さようなら、若い者を呼びまして。」

「いや。若い者なんぞに二度とは見せないという、お前さんの注意は至極好い。蛇位はわたしだって掴まえる。毒のある蛇だと棒が一本いる。それで頸《くび》を押えて、項《うなじ》まで棒を転がして行って、頭の直ぐ根の処を掴むのです。これは俗に云う青大将だ。棒なんぞはいらない。わたしの荷物の置いてある処に、きのう岩魚《いわな》を入れて貰った畚《びく》があります。あれをご苦労ながら持て来て下さい。」

爺いさんは直ぐに畚を持って来た。

己は蛇の尾をしっかり攫《つか》んで、ずるずると引き出して、ちゅうに吊るした。蛇は頭を持ち上げて自分の体を縄を綯《な》ったように巻いたが、手までは届かない。己は蛇を畚に入れて蓋《ふた》をした。

丁度時計が十二時を打った。

翌朝立つ前に、己は主人の妻をどんな医者が見ているかと問うてみると、長野から呼んだのも、精神病専門の人ではないと云った。己はこれ程の大家の事であるから、是非東京から専門家を呼んで見せるが好いと勧告して置いた。

（明治四十四年一月）

あそび

木村は官吏である。

ある日いつもの通りに、午前六時に目を醒《さ》ました。夏の初めである。もう外は明るくなっているが、女中が遠慮してこの間《ま》だけは雨戸を開けずに置く。蚊幮《かや》の外に小さく燃えているランプの光で、独寝《ひとりね》の閨《ねや》が寂しく見えている。

器械的に手が枕《まくら》の側《そば》を探る。それは時計を捜すのである。逓信省で車掌に買って渡す時計だとかで、頗《すこぶ》る大きいニッケル時計なのである。針はいつもの通り、きちんと六時を指している。

「おい。戸を開けんか。」

女中が手を拭《ふ》き拭き出て来て、雨戸を繰り開ける。外は相変らず、灰色の空から細かい雨が降っている。暑くはないが、じめじめとした空気が顔に当る。

女中は湯帷子《ゆかた》に襷《たすき》を肉に食い入るように掛けて、戸を一枚一枚戸袋に繰り入れている。額には汗がにじんで、それに乱れた髪の毛がこびり附いている。

「ははあ、きょうも運動すると暑くなる日だな」と思う。木村の借家から電車の停留場まで七八町ある。それを歩いて行くと、涼しいと思って門口を出ても、行き着くまでに汗になる。その事を思ったのである。

縁側に出て顔を洗いながら、今朝急いで課長に出すはずの書類のあることを思い出す。しかし課長の出るのは八時三十分頃だから、八時までに役所へ行けば好いと思う。

そして頗る愉快げな、晴々とした顔をして、陰気な灰色の空を眺めている。木村を知らないものが見たら、何が面白くてあんな顔をしているかと怪むことだろう。

顔を洗いに出ている間に、女中が手早く蚊嶹を畳《たた》んで床を上げている。そこを通り抜けて、唐紙を開けると、居間である。

机が二つ九十度の角を形づくるように据えて、その前に座布団が鋪《し》いてある。そこへ据わって、マッチを擦って、朝日を一本飲む。

木村は為事《しごと》をするのに、差当りしなくてはならない事と、暇のある度にする事とを別けている。一つの机の上を綺麗に空虚にして置いて、その上へその折々の急ぐ為事を持って行く。そしてその急ぐ為事が片付くと、すぐに今一つの机の上に載せてある物をそのあとへ持ち出す。この載せてある物はいつも多い。堆《うずたか》く積んである。それは緩急によって畳《かさ》ねて、比較的急ぐものを上にして置くのである。

木村は座布団の側にある日出《ひので》新聞を取り上げて、空虚にしてある机の上に広げて、七面の処を開ける。文芸欄のある処である。

朝日の灰の翻《こぼ》れるのを、机の向うへ吹き落しながら読む。顔はやはり晴々としている。

唐紙のあっちからは、はたきと箒《ほうき》との音が劇《はげ》しく聞える。女中が急いで寝間を掃除しているのである。はたきの音が殊に劇しいので、木村は度々小言を言ったが、一日位《くらい》直っても、また元の通りになる。はたきに附けてある紙ではたかずに、柄の先きではたくのである。木村はこれを「本能的掃除」と名づけた。鳩《はと》の卵を抱いているとき、卵と白墨の角を刓《おと》したのと取り換えて置くと、やはりその白墨を抱いている。目的は余所《よそ》になって、手段だけが実行せられる。塵《ちり》を取るためとは思わずに、はたくためにはたくのである。

尤《もっと》もこの女中は、本能的掃除をしても、「舌の戦《そよ》ぎ」をしても、活溌で間に合うので、木村は満足している。舌の戦ぎというのは、ロオマンチック時代のある小説家の云った事で、女中が主人の出た迹《あと》で、近所をしゃべり廻るのを謂《い》うのである。

木村は何か読んでしまって、一寸《ちょっと》顔を蹙《しか》めた。大抵いつも新聞を置くときは、極《ごく》apathique《アパチック》な表情をするか、そうでなければ、顔を蹙めるのである。書いてあるのは毒にも薬にもならないような事であるか、そうでなければ、木村が不公平だと感ずるような事であるからである。そんなら読まなくても好さそうなものであるが、やはり読む。読んで気のない顔をしたり、一寸顔を蹙めたりして、すぐにまた晴々とした顔に戻るのである。

木村は文学者である。

役所では人の手間取のような、精神のないような、附けたりのような為事をしていて、もう頭が禿《は》げ掛かっても、まだ一向幅が利かないのだが、文学者としては多少人に知られている。ろくな物も書いていないのに、人に知られている。啻《ただ》に知られているばかりではない。一旦《いったん》人に知られてから、役の方が地方勤めになったり何かして、死んだもののようにせられて、頭が禿げ掛かった後に東京へ戻されて、文学者として復活している。手数の掛かった履歴である。

木村が文芸欄を読んで不公平を感ずるのが、自利的であって、毀《そし》られれば腹を立て、褒められれば喜ぶのだと云ったら、それは冤罪《えんざい》だろう。我が事、人の事と言わず、くだらない物が讃《ほ》めてあったり、面白い物がけなしてあったりするのを見て、不公平を感ずるのである。勿論《もちろん》自分が引合に出されている時には、一層切実に感ずるには違ない。

ルウズウェルトは「不公平と見たら、戦え」と世界中を説法して歩いている。木村はなぜ戦わないだろうか。実は木村も前半生では盛んに戦ったのである。しかしその頃から役人をしているので、議論をすれば著作が出来なかった。復活してからは、下手ながらに著作をしているので、議論なんぞは出来ないのである。

その日の文芸欄にはこんな事が書いてあった。

「文芸には情調というものがある。情調は situation《シチュアシオン》 の上に成り立つ。しかし〔inde'finissable《アンデフィニッサアブル》〕なものである。木村の関係している雑誌に出ている作品には、どれにも情調がない。木村自己のものにも情調がないようである。」

約《つづ》めて言えばこれだけである。そして反対に情調のある文芸というものが例で示してあったが、それが一々木村の感服しているものでなかった。中には木村が、立派な作者があんな物を書かなければ好《い》いにと思ったものなんぞが挙げてあった。

一体書いてある事が、木村には善くは分からない。シチュアシヨンの上に成り立つ情調なんぞと云う詞《ことば》を読んでも、何物をもはっきり考えることが出来ない。木村は随分哲学の本も、芸術を論じた本も読んでいるが、こんな詞を読んでは、何物をもはっきり考えることが出来ない。いかにも文芸には、アンデフィニッサアブルだとも云えば云われそうな、面白い処があるだろう。それは考えられる。しかしシチュアシヨンとはなんだろう。昔からドラアムやなんぞで、人物を時と所とに配り附けた上に出来るものを言うではないか。ヘルマン・バアルが旧い文芸の覗《ねら》い処としている、急劇で、豊富で、変化のある行為の緊張なんというものと、差別はないではないか。そんなものの上に限って成り立つというのが、木村には分からないのである。

木村はさ程自信の強い男でもないが、その分からないのを、自分の頭の悪いせいだとは思わなかった。実は反対に記者のために頗《すこぶ》る気の毒な、失敬な事を考えた。情調のある作品として挙げてある例を見て、一層失敬な事を考えた。

木村の蹙めた顔はすぐに晴々としてしまった。そして一人者のなんでも整頓《せいとん》する癖で、新聞を丁寧に畳んで、居間の縁側の隅に出して置いた。こうして置けば、女中がランプの掃除に使って、余って不用になると、屑屋《くずや》に売るのである。

これは長々とは書いたが、実際二三分間の出来事である。朝日を一本飲む間の出来事である。

朝日の吸殻《すいがら》を、灰皿に代用している石決明貝《あわびがい》に棄てると同時に、木村は何やら思い附いたという風で、独笑《ひとりわらい》をして、側の机に十冊ばかり積み上げてある manuscrits《マニュスクリイ》 らしいものを一抱きに抱いて、それを用箪笥《ようだんす》の上に運んだ。

それは日出新聞社から頼まれている応募脚本であった。

日出新聞社が懸賞で脚本を募ったとき、木村は選者になった。木村は息も衝《つ》けない程用事を持っている。応募脚本を読んでいる時間はない。そんな時間を拵《こしら》えるとすれば、それは烟草休《たばこやすみ》の暇をそれに使う外はない。

烟草休には誰《たれ》も不愉快な事をしたくはない。応募脚本なんぞには、面白いと思って読むようなものは、十読んで一つもあるかないかである。

それを読もうと受け合ったのは、頼まれて不精々々《ふしょうぶしょう》に受け合ったのである。

木村は日出新聞の三面で、度々悪口を書かれている。いつでも「木村先生一派の風俗壊乱」という詞が使ってある。中にも西洋の誰やらの脚本をある劇場で興行するのに、木村の訳本を使った時にこのお極《きま》りの悪口が書いてあった。それがどんな脚本かと云うと、censure《サンシュウル》 の可笑《おか》しい程厳しいウィインやベルリンで、書籍としての発行を許しているばかりではない、舞台での興行を平気でさせている、頗る甘い脚本であった。

しかしそれは三面記者の書いた事である。木村は新聞社の事情には暗《くら》いが、新聞社の芸術上の意見が三面にまで行き渡っていないのを怪みはしない。

今読んだのはそれとは違う。文芸欄に、縦令《たとい》個人の署名はしてあっても、何のことわりがきもなしに載せてある説は、政治上の社説と同じようなもので、社の芸術観が出ているものと見て好《よ》かろう。そこで木村の書くものにも情調がない、木村の選択に与《あずか》っている雑誌の作品にも情調がないと云うのは、木村に文芸が分からないと云うのである。文芸の分からないものに、なんで脚本を選ばせるのだろう。情調のない脚本が当選したら、どうするだろう。そんな事をして、応募した作者に済むか。作者にも済むまいが、こっちへも済むまいと、木村は思った。

木村は悪い意味でジレッタントだと云われているだけに、そんな目に逢《あ》って、面白くもない物を読まないでも、生活していられる。兎《と》に角《かく》この一山《ひとやま》を退治ることは当分御免を蒙《こうむ》りたいと思って、用箪笥の上へ移したのである。

書いたら長くなったが、これは一秒時間の事である。

隣の間では、本能的掃除の音が歇《や》んで、唐紙が開いた。膳《ぜん》が出た。

木村は根芋の這入《はい》っている味噌汁《みそしる》で朝飯を食った。

食ってしまって、茶を一杯飲むと、背中に汗がにじむ。やはり夏は夏だと、木村は思った。

木村は洋服に着換えて、封を切らない朝日を一つ隠しに入れて玄関に出た。そこには弁当と蝙蝠傘《こうもりがさ》とが置いてある。沓《くつ》も磨いてある。

木村は傘をさして、てくてく出掛けた。停留場までの道は狭い町家続きで、通る時に主人の挨拶《あいさつ》をする店は大抵極まっている。そこは気を附けて通るのである。近所には木村に好意を表していて、挨拶などをするものと、冷澹《れいたん》で知らない顔をしているものとがある。敵対の感じを持っているものはないらしい。

そこで木村はその挨拶をする人は、どんな心持でいるだろうかと推察して見る。先ず小説なぞを書くものは変人だとは確かに思っている。変人と思うと同時に、気の毒な人だと感じて、〔protégé〕《プロテジェエ》にしてくれるという風である。それが挨拶をする表情に見えている。木村はそれを厭《いや》がりもしないが、無論難有《ありがた》くも思っていない。

丁度近所の人の態度と同じで、木村という男は社交上にも余り敵を持ってはいない。やはり少し馬鹿《ばか》にする気味で、好意を表していてくれる人と、冷澹に構わずに置いてくれる人とがあるばかりである。

それに文壇では折々退治られる。

木村はただ人が構わずに置いてくれれば好いと思う。構わずにというが、著作だけはさせて貰いたい。それを見当違に罵倒《ばとう》したりなんかせずに置いてくれれば好いと思うのである。そして少数の人がどこかで読んで、自分と同じような感じをしてくれるものがあったら、為合《しあわ》せだと、心のずっと奥の方で思っているのである。

停留場までの道を半分程歩いて来たとき、横町から小川という男が出た。同じ役所に勤めているので、三度に一度位は道連《みちづれ》になる。

「けさは少し早いと思って出たら、君に逢った」と、小川は云って、傘を傾けて、並んで歩き出した。

「そうかね。」

「いつも君の方が先きへ出ているじゃあないか。何か考え込んで歩いていたね。大作の趣向を立てていたのだろう。」

木村はこう云う事を聞く度に、くすぐられるような心持がする。それでも例の晴々とした顔をして黙っている。

「こないだ太陽を見たら、君の役所での秩序的生活と芸術的生活とは矛盾していて、到底調和が出来ないと云ってあったっけ。あれを見たかね。」

「見た。風俗を壊乱する芸術と官吏服務規則とは調和の出来ようがないと云うのだろう。」

「なるほど、風俗壊乱というような字があったね。僕はそうは取らなかった。芸術と官吏というだけに解したのだ。政治なんぞは先ず現状のままでは一時の物で、芸術は永遠の物だ。政治は一国の物で、芸術は人類の物だ。」小川は省内での饒舌家《じょうぜつか》で、木村はいつもうるさく思っているが、そんな素振《そぶり》はしないように努めている。先方は持病の起ったように、調子附いて来た。「しかし、君、ルウズウェルトの方々で遣《や》っている演説を読んでいるだろうね。あの先生が口で言っているように行けば、政治も一時だけの物ではない。一国ばかりの物ではない。あれを一層高尚にすれば、政治が大芸術になるねえ。君なんぞの理想と一致するだろうと思うが、どうかねえ。」

木村は馬鹿々々しいと思って、一寸顔《ちょっと》を蹙《しか》めたくなったのをこらえている。

そのうち停留場に来た。場末の常で、朝出て晩に帰れば、丁度満員の車にばかり乗るようになるのである。二人は赤い柱の下に、傘を並べて立っていて、車を二台も遣り過して、やっとの事で乗った。

二人共弔皮《つりかわ》にぶら下がった。小川はまだしゃべり足りないらしい。

「君。僕の芸術観はどうだね。」

「僕はそんな事は考えない。」不精々々に木村が答えた。

「どう思って遣っているのだね。」

「どうも思わない。作りたいとき作る。まあ、食いたいとき食うようなものだろう。」

「本能かね。」

「本能じゃあない。」

「なぜ。」

「意識して遣っている。」

「ふん」と云って、小川は変な顔をして、なんと思ったか、それきり電車を降りるまで黙っていた。

小川に分かれて、木村は自分の部屋の前へ行って、帽子掛に帽子を掛けて、傘を立てて置いた。まだ帽子は二つ三つしか掛かっていなかった。

戸は開け放して、竹簾《たけすだれ》が垂れてある。お為着《しき》せの白服を着た給仕の側を通って、自分の机の処へ行く。先きへ出ているものも、まだ為事《しごと》には掛からずに、扇などを使っている。「お早う」位を交換するのもある。黙って頤《あご》で会釈するのもある。どの顔も蒼《あお》ざめた、元気のない顔である。それもそのはずである。一月に一度位ずつ病気をしないものはない。それをしないのは木村だけである。

木村は「非常持出」と書いた札の張ってある、煤色《すすいろ》によごれた戸棚から、しめっぽい書類を出して来て、机の上へ二山に積んだ。低い方の山は、其日々々に処理して行くもので、その一番上に舌を出したように、赤札の張ってある一級《ひとつづり》の書類がある。これが今朝課長に出さなくてはならない、急ぎの事件である。高い方の山は、相間《あいま》々々にぽつぽつ遣れば好い為事である。当り前の分担事務の外に、字句の訂正を要するために、余所《よそ》の局からも、木村の処へ来る書類がある。そんなのも急ぎでないのはこの中に這入っている。

書類を持ち出して置いて、椅子《いす》に掛けて、木村は例の車掌の時計を出して見た。まだ八時までに十分ある。課長の出勤するまでには四十分あるのである。

木村は高い山の一番上の書類を広げて、読んで見ては、小さい紙切れに糊板《のりいた》の上の糊を附けて張って、それに何やら書き入れている。紙切れは幾枚かを紙撚《こより》で繫《つな》いで、机の横側に掛けてあるのである。役所ではこれを附箋と云っている。

木村はゆっくり構えて、絶えずこつこつと為事をしている。その間顔は始終晴々としている。こういう時の木村の心持は一寸説明しにくい。この男は何をするにも子供の遊んでいるような気になってしている。同じ「遊び」にも面白いのもあれば、詰まらないのもある。こんな為事はその詰まらない遊びのように思っている分である。役所の為事は笑談《じょうだん》ではない。政府の大機関の一小歯輪となって、自分も廻転しているのだということは、はっきり自覚している。自覚していて、それを遣っている心持が遊びのようなのである。顔の晴々としているのは、この心持が現れているのである。

為事が一つ片附くと、朝日を一本飲む。こんな時は木村の空想も悪戯《いたずら》をし出す事がある。分業というものも、貧乏籤《くじ》を引いたもののためには、随分詰まらない事になるものだなどとも思う。しかし不平は感じない。そんならと云って、これが自分の運だと諦《あきら》めているという fatalist《ファタリスト》 らしい思想を持っているのでもない。どうかすると、こんな事は罷《や》めたらどうだろうなどとも思う。それから罷めた先きを考えて見る。今の身の上で、ランプの下で著作をするように、朝から晩まで著作をすることになったとして見る。この男は著作をするときも、子供が好きな遊びをするような心持になっている。それは苦しい処がないという意味ではない。どんな sport《スポオト》 をしたって、障礙《しょうがい》を凌《しの》ぐことはある。また芸術が笑談でないことを知らないのでもない。自分が手に持っている道具も、真の鉅匠《きょしょう》大家の手に渡れば、世界を動かす作品をも造り出すものだとは自覚している。自覚していながら、遊びの心持になっているのである。ガンベッタの兵が、あるとき突撃をし掛けて鋒《ほこ》が鈍った。ガンベッタが喇叭《らっぱ》を吹けと云った。そしたら進撃の譜《ふ》は吹かないで、〔re'veil《レウェイユ》〕の譜を吹いた。イタリア人は生死の境に立っていても、遊びの心持がある。兎に角木村のためには何をするのも遊びである。そこで同じ遊びなら、好きな、面白い遊びの方が、詰まらない遊びより好いには違いない。しかしそれも朝から晩までしていたら、単調になって厭《あ》きるだろう。今の詰まらない為事にも、この単調を破るだけの功能はあるのである。

　この為事を罷めたあとで、著作生活の単調を破るにはどうしよう。それは社交もある。旅もある。しかしそれには金がいる。人の魚を釣るのを見ているような態度で、交際社会に臨みたくはない。ゴルキイのような vagabondage《ワガボンダアジュ》 をして愉快を感じるには、ロシア人のような遺伝でもなくては駄目《だめ》らしい。やはりけちな役人の方が好いかも知れないと思って見る。そしてそう思うのが、別に絶望のような苦しい感じを伴うわけでもないのである。

　ある時は空想がいよいよ放縦になって、戦争なんぞの夢も見る。喇叭は進撃の譜を奏する。高く擎《かか》げた旗を望んで駈歩をするのは、さぞ爽快《そうかい》だろうと思って見る。木村は病気というものをしたことがないが、小男で痩《や》せているので、徴兵に取られなかった。それで戦争に行ったことはない。しかし人の話に、壮烈な進撃とは云っても、実は土嚢《どのう》を翳《かざ》して匍匐《ほふく》して行くこともあると聞いているのを思い出す。そして多少の興味を殺《そ》がれる。自分だってその境に身を置いたら、土嚢を翳して匍匐することは辞せない。しかし壮烈だとか、爽快だとかいう想像は薄らぐ。それから縦《たと》い戦争に行くことが出来ても、輜重《しちょう》に編入せられて、運搬をさせられるかも知れないと思って見る。自分だって車の前に立たせられたら、挽《ひ》きもしよう。後に立たせられたら、推《お》しもしよう。しかし壮烈や爽快とは一層縁遠くなると思うのである。

ある時は航海の夢も見る。屋の如き浪を凌《しの》いで、大洋を渡ったら、愉快だろう。地極の氷の上に国旗を立てるのも、愉快だろうと思って見る。しかしそれにもやはり分業があって、蒸汽機関の火を焚《た》かせられるかも知れないと思うと、enthousiasme《アンツウジアスム》の夢が醒めてしまう。

木村は為事が一つ片附いたので、その一括の書類を机の向うに押し遣って、高い山からまた一括の書類を卸した。初のは半紙の罫紙《けいし》であったが、こん度のは紫板《むらさきばん》の西洋紙である。手の平にべたりと食っ附く。丁度物干竿《ものほしざお》と一しょに蛞蝓《なめくじ》を掴《つか》んだような心持である。

この時までに五六人の同僚が次第に出て来て、いつか机が皆塞《ふさ》がっていた。八時の鐸《たく》が鳴って暫くすると、課長が出た。

木村は課長がまだ腰を掛けないうちに、赤札の附いた書類を持って行って、少し隔たった処に立って、課長のゆっくり書類を portefeuille《ポルトフョイユ》から出して、硯箱《すずりばこ》の蓋《ふた》を取って、墨を磨《す》るのを見ている。墨を磨ってしまって、偶然のようにこっちへ向く。木村よりは三つ四つ歳の少い法学博士で、目附鼻附の緊《し》まった、余地の少い、敏捷《びんしょう》らしい顔に、金縁の目金を掛けている。

「昨日お命じの事件を」と云いさして、書類を出す。課長は受け取って、ざっと読んで見て、「これで好い」と云った。

木村は重荷を卸したような心持をして、自分の席に帰った。一度出して通過しない書類は、なかなか二度目位で滞りなく通過するものではない。三度も四度も直させられる。そのうちには向うでも種々に考えて見るので、最初云った事とは多少違って来る。とうとう手が附けられなくなってしまう。それで一度で通過するのを喜ぶのである。

席に帰って見ると、茶が来ている。八時に出勤したとき一杯と、午後勤務のあるときは三時頃に一杯とは、黙っていても、給仕が持って来てくれる。色が附いているだけで、味のない茶である。飲んでしまうと、茶碗の底に滓《かす》が沢山淀《よど》んでいる。木村は茶を飲んでしまうと、相変らずゆっくり構えて、絶間なくこつこつと為事《しごと》をする。低い方の山の書類の処理は、折々帳簿を出して照らし合せて見ることがあるばかりで、ぐんぐんはかが行く。三件も四件も烟草休なしに済ましてしまうことがある。済んだのは、検印をして、給仕に持たせて、それぞれ廻す先へ廻す。書類中には直ぐに課長の処へ持って行くのもある。

その間には新しい書類が廻って来る。赤札のは直ぐに取り扱う。その外はどの山かの下へ入れる。電報は大抵赤札と同じようにするのである。

為事をしているうちに、急に暑くなったので、ふいと向うの窓を見ると、朝から灰色の空の見えていた処に、紫掛かった暗色の雲がまろがって居る。

同僚の顔を見れば、皆ひどく疲れた容貌《ようぼう》をしている。大抵下顎《したあご》が弛《ゆる》んで垂れて、顔が心持長くなっているのである。室内の湿った空気が濃くなって、頭を圧《お》すように感ぜられる。今のように特別に暑くなった時でなくても、執務時間がやや進んでから、便所に行った帰りに、廊下から這入ると、悪い烟草の匂《におい》と汗の香とで噎《む》せるような心持がする。それでも冬になって、煖炉《だんろ》を焚《た》いて、戸を締め切っている時よりは、夏のこの頃が迥《はる》かにましである。

木村は同僚の顔を見て、一寸顔を蹙《しか》めたが、すぐにまた晴々とした顔になって、為事に掛かった。

暫くすると雷が鳴って、大降りになった。雨が窓にぶっ附かって、恐ろしい音をさせる。部屋中のものが、皆為事を置いて、窓の方を見る。木村の右隣の山田と云う男が云った。

「むしむしすると思ったら、とうとう夕立が来ましたな。」

「そうですね」と云って、晴々とした不断の顔を右へ向けた。

山田はその顔を見て、急に思い附いたらしい様子で、小声になって云った。

「君はぐんぐん為事を捗《はかど》らせるが、どうもはたで見ていると、笑談にしているようでならない。」

「そんな事はないよ」と、木村は恬然《てんぜん》として答えた。

木村が人にこんな事を言われるのは何遍だか知れない。この男の表情、言語、挙動は人にこういう詞《ことば》を催促していると云っても好い。役所でも先代の課長は不真面目《ふまじめ》な男だと云って、ひどく嫌った。文壇では批評家が真剣でないと云って、けなしている。一度妻を持って、不幸にして別れたが、平生何かの機会で衝突する度に、「あなたはわたしを茶かしてばかしいらっしゃる」と云うのが、その細君の非難の主なるものであった。

木村の心持には真剣も木刀もないのであるが、あらゆる為事に対する「遊び」の心持が、ノラでない細君にも、人形にせられ、おもちゃにせられる不愉快を感じさせたのであろう。

木村のためには、この遊びの心持は「与えられたる事実」である。木村と往来しているある青年文士は、「どうも先生には現代人の大事な性質が闕《か》けています、それは〔nervosite〕《ネルウォジテエ》です」と云った。しかし木村は格別それを不幸にも感じていないらしい。

夕立のあとはまた小降になって余り涼しくもならない。

十一時半頃になると、遠い処に住まっているものだけが、弁当を食いに食堂へ立つ。木村は号砲《ドン》が鳴るまでは為事をしていて、それから一人で弁当を食うことにしている。

二三人の同僚が食堂へ立ったとき、電話のベルが鳴った。給仕が往って暫く聞いていたが、「少々お待下さい」と云って置いて、木村の処へ来た。

「日出新聞社のものですが、一寸電話口へお出《いで》下さいと申すことです。」

木村が電話口に出た。

「もしもし。木村ですが、なんの御用ですか。」

「木村先生ですか。お呼立て申して済みません。あの応募脚本ですが、いつ頃御覧済になりましょうか。」

「そうですなあ。此頃忙しくて、まだ急には見られませんよ。」

「さようですか。」なんと云おうかと、暫く考えているらしい。「いずれまた伺います。何分宜しく。」

「さようなら。」

「さようなら。」

微笑の影が木村の顔を掠《かす》めて過ぎた。そしてあの用箪笥の上から、当分脚本は降りないのだと、心の中で思った。昔の木村なら、「あれはもう見ない事にしました」なんぞと云って、電話で喧嘩《けんか》を買ったのである。今は大分おとなしくなっているが、彼れの微笑の中には多少の Bosheit《ボオスハイト》がある。

しかしこんな、けちな悪意では、ニイチェ主義の現代人にもなられまい。

号砲《ドン》が鳴った。皆が時計を出して巻く。木村も例の車掌の時計を出して巻く。同僚はもうとっくに書類を片附けていて、どやどや退出する。木村は給仕とただ二人になって、ゆっくり書類を戸棚にしまって、食堂へ行って、ゆっくり弁当を食って、それから汗臭い満員の電車に乗った。


（明治四十三年八月）

うずしお

二人で丁度一番高い岩山の巓《いただき》まで登った。老人は数分間は余り草臥《くたび》れて物を云うことが出来なかった。

とうとうこう云い出した。

「まだ余り古い事ではございません。わたくしは不断倅《せがれ》共の中の一番若い奴を連れて、この道を通って、平気でこの岩端《いわはた》まで出たものです。だからあなたの御案内をしてまいったって、こんなに草臥れる筈ではないのです。それが大約《おおよそ》三年前に妙な目に逢ったのでございますよ。多分どんな人間でもわたくしより前にあんな目に逢ったものはございますまい。よしやそんな人があったとしても、それが生き残っていはしませんから、人に話して聞かすことはございますまい。そのときわたくしは六時間の間、今死ぬか今死ぬかと思って気を痛めましたので、体も元気も台なしになってしまいました。あなたはわたくしを大変年を取っている男だとお思いなさいますでございましょうね。所が、実際そうではございませんよ。わたくしの髪の毛は黒い光沢《つや》のある毛であったのが、たった一日に白髪になってしまったのでございます。その時手足も弱くなり神経も駄目になってしまいました。今では少し骨を折れば、手足が顫《ふる》えたり、ふいと物の影なんぞを見て肝を潰したりする程、わたくしの神経は駄目になっているのでございます。この小さい岩端から下の方を見下ろしますと、わたくしは眩暈《めまい》がしそうになるのでございます。はたから御覧になっては、それほど神経を悪くしているようには見えますまいが。」

その小さい岩端といった所に、その男は別に心配らしい様子もなく、ずっと端の所へ寄って横になって休んでいる。体の重い方の半分が重点を岩端を外れて外に落している。つるつる滑りそうな岩の縁《へり》に両肘を突いているので、その男の体は落ちないでいるのである。

その小さい岩端というのは、嶮《けわ》しい、鉛直に立っている岩である。その岩は黒く光る柘榴石《ざくろせき》である。それが底の方に幾つともなく簇《むら》がっている岩の群を抜いて、大約一万五千呎《フィート》乃至一万六千呎位真直に立っているのである。僕なんぞは誰がなんと云っても、その縁から一二尺位な所まで体を覗けることは出来ないのである。連の男の危ない所にいるのが気になって、自分までが危なく思われるので、僕は土の上に腹這いになって、そこに生えている灌木を掴んでいた。下を見下すどころではない。上を向いて空を見るのも厭である。どうも暴風《あらし》が吹いて来てこの山の根の方を崩してしまいはすまいかと思われてならない。僕はそういう想像を抑制することを力《つと》めているのに、又してもその想像が起ってならない。自分で自分の理性に訴えて、自分で自分の勇気を鼓舞して、そこに坐って遠方を見ることが出来るようになるまでには余程時間が掛かった。

僕を連れて来た男がこう云った。

「なんでも危ないというような心持を無くしておしまいなさらなくてはいけません。わたくしの只今申したように、不思議な目に逢った場所を、あなたが成るたけ好く一目にお見渡しなさることが出来るようにと思いまして、わたくしはここへあなたを御案内して参ったのでございます。あなたの現場を一目に見渡していらっしゃる前で、わたくしはあなたに委《くわ》しいお話を致そうと思って、ここへ御案内いたしたのでございます。」

この男は廻り遠い物の言いようをする男である。暫くしてこんな風に話し続けた。

「あなたとわたくしとは只今諸威《ノルエイ》の国境《くにざかい》にいるのでございます。北緯六十八度でございます。県の名はノルドランドと申します。郡はロフォツデンと申しまして陰気な土地でございます。あなたとわたくしとの登っている巓《いただき》はヘルセッゲンという山の巓でございます。雲隠山《くもがくれやま》といふ仇名が付いています。ちょっと伸び上がって御覧なさいまし。若し眩暈《めまい》がなさいますようなら、そこの草にしっかりつかまって伸び上がって御覧なさいまし。それで宜しゅうございます。この直《じき》下の所には、帯のような靄が掛かっていますが、その靄の向うを御覧になると海が広く見えているのでございます。」

僕は恐々《おそるおそる》頭を上げて見た。広々とした大洋が向うの下の方に見える。その水はインクのように黒い色をしている。僕は直ぐにヌビアの地学者の書いたものにあるマレ・テネブラルムを思い出した。「闇の海」を思い出した。人間が想像をどんなに逞くしてもこれより恐ろしい、これより慰藉のないパノラマを想像することは、出来ない。右を見ても左を見ても、目の力の届く限り恐ろしい陰気な、上から下へ被《かぶ》さるような岩の列が立っている。丁度人間世界の境の石ででもあるように、境の塁壁ででもあるように、その岩の列が立っている。その岩組の陰気な性質が、激しく打ち寄せる波で、一層気味悪く見える。その波は昔から永遠に吠えて、どなって、白い、怪物めいた波頭を立たせているのである。

丁度僕とその男との坐っている岩端に向き合って、五哩《マイル》か六哩位の沖に、小さい黒ずんだ島がある。打ち寄せる波頭の泡が八方からそれを取巻いている。その波頭の白いので、黒ずんだ島が一際《ひときわ》明かに見えている。それから二哩ばかり陸《おか》の方へ寄って、その島より小さい島がある。石の多い、恐ろしい不毛の地と見える。黒い岩の群が絶え絶えにその周囲に立っている。

遠い分の島から岸までの間の大洋の様子は、まるで尋常の海ではない。丁度眺めている最ちゅうに海の方から陸の方へ向けて随分強い風が吹いていた。この風が強いので、島よりずっと先の沖を通っている小舟が、帆を巻いて走っておるのに、その船体が始終まるで水面から下へ隠れているのが見えたのである。それなのに島から手前には尋常の海と違って、ふくらんだ波の起伏が見えないのである。そこにもここにも、どっちとも向きを定めずに、水が短く、急に、怒ったように迸り上がっているばかりである。中にはまるで風に悖《さから》って動いている所もある。泡は余り立たない。只岩のある近所だけに白い波頭が見えている。

その男がこう云った。

「あの遠い分の島をこの国のものはウルグと申します。近い分の島をモスコエと申します。それから一哩程先に北に寄っているアンバアレン群島があります。こちらの側にあるのがイスレエゼン、ホトホルム、ケイルドヘルム、スアルエン、ブックホルムでございます。それからモスコエとウルグとの間の所にあたってオッテルホルム、フリイメン、サンドフレエゼン、ストックホルムがございます。まあこんな風な名が一々付いているのでございます。一体なんだってあんな岩に一々名を付けたのだろうと考えて見ましても、どうもなぜだか分かりません。そら何か聞えますでございましょう。それに水の様子が変って来ましたのにお気が付きませんですか。」

僕がその男とこのヘルセッゲンの巓へ、ロフォツデンの内側を登って来てから、大約十分位も経っているだろうか。登って来る時には、海なんぞは少しも見えなくて、この巓に出ると、忽然《こつぜん》限りもなく広い海が目の前に横たわっていたのである。連の男が最後の詞《ことば》を言った時、僕にも気が付いた。なんだか鈍い、次第に強くなって来る物音が聞えるのである。譬《たと》えて見ればアメリカのプレリイの広野で、ビュッファロ牛の群がうめいたり、うなったりするような物音である。

その物音と同時に僕はこんな事に気が付いた。航海者が「跳る波」といふような波が今まで見えていたのに、忽然そこの水が激烈な潮流に変化して、非常な速度を以て西に向いて流れているのである。見ているうちに、その速度が気味の悪いように加わって、劇《はげ》しくなる。一刹那一刹那に、その偉大な激動が加わって来る。五分間も経ったかと思うと、岸からウルグ島までの海が抑えられない憤怒《ふんど》の勢いを以て、鞭打ち起された。中にもモスコエ島と岸との間の激動が最も甚しい。ここでは恐ろしい広い間の水の床が、生創《なまきず》を拵えたり、瘢痕《はんこん》を結んだりして、数千条の互に怒って切り合う溝のようになるかと思うと、忽然痙攣状に砕けてしまう。ごうごう鳴る。沸き立つ。ざわつく。渦巻く。無数の大きい渦巻になって、普通は瀑布の外には見られないような水勢を以て、東へ流れて行くのである。

又数分間すると、景色が全く一変した。水面は概して穏になった。そして渦巻が一つ一つ消えてしまった。それに反して今までちっとも泡立っていなかった所が、大きい帯のように泡立って来た。この帯のようなものが次第に八方に広がって、食っ付き合って、一旦消えてしまった渦巻のような回旋状の運動を為始《しはじ》めた。今までの渦巻より大きい渦巻を作ろうとしているらしい。

忽然と云っても、そんな詞ではこの急激な有様を形容しにくい程、極端に急激に、水面がはっきりと際立っている、大きい渦巻になった。その直径が大約一哩以上もあるだろう。渦巻の縁の所は幅の広い帯のような、白く光る波頭になっている。その癖その波頭の白い泡の一滴も、恐ろしい漏斗《じょうご》の中へ落ち込みはしない。漏斗の中は、目の届く限り、平らな、光る、墨のように黒い水の塀になっている。それが水平面と四十五度の角度を形づくっている。その塀のような水が、目の舞うほどの速度で、気の狂ったようにぐるぐる旋《めぐ》っている。そして暴風《あらし》の音の劇しい中へ、この渦巻が自分の恐ろしい声を交ぜて、叫び吠えるのである。あのナイアガラの大瀑布が、死に迫る煩悶の声を天に届くように立てているのよりも、一層恐ろしい声をするのである。

山全体も底から震えている。岩も一つ一つ震えている。僕はぴったり地面に腹這って、顔が土に着くようにしていて、神経の興奮が劇しい余りに、両手に草を握っていた。

ようようのことで僕は連の男に云った。

「これが話に聞いたマルストロオムの大渦巻でなければ、外にマルストロオムというものはあるまい。これがそうなのだろうね。」

連の男が答えた。

「よその国の人のそういうのがこれでございますよ。わたくし共諾威人《ノルエイじん》は、あのモスコエ島の名を取ってモスコエストロオムと申します。」

僕はこの渦巻の事を書いたものを見たことがあるが、実際目で見るのと、物に書いてあるのとは全く違う。ヨナス・ラムスの書いたものが、どれよりも綿密らしいが、その記事なんぞを読んだって、この実際の状況に似寄った想像は、とても浮かばない。その偉大な一面から見ても、又その恐るべき一面から見ても、そうである。又この未曾有《みぞう》なもの、唯一なものが、覿面《てきめん》にそれを見ている人の心を、どんなに動かし狂わすかということも、とても想像せられまい。一体ヨナス・ラムスはどの地点からどんな時刻にこの渦巻を観察したのか知らない。兎に角決して暴風の最ちゅうにこのヘルセッゲンの山の巓から見たのではあるまい。併しあの記事の中に二三記憶して置いても好い事がある。とても実況に比べて見ては、お話にならないほど薄弱な文句ではあるが。

その文句はこうである。

「ロフォツデンとモスコエとの中間は、水の深さ三十五ノットより四十ノットに至る。然るにウルグ島の方面に向いては、その深さ次第に減じて、如何なる船舶もこの間を航すること難し。若し強いてこの間を航するときは、その船舶は、如何なる平穏なる天候の日にても、巌石に触れて砕くる危険あるべし。満潮のときはロフォツデンとモスコエとの間の潮流非常なる速度を有す。又落潮の時はその響強烈にして、最も恐るべき、最も大なる瀑布の声といえども、これに及ばざるならん。その響は数里の外《ほか》に聞ゆ。渦巻は広く、水底は深くして、若し船舶その内に入るときは、必然の勢いを以て渦巻の中心に陥り、巌石に触れて砕け滅ぶるならん。而して水勢衰うる後に至りて、その船舶の砕片は始めて海面に投げ出だささるるならん。斯くの如き海面の凪ぎは、潮の漲落《ちょうらく》の間に、天候平穏なる日に於いてこれを見る。その時間大約十五分間ばかりなるべし。この時間を経過して後、初めの如き水の激動再び起る。若し潮流最も劇しく、暴風《あらし》の力これを助長するときは、諸威国の哩数にて、渦巻の縁を距《さ》ること、一哩の点に船舶を進むるだに、甚だ危険なるべし。船舶の大小に拘わらず、戒心してこの潮流を避けざりしが為めに、不幸にしてその盤渦《はんか》ちゅうに巻き込まれて水底に引き入れられし証例少なからず。又鯨魚《げいぎょ》のこの潮流に近づきて巻き込まれしことあり。そのとき鯨魚の潮流に反抗して逃れ去らんと欲し、叫び吠ゆる声は文字の得て形容する所にあらざりき。或るときはロフォツデンよりモスコエへ泳ぎ渡らんとしたる熊、この盤渦ちゅうに巻き入れられしことあり。その熊の叫ぶ声は岸まで明かに聞えたりという。松栢《しょうはく》、その他の針葉樹、その内に巻き込まるるときは、摧《くだ》け折れ、断片となりて浮び出づ。その断片は刷毛の如くにそそけ立ちたるを見る。案ずるにこれこの所の海底鋸歯《きょし》の如き巖石より成れるが故に、その巖石の上をあちこち押し遣られし木片は、此の如くそそけ立つならん。潮流は海潮の漲落に従いて変ず。而してその一漲一落必ず六時間を費やす。千六百四十五年のセクサゲジマ日曜日の朝は潮流の猛烈なりしこと常に倍し、海岸の人家の壁より、石材脱け落ちたりという。」

この本に水の深さの事が言ってあるが、著者はどうして渦巻の直き近所で、水の深さなんぞを測ったものと考えて、あんな事を書いたのだか分からない。三十五ノットから四十ノットまでの間というのも、ロフォツデンの岸に近い所か、又は、モスコエの岸に近い処か、どちらかの海峡の一部分の深さに過ぎないのだろう。マルストロオムの中心の深さは、こんな尺度よりは余程深くなくてはならない。こういうのに別に証拠はいらない筈である。ヘルセッゲンの山の巓から渦巻の漏斗《じょうご》の底を、横に見下ろしただけでそれ丈の事は知れるのである。

僕はヘルセッゲンの山の巓から、この吠えているフレゲトン、あの古い言い伝えにある火の流れのようなこの潮流を見下ろしたとき、覚えず愚直なヨナス・ラムス先生が、さも信用し難い事を書くらしい筆附きで、鯨や熊の話を書いた心持の、無邪気さ加減を想像して、笑うまいと思っても、笑わずにはいられないような心持がしたのである。僕の見た所では、仮令《たとい》最も大きい戦闘艦でも、この恐ろしい引力の範囲内に這入った以上は、丁度一片の鳥の羽が暴風《あらし》に吹きまくられるように、少しの抵抗をもすることなしに底へ引き入れられてしまって、人も鼠も命を落さなくてはならないということが、知れ切っているのである。

この現象を説明しようと試みた人は色々ある。僕は嘗てその二三を読んで見て、成程そうもあろうかと思ったことがある。併し実際を見たときは、そんな説明が、どうも役に立たないように思った。或る人はこんな風に説明している。このマルストロオムの渦巻も、又フェルロエ群島の間にある、これより小さい三つの渦巻も、次のような原因で出来るのだというのである。

「此《か》の如《ごと》き旋渦《せんか》を生ずる所以《ゆえん》は他《た》ならず。稜立《かどだ》ちたる巌壁の間に押し込まれたる水は、潮の漲落に際して屈折せられ、瀑布の如き勢いをなして急下す。その波濤の相触るるによりて、この渦巻は生ずるなり。潮は上ぼること愈々高ければ、その下だるや愈々深し。これ渦巻の漏斗状を成す所以なり。此の如き旋渦を成す水の、驚くべき吸引力を有するは、器に水を盛りて、小さき旋渦を生ぜしめて試験するときは、明白なり。」

右の文章はエンサイクロペジア・ブリタンニカに出ている。又キルヘルその他の学者は、マルストロオムの中心に穴があって、その穴は全地球を貫いていて、反対の側の穴は、どこか遠い世界の部分にあいているだろうというのである。或る学者はその穴がボスニア湾だとはっきり云っている。

これは少し子供らしい想像であるが、実況を見たとき僕には却《かえっ》てこの想像が尤《もっと》もらしく思われた。

僕は連の男にこの考を話して見た所が、意外にもその男はこう云った。成程諾威では一般にそういう説が行なわれているが、自分はそんなことは信じないと云ったのである。それから最初の渦巻の出来る原因ということに就いては、その男はまるで分からないと云った。これには僕も同意する。紙の上で読んで見たときは尤もらしく思われたが、この水底の雷霆《らいてい》を聞きながら考えて見ると、そんな理窟は馬鹿らしくなってしまうのである。

連の男が云った。

「渦巻の実況はこれで十分御覧になったのでございましょう。どうぞこの岩に付いて廻って来て下さいまし。少し風のあたらない所がございます。そこなら、水の音も余程弱くなって聞えて来ます。そこでわたくしが自分の経歴談をお聞かせ申したいのでございます。それをお聴きになったなら、このモスコエストロオムのことを、わたくしが多少心得ている筈だというわけが、あなたにもお分かりになるでございましょう。」

僕はその男の連れて行く所へ付いて行って、蹲《しゃが》んだ。その男がこんな風に話し出した。

「わたくしと二人のきょうだいとで、前方《まえかた》大約七十噸《トン》ばかりの二本檣《ほばしら》の船を持っていました。その船に乗って、わたくし共はモスコエを越して、向うのウルグ附近の島と島との間で、漁猟を致していました。一体波の激しく岩に打ち付ける所では漁の多いことがあるもので、只そんな所へ漕ぎ出す勇気さえあれば、人の収め得ない利益をも収め得ることが出来るものでございます。兎に角ロフォツデン沿岸の漁民は沢山ありますが、只今申した島々の間で、極まって漁をするものは、わたくし

共三人きょうだいの外にはございませんでした。普通の漁場りょうばは、わたくし共の行く所より
ずっと南に寄った沖合なのでございます。そこまで行けば、いつでも危険を冒さずに、漁をするこ
とが出来るので、誰でもまずその方へ出掛けるのでございます。併しわたくし共の行く岩の間で取
れる魚《うお》は、種類が沖合より余程多くて、魚の数もやはり多いのでございます。どうか致すと、沖に
行く臆病な人が一週間も掛かって取るだけの魚を、わたくし共は一日に取って帰りました。つまり
わたくし共は山気《やまぎ》のある為事《しごと》をしていたのでございますね。胆力を資本にして、性命を賭してやっ
ていたというわけでございますね。」
「大抵わたくし共は、ここから五哩ほど上の入海のような所に船を留めていまして、天気の好いと
きに、潮の鎮まっている十五分間を利用して、モスコエストロオムの海峡を、ずっと上の方で渡っ
てしまって、オッテルホルムかサンドフレエゼンの近所の、波のひどくない所に行って、錨を卸す
のでございました。そこで海の又静になるのを待って直ぐに錨を上げて、こちらへ帰って参るので
ございました。」
「併しこの往復を致しまするには、行くときも帰るときも、たしかに風が好いと見込んで致したの
でございます。わたくし共の見込みは大抵外れたことはなかったのでございます。六年ほどの間に
一度ばかりは向うで錨を下ろしたままで一夜《ひとよ》を明して漁をしたことがございました。それはこの辺
で珍らしい凪ぎに出逢ったからでございます。それかと思うと、一度は大約一週間ばかり、厭でも

向うに泊っていなくてはならなかったこともございます。そのときは、も少しで餓死する所でございました。それは向うへ着くや否や暴風《あらし》になりまして、なんと思っても海峡を渡ってこちらへ帰ることが出来なかったのでございます。その帰ったときも、随分危のうございました。渦巻の影響がひどいので、錨を卸して置くわけに行かなくなりまして、も少しでどんなに骨を折っても沖の方へ押し流されてしまいそうでございました。為合《しあわ》せな事には、丁度モスコエストロオムの潮流と反対した潮流に這入りました。そういう潮流は暴風のときに、所々《しょしょ》に出来ますが、今日あるかと思えば明日なくなるという、頼みにならない潮流なのでございます。それに乗って、わたくし共は幸にフリイメンのうちの、風のあたらない海岸へ、船を寄せることが出来たのでございます。」

「こんな風にお話を申しましても、わたくし共の出逢った難儀の二十分の一をもお話しするわけには参りません。わたくし共の漁場の群島の間では、天気の好い時でも、安心してはいられなかったのでございます。併し或るときは、風の止んでいる時間の計算を、一分ばかり誤った為めに、動悸が吭《のど》の下までしたようなことがありましても、兎に角わたくし共はモスコエストロオムの渦巻にだけは巻かれずに済んでいたのでございます。どうか致すと、船を出す前に思ったより風が足りなくて、船が潮流に反抗することが出来にくくなって、船脚が次第に遅くなって来るようなときもございました。わたくし共の一番の兄は十八になる倅を持っております。わたくしも丈夫な息子を二人持っております。そこでそんな風に船脚が遅くなったときは、あれを連れて来ていたら、一しょに漕がせて、船脚を早めることも出来たのだろうにと思い思い致しました。それればかりではございません。向うに着いて漁を致すにも、子供が一しょに行っていれば、どんなに都合が好いか知れないのでございます。併しわたくし共は、自分達こそその漁場へ出掛けましたが、一度も子供等を連れて参ったことはございません。なぜと申しまするのに、兎に角その漁場に行くのは、一遍でも危険でないというときはなかったからでございます。」

「わたくしの只今お話を致そうと存じまするときがあってから、もう二三日で丁度三年目になるのでございます。千八百何十何年七月十日の事でございました。この所の漁民にあの日を覚えていないものはございますまい。開闢以来例しのない暴風《あらし》のあった日でございますからね。その癖その日は午前一ぱい、それから午後に掛けても、始終穏かな西南の風が吹いていたのでございます。空は晴れて、日は照っていました。どんなに年功のある漁師でも、あの暴風ばかりは、始まって来るまで知ることが出来なかったのでございます。」

「わたくし共三人きょうだいは午後二時頃、いつもの漁場の群島の間に着きまして、船一ぱい魚を取りました。きょうだい達もわたくしも、どうもこんなに魚の取れることは今まで一度もなかったと、不思議に思っていました。それからわたくしの時計で丁度七時に、錨を上げて帰ろうと致しました。わたくし共の計算では、海峡の一番悪い所を八時に通る筈でございました。八時が一番海の静なときだと予測していたのでございます。」

「丁度好い風を受けて船を出してから、暫くの間は都合好く漕いで参ることが出来ました。危険な事があろうなんぞとは、夢にも思わなかったのでございます。そんな事のありそうな徴候は一つもなかったのでございます。」

「突然、妙な風が、ヘルセッゲンの上を越して、吹き卸して参りました。そんな風が吹くということは、それまで永年の間一度もなかったのでございます。そこで、なぜということなしに、わたくしは少し不安に思い出しましたのでございます。わたくし共は風に向って、漕いでいましたが、どうも此様子では渦巻の影響を受けている処を漕ぎ抜けるわけには行かなかろうというような心持がいたしました。わたくしは跡へ引き返す相談をしようと思って、ふいと背後《うしろ》を振り返って見ますと、背後の方の空が、一面に赤銅のような色の雲で包まれているのに気が付きました。その雲が非常な速度で蔓《はび》こって来るのでございます。」

「それと同時に、さっき変だと思った、向うから吹く風が、ぱったり無くなってしまいました。まるでちりっぱ一つ動かないような凪ぎになってしまいました。わたくし共はなんという思案も付かずに、船を漕いでおりました。この時間は短いので、思案を定めるだけの余裕はなかったのでございます。一分とは立たない内に、ひどい暴風《あらし》になりました。二分とは立たない内に、空は一面に雲に覆われてしまいました。その雲と波頭のしぶきとで、船の中は真暗になって、きょうだい三人が顔を見交すことも出来ないようになったのでございます。」

「暴風なんぞというものを、詞で形容しようということは、所詮出来ますまい。なんでも諾威《ノルエイ》に今生きているだけの漁師の内の、一番の年寄を連れて来て聞いて見ても、あの時のような暴風に逢ったものはないだろうと存じます。わたくし共は暴風の起って来るとき、早速帆綱を解いてしまいました。併し初めの一吹の風で、二本の檣は鋸で引き切ったように折れてしまいました。大きい分の檣には、一番末の弟が、用心の為めに、綱で自分の体を縛り付けていたのでございますが、その弟は檣と一しょに飛んで行ってしまいました。」

「わたくし共の乗っていた船は、凡《おおよそ》海に乗り出す船という船の中で、一番軽い船であったのだろうと思います。併しその船にはデックが一面に張ってありまして、只一箇所舳の所に落し戸のようにした所があったばかりでございます。その戸を、海峡を越すとき、例の『跳る波』に出食わすと、締めるように致していたのでございます。このデックがあったので、わたくし共の船は直ぐに沈むということだけを免かれたのでございます。なぜと申しまするのに、暫くの間は、船体がまるで水を潜っていましたから、デックが張り詰めてなかったら、沈まずにはいられなかったわけなのでございます。その時わたくしの兄が助かったのは、どうして助かったのだか、わたくしには分かりません。わたくし自身は、前柱の帆を解き放すと一しょに、ぴったり腹這って、足を舳の狭い走板《はしりいた》にしっかりふんばって、手では前柱の根に打ってある鐶《かん》を一しょう懸命に握っていました。こうやったのは只本能の働きでやったのでございますが、考えて見る余裕があったとしても、そうするより外にしようはなかったのでございます。勿論余り驚いたので、考えて見た上にどうするというような余裕はなかったのでございます。」

「さっきも申しました通り、数秒時間、わたくし共はまるで波を被っておりました。わたくしは息を屏《つ》めて鐶に噛り付いていました。そこで、も少しで窒息しそうになりましたので、わたくしは手を放さずに膝を衝いて起き上がって見ました。それでやっと頭だけが水の外に出ました。丁度そのとき船がごっくりと海面に押し出されるように浮きました。譬えて見れば、水に漬けられた狗が頭を水から出すような工合でございました。わたくしは気の遠くなったのを出来るだけ取り直して、どうしたが好いという思案を極めようと思いました。そのときわたくしの臂を握ったものがあります。それは兄きでございました。わたくしは、もうとっくの昔兄きは船から跳ね出されたものだと思っていましたから、この刹那にひどく嬉しく思いました。併しその嬉しいと思ったのは、ほんの一刹那だけで、忽然わたくしの喜びは非常な恐怖に変じてしまいました。それは兄きがわたくしの耳に口を寄せて、只一言《ひとこと》『モスコエストロオム』と申したからでございます。」

「どんな人間だって、わたくしのそのとき感じたような心持を、詞で言い現わすことは出来ますまい。丁度ひどい熱の発作のように、わたくしは頭のてっぺんから足の爪先まで、顫え上がりました。兄きがその一言《ごん》で、何をわたくしに申したのだということが、わたくしには直ぐに分かったからでございます。兄きの云った一言は、風がわたくし共の船を押し流して、船が渦巻の方へ向いているのだということでございます。」

「先刻もわたくしは申しましたが、モスコエの海峡を越すときには、わたくし共はいつでも渦巻よりずっと上の方を通るように致しておりました。仮令《たとい》どんな海の穏かなときでも、渦巻に近寄らないようにという用心だけは、少しも怠ったことはございません。それに今は恐ろしい暴風に吹かれて、舟が渦巻の方へ押し流されているのでございます。その刹那にわたくしは思いました。兎に角時間が一番渦巻の静な時にあたっているのだから、多少希望がないでもないと思いました。併しそう思ってしまうと、その考の馬鹿気ていることを悟らずにはいられませんでした。もう希望なんぞという夢を見てはいられない筈なのでございます。仮令乗っているこの船が、大砲の九十門も備えている軍艦であったにしろ、これが砕けずに済む筈はないのでございます。」

「その内に暴風の最初の勢いが少し挫けて来たように思われました。それとも船が真直ぐに前に押し流されるので、風の勢いを前ほど感じないようになったのかも知れません。兎に角今まで風の勢いで平らに押し付けられて、泡立っていた海は、山のように高くふくらんで来ました。空の摸様も変にかわって来ました。見えている限りの空の周囲《まわり》が、どの方角もぐるりと墨のように真黒になっていまして、丁度わたくし共の頭の上の所に、まんまるに穴があいています。その穴の所は、これまでついぞ見たことのない、明るい、光沢《つや》のある藍色になっていまして、その又真中の所に、満月が明るく照っているのでございます。その月の光で、わたくし共の身の周囲は何もかもはっきりと見えています。併しその月の見せてくれる光景が、まあ、どんなものだったと思召《おぼしめ》します。」

「わたくしは一二度兄きにものを申そうと存じました。併しどういうわけか、物音が非常に強くなっていまして、一しょう懸命兄きの耳に口を寄せてどなって見ても、一言《ひとこと》も向うへは聞えないのでございます。忽然兄きは頭を掉《ふ》って、死人のような顔色になりました。そして右の手の示指《ひとさしゆび》を竪《た》ててわたくしに見せるのです。それが『気を付けろ』というのだろうとわたくしには思われたのでございます。」

「初めにはどう思って兄きがそうしたか分からなかったのでございます。そのうちなんとも云われない、恐ろしい考が浮んで参りました。わたくしは隠しから時計を出して見ました。止まっています。月明りに透かしてその針の止まっている所を見て、わたくしは涙をばらばらと翻《こぼ》して、その時計を海に投げ込んでしまいました。時計は七時に止まっていました。わたくし共は海の静な時を無駄に過してしまって、渦巻は今真盛りになっている時なのでございます。」

「一体船というものは、細工が好く出来ていて、道具が揃っていて、積荷が重過ぎるようなことがなくて順風で走るときは、それに乗っていると波が船の下を後へ潜り抜けて行くように、思われるものでございます。海に馴れない人が見ると、よくそれを不思議がるものでございます。船頭はそういう風に船の行くとき、それを波に『乗る』と申します。これまではわたくし共はその波に乗って参りました。所が、忽ち背後《うしろ》から恐ろしい大きな波が来ました。船を持ち上げました。次第に高く高く持ち上げて、天までも持って行かれるかと思うようでございました。波というものが、こんなに高く立つことがあるということは、わたくし共も、そのときまで知らなかったのでございます。さて登り詰めたかと思うと、急に船が滑るような沈んで行くような運動を為始《しはじ》めました。丁度夢で高い山から落ちる時のように、わたくしは眩暈《めまい》が致して胸が悪くなって来ました。併し波の絶頂から下り掛かった時に、わたくしはその辺の様子を一目に見渡すことが出来ました。一目に見たばかりではございますが、見るだけのことは十分見ました。一秒時間にわたくしは自分達の此時の境遇をすっかり見て取ったのでございます。モスコエストロオムの渦巻は大約四分の一哩ほど前に見えていました。その渦巻がいつも見るのとはまるで違っていて、言って見れば、そのときの渦巻と今日の渦巻との比例は、今日の渦巻と水車の輪に水を引く為めに掘った水溜との比例位なものでございます。若し船の居所を知らずに、これからどうなるかということを思わずに、あれを見ましたなら、その目に見えているものが何物だか、分からなかったかも知れません。所が、それが分かっていたものでございますから、余り気味の悪さに、わたくしは目を瞑《つぶ》りました。目を瞑ったというよりは、瞼《まぶた》がひとりでに痙攣を起して閉じたといった方が好いのでございます。」

「それから二分間も立ったかと思いますと、波が軽くなって船の周囲がしぶきで包まれてしまいました。そのとき船が急に取舵《とりかじ》の方へ半分ほど廻って、電《いなずま》のように早く、今までと変った方角へ走り出しました。そのとき今までのどうどうと鳴っていた水の音を打ち消すほど強く、しゅっしゅっというような音が致しました。譬えて見れば、蒸気の螺旋口《ねじぐち》を千ばかりも一度に開けて、蒸気を出すような音なのでございます。わたくし共は渦巻を取り巻いている波頭の帯の所に乗り掛かったのでございます。そのときの考では次の一刹那には、今恐ろしい速度で走っていますので、よく見定めることの出来ない、あの漏斗の底に吸い込まれてしまうのだろうと思ったのでございます。そのときの船の走り加減というものは妙でございました。まるで気泡の浮いているのかなにかのように、船の底と水とが触れていないかと思うように、飛ぶように走っているのでございます。船の面舵《おもかじ》の方の背後《うしろ》に、今まで船の浮んでいた、別な海の世界が、高くなって欹立《そばだ》っているのでございます。その別な海の世界は、取柁の所と水平線との中間に立っている、恐ろしい、きざきざのある壁のように見えるのでございます。」

「こんな事を申すと、可笑《おか》しいようでございますが、わたくし共はもう渦巻の腭《あぎと》に這入り掛かっていますので、今まで渦巻の方へ向いて、船の走っていたときよりは、腹が据わって、落付いて来たのでございます。もう助からないと諦めてしまいましたので、今までどうなろうかどうなろうかと思った恐怖の念がなくなったのでございますね。どうも絶望の極度に達しますと、神経というものにも、もうこれより強く刺戟せられることは出来ないという程度があるものと見えまして、却て落着も出て参るのでございますね。」

「こう申すと、法螺を吹くようでございますが、全く本当の事でございます。わたくしはこんなことを考えました。こうして死ぬるのは実に強気《ごうぎ》な死にようだと存じました。神のお定め下すった、こんな運命に出逢っていて、自分一人の身の上の小利害なんぞを考えるのは、余り馬漉らしいことだと存じました。わたくしはなんでもそう思ったとき恥かしくなって、顔を赧くしたかと存じます。」

「暫く致してわたくしは、一体この渦巻がどんなものだか知りたいと思う好奇心を起したのでございます。わたくしは自分の命を犠牲にして、この渦巻の深さを捜って見たいと思う希望を、はっきり感じたのでございます。そこで、自分は今恐ろしい秘密を見る事が出来るのだが、それを帰って行って、岸の上に住んでいる友達に話して聞かせることの出来ないのが、如何にも遺憾だと思いました。今死ぬのだろうという人間の考としては、こんな考は無論不似合で可笑しいには違いございません。跡で思って見れば、渦巻の入口で、何遍も船がくるくる廻ったので、少し気が変になっていたかも知れません。」

「それにわたくしが気を落ち着けた原因が、今一つあるのでございます。これ迄うるさかった風というものが、今になってはちっとも船に当らないのでございます。風はここまでは参りません。なぜというにあなたも先刻御覧になったように、渦巻の縁の波頭の帯は、あたりまえの海面よりは余程低いのでございます。あたりまえの海は高い、真黒な山の背の様に、背後《うしろ》に立っているのでございます。あなた方のように、海でひどい暴風《あらし》なんぞに逢ったことのないお方は、風があたって波のしぶきを被せられるので、どの位気が狂うものだということを、御存じないだろうと存じます。波のしぶきに包まれて物を見ることも、物を聞くことも出来なくなりますと、半分窒息し掛かるような心持になりまして、何を考えようにも、何をしようにも、気力が無くなってしまうものでございます。そういううるさい心持が、このときあらかた無くなってしまったのでございますね。譬えて見ますると、今迄牢屋に入れて置いて、どういう処分になるか知れなかった罪人に、愈々死刑を宣告してしまうと、役人も多少その人を楽な目に逢わせてやるようにしますが、まあ、あんなものでございますね。」

「わたくし共は波頭の帯の所を何遍廻ったか知りません。なんでも一時間位は走っていました。滑るようにというよりは、飛ぶようにといいたい位な走り方でございました。そして段々渦巻の中の方へ寄って来まして、次第に恐ろしい内側の縁の所に近寄るのでございます。」

「この間わたくしは檣の根に打ってある鐶を掴んで放さずにいました。兄きはデックの艫の方にいまして、舵の台に縛り付けた、小さい水樽の虚《から》になっていたのに、噛り付いていたのでございます。その水樽は、船が最初に暴風に打っ附かったとき、船の中の物がみな淩《さら》って行かれたのに、たった一つ残っていたのでございますね。」

「そこで渦巻の内側の縁に近寄って来ましたとき、兄きはその樽から手を放してしまって、行きなり来てわたくしの掴んでいる鐶を掴むのです。それが二人で掴んでいられる程大きい鐶ではないのでございます。兄きは死にもの狂いになって、その鐶を自分で取ろうとして、それに掴まっているわたくしの手を放させるようにするのでございます。兄きがこんなことをしましたとき程、わたくしは悲しい心持をしたことはございません。無論兄きは恐ろしさに気が狂って為《し》たことだとは知っていましたが、それでもわたくしはひどく悲しく思いました。」

「併しわたくしはその鐶を兄きと争うような気は少しも持っていなかったのでございます。わたくしはそのとき、もうどこにつかまっていても同じことだと思っていたのでございます。そこで鐶を兄きに掴ませてしまって、わたくしはデックの艫の方へ這って行って樽につかまりました。そんな風に兄きと入り代るのは存外容易《やさ》しゅうございました。勿論船は、渦巻が大きく湧き立っている為めに、大きく揺れてはいましたが、兎に角船は竜骨の方向に、頗る滑らかにすべって行くのでございますから。」

「わたくしが、漸《や》っと樽につかまったと思いますと、船は突然真逆様に渦巻の底の方へ引き入れられて行くように思われました。わたくしは短い祈祷の詞を唱えまして、いよいよこれがおしまいだなと思いました。」

「船が沈んで行くとき、わたくしはひどく気分が悪くなりましたので、無意識に今までより強く樽にしがみ付いて、目を瞑《ねむ》っていました。数秒間の間は、今死ぬるか今死ぬるかと待っていて、目を開かずにいました。所が、どうしても体が水に漬かって窒息するような様子が見えて来ませんのでございます。幾秒も幾秒も立ちます。わたくしは依然として生きているのでございます。落ちて行くという感じが無くなって船の運動が、さっき波頭の帯の所を走っていたときと同じようになったらしく感じました。只違っているのは、今度は今までよりも縦の方向が勝って走るのでございます。わたくしは胆《たん》を据えて目を開いて周囲《まわり》の様子を見ました。」

「その時の恐ろしかった事、気味の悪かった事、それから感嘆した事は、わたくしは生涯忘れることが出来ません。船は不思議な力で抑留せられたように、沈んで行こうとする半途で、恐ろしく大きい、限りなく深い漏斗の内面の中間に引っ掛かっているのでございます。若しこの漏斗の壁が目の廻るほどの速度で、動いていなかったら、この漏斗の壁は、磨き立った黒檀の板で張ってあるかとも思われそうな位平らなものでございます。その平らな壁面が気味の悪い、目映い光を反射しております。それはさっきお話し申した空のまんまるい雲の穴から、満月の光が、黄金《こがね》を篩《ふる》うようにさして来て、真黒な壁を、上から下へ、一番下の底の所まで照しているからでございます。」

「初めはわたくしは気が変になっていて、委《くわ》しく周囲の様子を観察することが出来なかったのでございます。初めは只気味の悪い偉大な全体の印象が意識に登った丈であったのでございます。其内に少し気が落ち着いて来ましたので、わたくしは見るともなしに渦巻の底の方を覗いて見ました。丁度船が漏斗の壁に引っ掛かっている工合が、底の方を覗いて見るに、なんの障礙《しょうがい》もないような向になっていたのでございます。船は竜骨の向に平らに走っています。と申しますのは、船のデックと水面とは并行しているのでございます。併し水面は下へ向いて四十五度以上の斜な角度を作っています。そこで船は殆ど鉛直な位置に保たれて走っているのでございます。その癖そんな工合に走っている船の中で、わたくしが手と足とで釣合を取っていますのは、平面の上にいるのと大した相違はないのでございます。多分廻転している速度が非常に大きいからでございましょう。」

「月は漏斗の底の様子を自分の光で好く照らして見ようとでも思うらしく、さし込んでいますが、どうもわたくしにはその底の所がはっきり見えませんのでございます。なぜかと申しますると、漏斗の底の所には霧が立っていて、それが何もかも包んでいるのでございます。その霧の上に実に美しい虹が見えております。回教徒《ふいふいきょうと》の信ずる所に寄りまするると、この世からあの世へ行く唯一の道は、狭い、揺らめく橋だということでございますが、丁度その橋のように美しい虹が霧の上に横わっているのでございます。この霧このしぶきは疑もなく、恐ろしい水の壁面が漏斗の底で衝突するので出来るのでございましょう。併しその霧の中から、天に向かって立ち昇る恐ろしい叫声は、どうして出来るのか、わたくしにも分かりませんのでございました。」

「最初に波頭の帯の所から、一息に沈んで行ったときは斜な壁の大分の幅を下りたのでございますが、それからはその最初の割には船が底の方へ下だって行かないのでございます。船は竪に下だって行くよりは寧ろ横に輪をかいています。それも平等な運動ではなくて、目まぐろしい衝突をしながら横に走るのでございます。或るときは百尺ばかりも進みます。又或るときは渦巻の全体を一週します。そんな風に、ゆるゆるとではございますが、次第々々に底の方へ近寄って行くことだけは、はっきり知れているのでございます。」

「わたくしはこの流れている黒檀の壁の広い沙漠の上で、周囲を見廻しましたとき、この渦巻に吸い寄せられて動いているものが、わたくし共の船ばかりでないのに気が付きました。船より上《かみ》の方にも下《しも》の方にも壊れた船の板片《いたきれ》やら、山から切り出した林木やら、生木の幹やら、その外色々な小さい物、家財、壊れた箱、桶、板なんぞが走っています。そのときのわたくしが最初に恐ろしがっていたのと違って、不思議な好奇心に駆られていたということは、さっきもお話し申した通りでございます。どうもその好奇心が漏斗の底へ吸い込まれる刹那が近づけば近づくほど、増長して来るようでございました。そこで船と一しょに走っている色々な品物を細かに注意して観察し始めました。そしてその品物が底のしぶきの中に落ち込むに、早いのもあり、又遅いのもあるというところに気を着けて、その後れ先立つ有様を面白く思って見ていました。これも多分気が狂っていたからでございましょう。ふいと気が付いて見れば、わたくしは心の中でこんな事を思っていたのでございますね。『きっとあの樅の木が、この次ぎに、あの恐ろしい底に巻き込まれて見えなくなってしまうのだな』なんぞと思っていたのでございますね。それが間違がって、樅の木より先に、和蘭《オランダ》の商船の壊れたのが沈んでしまったり何かするのでございます。」

「そんな風な工合に、色々予測をして見て、それが狂うので、わたくしはとうとう或る事実を発見しました。つまり予測の誤りを修正して行って、その事実に到達したのでございますね。その事実が分かると、わたくしの手足がぶるぶると顫えて、心の臓がもう一遍劇しく波立ったのでございます。」

「この感動は今までより恐ろしい事を発見したからではございません。そうではなくって、意外にも又一縷の希望が萌して来たからでございます。その希望は、わたくしの古くから持っていた記憶と、今目の前に見ている事とを思い合せた結果で、出て来たのでございます。その記憶といふのは、ロフォッデンの岸には、一旦モスコエストロオムの渦巻に巻き込まれて、又浮いて来た色々な品物が流れ寄ることがあったのでございます。大抵その品物が珍らしく揉み潰され、磨り荒されているのでございます。丁度刷毛のようにけばだっているのが多かったのでございます。普通はそうであるのに、品物によっては、まるでいたんでいないのもあったのを思い出しました。そこでわたくしはこう考えました。これは揉み潰されるような分が、本当に渦巻の底へ巻き込まれたので、満足でいるものは遅く渦巻に巻き込まれたか、又は外に理由があって、まだ途ちゅうを走っていて、底まで行かないうちに、満潮にしろ干潮にしろ、海の様子が変って来て、渦巻が止んでしまって、巻き込まれずに済んだのではあるまいかと思ったのでございます。どちらにしても、早く本当の渦巻の底へ巻き込まれずに、そのまま浮いて来る品物もあるらしいということに気が付いたのでございます。」

「その外、わたくしは三つの重大な観察を致しました。第一は、なんでも物体が大きければ大きいだけ早く沈むということなのでございます。第二は二個の物体が同一の容積を持っておりますと、球の形をしているものが、他の形をしているものよりも早く沈むということなんでございます。第三は同一の容積を持っている二個の物体のうちで、その一個が円筒状をなしていますと、それが外の形をしているものよりも沈みようが遅いということなのでございます。わたくしは命が助かった後に、わたくしの郡の学校の先生で、老人のお方がありましたのに、この事を話して見ました。わたくしが只今『球』だの『円筒』だのと申しますのは、そのとき先生に聞いた詞なのでございます。わたくしの先生が、わたくしの観察の結果を聞いて、なる程それは水に浮かんでいる物体の渦巻に巻き込まれる難易の法則に適《かな》っているということを説明してくれましたが、また就中《なかんずく》円筒が外の形よりも巻き込まれにくいものだということを説明してくれましたが、その理由はもう忘れてしまいました。」

「そこでわたくしがそういう観察をしまして、その観察の正しいことを自覚して、それを利用しようと致しますまでには、今一つの経験の助けを得たのでございます。それは漏斗の中を廻って行くとき、船が桶や檣や帆掛棹《ほかけざお》の傍を通り抜けたことがございました。そんな品物が、あとから見れば、初めわたくしの船がその傍を通った時と、余り変らない位置を保っているということに気が付いたのでございます。」

「そこで現在の場合に処するにはどうしたが好いかということを考えるのは、頗る容易でございました。わたくしは今まで噛り付いていた水樽の縄を解いて、樽を船から放して、わたくしの体をその縄で水樽に縛り付けて、自分が樽と一しょに海へ飛び込んでしまおうと決心したのでございます。そこでその心持を兄きに知らせてやろうと思いまして、近所に浮いている桶なんぞに指ざしをして精一ぱい兄きの注意を惹き起そうと致しました。もう大抵分かった筈だと思いますのに、兄きはどうしたのだか首を振って、わたくしに同意しない様子で、やはり一しょう懸命に檣の根の鐶に噛り付いています。力ずくで兄きにその鐶を放させようということは所詮不可能でございます。その上最早少しも猶予すべき場合ではないと思いました。そこでわたくしは無論霊の上の苦戦を致した上で、兄きは兄きの運命に任せることと致しまして体を縄で樽に縛り付けまして、急いで海に飛び込みました。」

「その結果は全く予期した通りでございました。御覧のとおりわたくしはこんな風にあなたに自分で自分のことをお話し申すのでございます。あなたはわたくしがそのとき危難を免かれたということをお疑いはなさらないのでございましょう。そしてその免かれた方法も、もうこれで委《くわ》しく説明致したのでございますから、わたくしはこのお話を早く切り上げようと存じます。」

「わたくしが船から飛び込んでから、一時間ばかりも立った時でございましょう。さっきまでわたくしの乗っていた船は、遙か下の方で、忽然三度か四度か荒々しい廻転を致しまして、真逆様に混沌たるしぶきの中へ沈んで行ってしまいました。さてわたくしの体を縛り付けている樽は、まだ海に飛び込んだときの壁面の高さと、漏斗の底との、丁度真中ほどにおりますとき、忽然渦巻の様子に大変動を来たしたのでございます。恐ろしい大漏斗の壁面が一分時間毎にその険しさを減じて来ます。渦巻の水の速度が次第々々に緩くなって参ります。底の方に見えていたしぶきや虹が消えてしまいます。渦巻の底がゆるゆる高まって参ります。空は晴れて参ります。風は凪いで参ります。満月は輝きながら西に沈んで参ります。わたくしはロフォツデンの岸の見える所で、モスコエストロオムの渦巻の消え去った跡の処より大分上手の方で、大洋の水面に浮き上がってまいりました。もうこの海峡の潮の鎮まるときになったのでございます。併し海面は、暴風《あらし》の名残で、まだ小家位の浪が立っているのでございます。わたくしは海峡の中の溝のような潮流に巻き込まれて、数分間の後に、岸辺に打ち寄せられました。漁師仲間がいつも船を寄せる所なのでございます。」

「わたくしは一つの船に助け上げられました。そのときはがっかり致して、もうなくなった危険の記念に対して、限りのない恐怖を抱いていました。わたくしを船に救い上げた人達は、昔からの知り合で、毎日顔を見合っている中であったのに、その人達はわたくしの誰だということを認めることが出来ませんでした。丁度あの世から帰って来た旅人に出逢ったような風でございました。その筈でございます。一日前まで墨のように黒かったわたくしの髪が只今御覧なさるように真白になっていたのでございます。顔の表情もそのときまるで変ったのだそうでございます。わたくしはその人達にこの経験談を致して聞かせました。併し誰も信じてくれるものはございませんでした。その経験談を只今あなたにも致したのでございます。多分あなたはロフォツデンの疑深い漁師とは違って、幾分かわたくしの詞を信じて下さるだろうと存じます。」

（明治四十三年八月）

花子

Auguste Rodin《オオギュスト ロダン》は為事場《しごとば》へ出て来た。

広い間《ま》一ぱいに朝日が差し込んでいる。この〔Ho^tel〕《オテル》Biron《ビロン》というのは、もと或る富豪の作った、贅沢《ぜいたく》な建物であるが、ついこの間《あいだ》まで聖心派の尼寺になっていた。Faubourg Saint-Germain《フォオブウル サン ジェルメン》の娘子供を集めて〔Sacre´〕《サクレエ》-Coeur《キョオル》の尼達が、この間《ま》で讃美歌を歌わせていたのであろう。巣の内の雛《ひな》が親鳥の来るのを見つけたように、一列に並《なら》んだ娘達が桃色の脣《くちびる》を開いて歌ったことであろう。

その賑《にぎ》やかな声は今は聞えない。

しかしそれと違った賑やかさがこの間を領している。或る別様の生活がこの間を領している。それは声の無い生活である。声は無いが、強烈な、錬稠《れんちゅう》せられた、顫動《せんどう》している、別様の生活である。

幾つかの台の上に、幾つかの礬土《ばんど》の塊《かたまり》がある。又外《ほか》の台の上にはごつごつした大理石の塊もある。日光の下に種々の植物が華さくように、同時に幾つかの為事《しごと》を始めて、かわるがわる気の向いたのに手を着ける習慣になっているので、幾つかの作品が後《おく》れたり先だったりして、この人の手の下に、自然のように生長して行くのである。この人は恐るべき形の記憶を有している。その作品は手を動さない間にも生長しているのである。この人は恐るべき意志の集中力を有している。為事に掛かった刹那《せつな》に、もう数時間前から為事をし続けているような態度になることが出来るのである。

ロダンは晴やかな顔つきをして、このあまたの半成の作品を見渡した。広々とした額。中《なか》ほどに節のあるような鼻。白いたっぷりある髯《ひげ》が腮《あご》の周囲に簇《むら》がっている。

戸をこつこつ叩《たた》く音がする。

「Entrez《アントレエ》 !」

底に力の籠《こも》った、老人らしくない声が広間の空気を波立たせた。

戸を開けて這入《はい》って来たのは、ユダヤ教徒かと思われるような、褐色《かっしょく》の髪の濃い、三十代の痩《や》せた男である。

お約束の Mademoiselle《マドモアセユ》 Hanako《ハナコ》 を連れて来たと云った。

ロダンは這入って来た男を見た時も、その詞《ことば》を聞いた時も、別に顔色をも動かさなかった。

いつか Kambodscha《カンボヂヤ》 の酋長がパリに滞在していた頃、それが連れて来ていた踊子を見て、繊《ほそ》く長い手足の、しなやかな運動に、人を迷わせるような、一種の趣のあるのを感じたことがある。その時急いで取った dessins《デッサン》 が今も残っているのである。そういう風に、どの人種にも美しいところがある。それを見つける人の目次第で美しいところがあると信じているロダンは、この間から花子という日本の女が〔varie'te'《ワリエテエ》〕に出ているということを聞いて、それを連れて来て見せてくれるように、伝《つて》を求めて、花子を買って出している男に頼んでおいたのである。

今来たのはその興行師である。〔Impre'sario《アンプレサリオ》〕である。

「こっちへ這入らせて下さい」とロダンはいった。椅子をも指《さ》さないのは、その暇《いとま》がないからばかりではない。

「通訳をする人が一しょに来ていますが。」機嫌《きげん》を伺《うかが》うように云うのである。

「それは誰ですか。フランス人ですか。」

「いいえ。日本人です。L'Institut《ランスチチュウ》 Pasteur《パストョオル》 で為事をしている学生ですが、先生の所へ呼ばれたということを花子に聞いて、望んで通訳をしに来たのです。」

「よろしい。一しょに這入らせて下さい。」

興行師は承知して出て行った。

直ぐに男女の日本人が這入って来た。二人とも際立《きわだ》って小さく見える。跡《あと》について這入って戸を締める興行師も、大きい男ではないのに、二人の日本人はその男の耳までしかないのである。

ロダンの目は注意して物を視るとき、内眥《めがしら》に深く刻んだような皺が出来る。この時その皺が出来た。視線は学生から花子に移って、そこにしばらく留まっている。

学生は挨拶《あいさつ》をして、ロダンの出した、腱《けん》の一本一本浮いている右の手を握った。La《ラ》 Danaide《ダナイイド》 や Le《ル》 Baiser《ベゼエ》 や Le《ル》 Penseur《パンショオル》 を作った手を握った。そして名刺入から、医学士久保田某と書いた名刺を出してわたした。

ロダンは名刺を一寸《ちょっと》見て云った。「ランスチチュウ・パストョオルで為事をしているのですか。」

「そうです。」

「もう長くいますか。」

「三箇月になります。」

「Avez-vous bien《アウエエ ヴウ ビアン》〔travaille'〕《トラワイエエ》?」

学生ははっと思った。ロダンという人が口癖のように云う詞《ことば》だと、兼《かね》て噂《うわさ》に聞いていた、その箇単な詞が今自分に対して発せられたのである。

「Oui《ウイ》, beaucoup《ボウクウ》, Monsieur《モッシュウル》!」と答えると同時に、久保田はこれから生涯勉強しようと、神明に誓ったような心持がしたのである。

久保田は花子を紹介した。ロダンは花子の小さい、締まった体を、無恰好《ぶかっこう》に結った高島田の巓《いただき》から、白足袋に千代田草履を穿《は》いた足の尖《さき》まで、一目に領略するような見方をして、小さい巌畳《がんじょう》な手を握った。

久保田の心は一種の羞恥《しゅうち》を覚えることを禁じ得なかった。日本の女としてロダンに紹介するには、も少し立派な女が欲しかったと思ったのである。

そう思ったのも無理は無い。花子は別品《べっぴん》ではないのである。日本の女優だと云って、或時忽然《こつぜん》ヨオロッパの都会に現れた。そんな女優が日本にいたかどうだか、日本人には知ったものはない。久保田も勿論《もちろん》知らないのである。しかもそれが別品でない。お三どんのようだと云っては、可哀そうであろう。格別荒い為事をしたことはないと見えて、手足なんぞは荒れていない。しかし十七の娘盛なのに、小間使としても少し受け取りにくい姿である。一言で評すれば、子守《こもり》あがり位にしか、値踏が出来兼ねるのである。

意外にもロダンの顔には満足の色が見えている。健康で余り安逸を貪《むさぼ》ったことの無い花子の、いささかの脂肪をも貯えていない、薄い皮膚の底に、適度の労働によって好く発育した、緊張力のある筋肉が、額と腮《あご》の詰まった、短い顔、あらわに見えている頸《くび》、手袋をしない手と腕に躍動しているのが、ロダンには気に入ったのである。

ロダンの差し伸べた手を、もう大分《だいぶ》ヨオロッパ慣れている花子は、愛相の好い微笑を顔に見せて握った。

ロダンは二人に椅子を侑《すす》めた。そして興行師に、「少し応接所で待っていて下さい」と云った。興行師の出て行った跡で、二人は腰を掛けた。

ロダンは久保田の前に烟草《たばこ》の箱を開けて出しながら、花子に、「マドモアセユの故郷には山がありますか、海がありますか」と云った。

花子はこんな世渡《よわたり》をする女の常として、いつも人に問われるときに話す、きまった、〔ste'reʼotype〕《スシレオチイプ》な身の上話がある。丁度《ちょうど》あのZola《ゾラ》のLourdes《ルウルド》で、汽車の中に乗り込んでいて、足の創《きず》の直った霊験を話す小娘の話のようなものである。度々同じ事を話すので、次第に修行が詰んで、routine《ルウチイヌ》のある小説家の書く文章のようになっている。ロダンの不用意な問は幸《さいわい》にもこの腹藁《ふっこう》を破ってしまった。

「山は遠うございます。海はじきそばにございます。」

答はロダンの気に入った。

「度々舟に乗りましたか。」

「乗りました。」

「自分で漕《こ》ぎましたか。」

「まだ小さかったから、自分で漕いだことはございません。父が漕ぎました。」

ロダンの空想には画が浮かんだ。そしてしばらく黙っていた。ロダンは黙る人である。

ロダンは何の過渡もなしに、久保田にこう云った。「マドモアセユはわたしの職業を知っているでしょう。着物を脱ぐでしょうか。」

久保田はしばらく考えた。外の人のためになら、同国の女を裸体にする取次は無論しない。しかしロダンがためには厭《いと》わない。それは何も考えることを要せない。ただ花子がどう云うだろうかと思ったのである。

「とにかく話して見ましょう。」

「どうぞ。」

久保田は花子にこう云った。「少し先生が相談があるというのだがね。先生が世界に又とない彫物師《ほりものし》で、人の体を彫る人だということは、お前も知っているだろう。そこで相談があるのだ。一寸裸《ちょっと》になって見せては貰《もら》われまいかと云っているのだ。どうだろう。お前も見る通り、先生はこんなお爺《じ》いさんだ。もう今に七十に間もないお方だ。それにお前の見る通りの真面目《まじめ》なお方だ。どうだろう。」

こう云って、久保田はじっと花子の顔を見ている。はにかむか、気取るか、苦情を言うかと思うのである。

「わたしなりますわ。」きさくに、さっぱりと答えた。

「承諾しました」と、久保田がロダンに告げた。

ロダンの顔は喜にかがやいた。そして椅子から起ち上がって、紙とチョオクとを出して、卓の上に置きながら、久保田に言った。「ここにいますか。」

「わたくしの職業にも同じ必要に遭遇《そうぐう》することはあるのです。しかしマドモアセユのために不愉快でしょう。」

「そうですか。十五分か二十分で済みますから、あそこの書籍室へでも行っていて下さい。葉巻でもつけて。」ロダンは一方の戸口を指ざした。

「十五分か二十分で済むそうです」と、花子に言って置いて、久保田は葉巻に火をつけて、教えられた戸の奥に隠れた。

＊　　＊　　＊

久保田の這入った、小さい一間は、相対している両側に戸口があって、窓はただ一つある。その窓の前に粧飾のない卓が一つ置いてある。窓に向き合った壁と、その両翼になっているところとに本箱がある。

久保田はしばらく立って、本の背革《せがわ》の文字を読んでいた。わざと揃《そろ》えたよりは、偶然集まったと思われる collection《コレクション》 である。ロダンは生れつき本好《ほんずき》で、少年の時困窮して、Bruxelles《ブリュクセル》 の町をさまよっていた時から、始終本を手にしていたということである。古い汚れた本の中には、定めていろいろな記念のある本もあって、わざわざここへも持って来ているのだろう。

葉巻の灰が崩れそうになったので、久保田は卓に歩み寄って、灰皿に灰を落した。

卓の上に置いてある本があるので、なんだろうと思って手に取って見た。

向うの窓の方に寄せて置いてある、古い、金縁《きんぶち》の本は、聖書かと思って開けて見ると、Divina《ヂキナ》 comedia《コメヂア》 の Edition《エヂシヨン》 de《ド》 poche《ポッシュ》 であった。手前の方に斜に置いてある本を取って見ると、Beaudelaire《ボオドレエル》 が全集のうちの一巻であった。

別に読もうという気もなしに、最初のペエジを開けて見ると、おもちゃの形而上学《けいじじょうがく》という論文がある。何を書いているかと思って、ふいと読み出した。

ボオドレエルが小さいとき、なんとかいうお嬢さんの所へ連れて行かれた。そのお嬢さんが部屋に一ぱいのおもちゃを持っていて、どれでも一つやろうと云ったという記念から書き出してある。子供がおもちゃを持って遊んで、しばらくするときっとそれを壊《こわ》して見ようとする。その物の背後《うしろ》に何物があるかと思う。おもちゃが動くおもちゃだと、それを動かす衝動の元を尋ねて見たくなるのである。子供は Physique《フィジック》 より〔Me'taphysique《メタフィジック》〕に之《ゆ》くのである。理学より形而上学に之《ゆ》くのである。

僅《わず》か四五ペエジの文章なので、面白さに釣られてとうとう読んでしまった。

その時戸をこつこつ叩く音がして、戸を開いた。ロダンが白髪頭《しらがあたま》をのぞけた。

「許して下さい。退屈したでしょう。」

「いいえ、ボオドレエルを読んでいました」と云いながら、久保田は為事場に出て来た。

花子はもうちゃんと支度をしている。

卓の上には esquisses《エスキス》 が二枚出来ている。

「ボオドレエルの何を読みましたか。」

「おもちゃの形而上学です。」

「人の体も形が形として面白いのではありません。霊の鏡です。形の上に透《す》き徹《とお》って見える内の焔《ほのお》が面白いのです。」

久保田が遠慮げにエスキスを見ると、ロダンは云った。「粗《あら》いから分かりますまい。」

しばらくして又云った。「マドモアセユは実に美しい体を持っています。脂肪は少しもない。筋肉は一つ一つ浮いている。Foxterriers《フォックステリエ》の筋肉のようです。腱《けん》がしっかりしていて太いので、関節の大さが手足の大さと同じになっています。足一本でいつまでも立っていて、も一つの足を直角に伸ばしていられる位、丈夫なのです。丁度地に根を深く卸《おろ》している木のようなのですね。肩と腰の濶《ひろ》い地中海の type《チイプ》とも違う。腰ばかり濶くて、肩の狭い北ヨオロッパのチイプとも違う。強さの美ですね。」

（明治四十三年七月）

普請中《ふしんちゅう》

渡辺参事官は歌舞伎座の前で電車を降りた。

雨あがりの道の、ところどころに残っている水たまりを避けて、木挽町《こびきちょう》の河岸《かし》を、逓信省の方へ行きながら、たしかこの辺の曲がり角に看板のあるのを見たはずだがと思いながら行く。

人通りはあまりない。役所帰りらしい洋服の男五六人のがやがや話しながら行くのにあった。それから半衿《はんえり》のかかった着物を着た、お茶屋のねえさんらしいのが、なにか近所へ用たしにでも出たのか、小走りにすれ違った。まだ幌《ほろ》をかけたままの人力車が一台あとから駈け抜けて行った。

果して精養軒ホテルと横に書いた、わりに小さい看板が見つかった。

河岸通りに向いた方は板囲いになっていて、横町に向いた寂しい側面に、左右から横に登るようにできている階段がある。階段はさきを切った三角形になっていて、そのさきを切ったところに戸口が二つある。渡辺はどれからはいるのかと迷いながら、階段を登ってみると、左の方の戸口に入口と書いてある。

靴《くつ》がだいぶ泥になっているので、丁寧に掃除をして、硝子《ガラス》戸をあけてはいった。中は広い廊下のような板敷で、ここには外にあるのと同じような、棕櫚《しゅろ》の靴《くつ》ぬぐいのそばに雑巾《ぞうきん》がひろげておいてある。渡辺は、おれのようなきたない靴をはいて来る人がほかにもあるとみえると思いながら、また靴を掃除した。

あたりはひっそりとして人気《ひとけ》がない。ただ少しへだたったところから騒がしい物音がするばかりである。大工がはいっているらしい物音である。外に板囲いのしてあるのを思い合せて、普請《ふしん》最中だなと思う。

誰《たれ》も出迎える者がないので、真直《まっす》ぐに歩いて、つき当って、右へ行こうか左へ行こうかと考えていると、やっとのことで、給仕らしい男のうろついているのに、出合った。

「きのう電話で頼んでおいたのだがね」

「は。お二人さんですか。どうぞお二階へ」

右の方へ登る梯子《はしご》を教えてくれた。すぐに二人前の注文をした客とわかったのは普請中ほとんど休業同様にしているからであろう。この辺まで入り込んでみれば、ますます釘《くぎ》を打つ音や手斧《ちょうな》をかける音が聞えてくるのである。

梯子を登るあとから給仕がついて来た。どの室かと迷って、うしろをふりかえりながら、渡辺はこういった。

「だいぶにぎやかな音がするね」

「いいえ。五時には職人が帰ってしまいますから、お食事中騒々しいようなことはございません。しばらくこちらで」

さきへ駈け抜けて、東向きの室の戸をあけた。はいってみると、二人の客を通すには、ちと大きすぎるサロンである。三所に小さい卓がおいてあって、どれをも四つ五つずつ椅子《いす》が取り巻いている。東の右の窓の下にソファもある。そのそばには、高さ三尺ばかりの葡萄《ぶどう》に、暖室で大きい実をならせた盆栽がすえてある。

渡辺があちこち見廻していると、戸口に立ちどまっていた給仕が、「お食事はこちらで」といって、左側の戸をあけた。これはちょうどよい室である。もうちゃんと食卓がこしらえて、アザレエやロドダンドロンを美しく組み合せた盛花《もりばな》の籠《かご》を真中にして、クウウェエルが二つ向き合せておいてある。いま二人くらいははいられよう、六人になったら少し窮屈だろうと思われる、ちょうどよい室である。

渡辺はやや満足してサロンへ帰った。給仕が食事の室からすぐに勝手の方へ行ったので、渡辺ははじめてひとりになったのである。

金槌《かなづち》や手斧の音がぱったりやんだ。時計を出して見れば、なるほど五時になっている。約束の時刻までには、まだ三十分あると思いながら、小さい卓の上に封を切って出してある箱の葉巻を一本取って、さきを切って火をつけた。

不思議なことには、渡辺は人を待っているという心持が少しもしない。その待っている人が誰であろうと、ほとんどかまわないくらいである。あの花籠の向うにどんな顔が現れて来ようとも、ほとんどかまわないくらいである。渡辺はなぜこんな冷澹《れいたん》な心持になっていられるかと、みずから疑うのである。

渡辺は葉巻の煙をゆるく吹きながら、ソファの角のところの窓をあけて、外を眺めた。窓のすぐ下には材木がたくさん立てならべてある。ここが表口になるらしい。動くとも見えない水をたたえたカナルをへだてて、向う側の人家が見える。多分待合かなにかであろう。往来はほとんど絶えていて、その家の門に子を負うた女が一人ぼんやりたたずんでいる。右のはずれの方には幅広く視野をさえぎって、海軍参考館の赤煉瓦《あかれんが》がいかめしく立ちはだかっている。

渡辺はソファに腰をかけて、サロンの中を見廻した。壁のところどころには、偶然ここで落ち合ったというような掛け物が幾つもかけてある。梅に鶯《うぐいす》やら、浦島が子やら、鷹《たか》やら、どれもどれも小さい丈《たけ》の短い幅《ふく》なので、天井の高い壁にかけられたのが、尻《しり》を端折《はしょ》ったように見える。食卓のこしらえてある室の入口を挟んで、聯《れん》のような物のかけてあるのを見れば、某大教正の書いた神代文字《じんだいもじ》というものである。日本は芸術の国ではない。

渡辺はしばらくなにを思うともなく、なにを見聞くともなく、ただ煙草《たばこ》をのんで、体の快感を覚えていた。

廊下に足音と話し声とがする。戸が開く。渡辺の待っていた人が来たのである。麦藁《むぎわら》の大きいアンヌマリイ帽に、珠数《じゅず》飾りをしたのをかぶっている。鼠色《ねずみいろ》の長い着物式の上衣の胸から、刺繍《ししゅう》をした白いバチストが見えている。ジュポンも同じ鼠色である。手にはウォランのついた、おもちゃのような蝙蝠傘《こうもりがさ》を持っている。渡辺は無意識に微笑をよそおってソファから起きあがって、葉巻を灰皿に投げた。女は、附いて来て戸口に立ちどまっている給仕をちょっと見返って、その目を渡辺に移した。ブリュネットの女の、褐色《かっしょく》の、大きい目である。この目は昔たびたび見たことのある目である。しかしそのふちにある、指の幅ほどな紫がかった濃い暈《かさ》は、昔なかったのである。

「長く待たせて」

ドイツ語である。ぞんざいなことばと不吊合《ふつりあ》いに、傘を左の手に持ちかえて、おうように手袋に包んだ右の手の指さきをさしのべた。渡辺は、女が給仕の前で芝居をするなと思いながら、丁寧にその指さきをつまんだ。そして給仕にこういった。

「食事のいいときはそういってくれ」

給仕は引っ込んだ。

女は傘を無造作にソファの上に投げて、さも疲れたようにソファへ腰を落して、卓に両肘《りょうひじ》をついて、だまって渡辺の顔を見ている。渡辺は卓のそばへ椅子を引き寄せてすわった。しばらくして女がいった。

「たいそう寂しいうちね」

「普請中なのだ。さっきまで恐ろしい音をさせていたのだ」

「そう。なんだか気が落ち着かないようなところね。どうせいつだって気の落ち着くような身の上ではないのだけど」

「いったいいつどうして来たのだ」

「おとつい来て、きのうあなたにお目にかかったのだわ」

「どうして来たのだ」

「去年の暮からウラヂオストックにいたの」

「それじゃあ、あのホテルの中にある舞台でやっていたのか」

「そうなの」

「まさか一人じゃああるまい。組合か」

「組合じゃないが、一人でもないの。あなたもご承知の人が一しょなの」少しためらって。「コジンスキイが一しょなの」

「あのポラックかい。それじゃあお前はコジンスカアなのだな」

「いやだわ。わたしが歌って、コジンスキイが伴奏をするだけだわ」

「それだけではあるまい」

「そりゃあ、二人きりで旅をするのですもの。まるっきりなしというわけにはいきませんわ」

「知れたことさ。そこで東京へも連れて来ているのかい」

「ええ。一しょに愛宕山《あたごやま》に泊まっているの」

「よく放して出すなあ」

「伴奏させるのは歌だけなの」Begleiten《ベグライテン》ということばを使ったのである。伴奏ともなれば同行ともなる。「銀座であなたにお目にかかったといったら、是非お目にかかりたいというの」

「まっぴらだ」

「大丈夫よ。まだお金はたくさんあるのだから」

「たくさんあったって、使えばなくなるだろう。これからどうするのだ」

「アメリカへ行くの。日本は駄目《だめ》だって、ウラヂオで聞いて来たのだから、あてにはしなくってよ」

「それがいい。ロシアの次はアメリカがよかろう。日本はまだそんなに進んでいないからなあ。日本はまだ普請中だ」

「あら。そんなことをおっしゃると、日本の紳士がこういったと、アメリカで話してよ。日本の官吏がといいましょうか。あなた官吏でしょう」

「うむ。官吏だ」

「お行儀がよくって」

「おそろしくいい。本当のフィリステルになりすましている。きょうの晩飯だけが破格なのだ」

「ありがたいわ」さっきから幾つかのボタンをはずしていた手袋をぬいで、卓越しに右の平手を出すのである。渡辺は真面目《まじめ》にその手をしっかり握った。手は冷たい。そしてその冷たい手が離れずにいて、暈《くま》のできたために一倍大きくなったような目が、じっと渡辺の顔に注がれた。

「キスをして上げてもよくって」

渡辺はわざとらしく顔をしかめた。「ここは日本だ」

たたかずに戸をあけて、給仕が出て来た。

「お食事がよろしゅうございます」

「ここは日本だ」と繰り返しながら渡辺はたって、女を食卓のある室へ案内した。ちょうど電燈がぱっとついた。

女はあたりを見廻して、食卓の向う側にすわりながら、「シャンブル・セパレエ」と笑談《じょうだん》のような調子でいって、渡辺がどんな顔をするかと思うらしく、背伸びをしてのぞいてみた。盛花《もりばな》の籠が邪魔になるのである。

「偶然似ているのだ」渡辺は平気で答えた。

シェリイを注ぐ。メロンが出る。二人の客に三人の給仕が附ききりである。渡辺は「給仕のにぎやかなのをご覧」と附け加えた。

「あまり気がきかないようね。愛宕山もやっぱりそうだわ」肘《ひじ》を張るようにして、メロンの肉をはがして食べながらいう。

「愛宕山では邪魔だろう」

「まるで見当違いだわ。それはそうと、メロンはおいしいことね」

「いまにアメリカへ行くと、毎朝きまって食べさせられるのだ」

二人はなんの意味もない話をして食事をしている。とうとうサラドの附いたものが出て、杯にはシャンパニエが注がれた。

女が突然「あなた少しも妬《ねた》んではくださらないのね」といった。チェントラアルテアアテルがはねて、ブリュウル石階の上の料理屋の卓に、ちょうどこんなふうに向き合ってすわっていて、おこったり、なかなおりをしたりした昔のことを、意味のない話をしていながらも、女は想い浮かべずにはいられなかったのである。女は笑談のようにいおうと心に思ったのが、はからずも真面目に声に出たので、くやしいような心持がした。

渡辺はすわったままに、シャンパニエの杯を盛花より高くあげて、はっきりした声でいった。

"Kosinski《コジンスキイ》 soll《ゾル》 leben《レエベン》!"

凝り固まったような微笑を顔に見せて、黙ってシャンパニエの杯をあげた女の手は、人には知れぬほど顫《ふる》っていた。

× × ×

まだ八時半ごろであった。燈火の海のような銀座通りを横切って、ウェエルに深く面《おもて》を包んだ女をのせた、一輛の寂しい車が芝の方へ駈けて行った。

（明治四十三年六月）

牛鍋

鍋《なべ》はぐつぐつ煮える。

牛肉の紅《くれない》は男のすばしこい箸《はし》で反《かえ》される。白くなった方が上になる。

斜に薄く切られた、ざくと云う名の葱《ねぎ》は、白い処が段々に黄いろくなって、褐色の汁の中へ沈む。

箸のすばしこい男は、三十前後であろう。晴着らしい印半纏《しるしばんてん》を着ている。傍《そば》に折鞄《おりかばん》が置いてある。

酒を飲んでは肉を反す。肉を反しては酒を飲む。

酒を注いで遣《や》る女がある。

男と同年位であろう。黒繻子《くろじゅす》の半衿《はんえり》の掛かった、縞《しま》の綿入に、余所行《よそゆき》の前掛をしている。

女の目は断えず男の顔に注がれている。永遠に渇しているような目である。

目の渇《かわき》は口の渇を忘れさせる。女は酒を飲まないのである。

箸のすばしこい男は、二三度反した肉の一切れを口に入れた。

丈夫な白い歯で旨《うま》そうに噬《か》んだ。

永遠に渇している目は動く腭《あご》に注がれている。

しかしこの腭《あご》に注がれているのは、この二つの目ばかりではない。目が今二つある。

今二つの目の主《ぬし》は七つか八つ位の娘である。無理に上げたようなお煙草盆《たばこぼん》に、小さい花簪《はなかんざし》を挿している。

白い手拭《てぬぐい》を畳んで膝《ひざ》の上に置いて、割箸を割って、手に持って待っているのである。

男が肉を三切四切《きれ》食った頃に、娘が箸を持った手を伸べて、一切れの肉を挟もうとした。男に遠慮がないのではない。そんならと云って男を憚《はばか》るとも見えない。

「待ちねえ。そりゃあまだ煮えていねえ。」

娘はおとなしく箸を持った手を引っ込めて、待っている。

永遠に渇している目には、娘の箸の空《むな》しく進んで空しく退いたのを見る程の余裕がない。

暫《しばら》くすると、男の箸は一切れの肉を自分の口に運んだ。それはさっき娘の箸の挟もうとした肉であった。

娘の目はまた男の顔に注がれた。その目の中には怨も怒もない。ただ驚がある。

永遠に渇している目には、四本の箸の悲しい競争を見る程の余裕がなかった。

女は最初自分の箸を割って、盃洗《はいせん》の中の猪口《ちょく》を挟んで男に遣った。箸はそのまま膳の縁に寄せ掛けてある。永遠に渇している目には、またこの箸を顧みる程の余裕がない。

娘は驚きの目をいつまで男の顔に注いでいても、食べろとは云って貰《もら》われない。もう好い頃だと思って箸を出すと、その度毎に「そりゃあ煮えていねえ」を繰り返される。

驚の目には怨も怒もない。しかし卵から出たばかりの雛《ひな》に穀物を啄《ついば》ませ、胎を離れたばかりの赤ん坊を何にでも吸い附かせる生活の本能は、驚の目の主《ぬし》にも動く。娘は箸を鍋から引かなくなった。

男のすばしこい箸が肉の一切れを口に運ぶ隙《すき》に、娘の箸は突然手近い肉の一切れを挟んで口に入れた。もうどの肉も好く煮えているのである。

少し煮え過ぎている位である。

男は鋭く切れた二皮目で、死んだ友達の一人娘の顔をちょいと見た。叱《しか》りはしないのである。

ただこれからは男のすばしこい箸が一層すばしこくなる。代りの生《なま》を鍋に運ぶ。運んでは反す。反しては食う。

しかし娘も黙って箸を動かす。驚の目は、ある目的に向って動く活動の目になって、それが暫らくも鍋を離れない。

大きな肉の切れは得られないでも、小さい切れは得られる。好く煮えたのは得られないでも、生煮えなのは得られる。肉は得られないでも、葱は得られる。

浅草公園に何とかいう、動物をいろいろ見せる処がある。名高い狒々《ひひ》のいた近辺に、母と子との猿を一しょに入れてある檻《おり》があって、その前には例の輪切《わぎり》にした薩摩芋《さつまいも》が置いてある。見物がその芋を竿《さお》の尖《さき》に突き刺して檻の格子の前に出すと、猿の母と子との間に悲しい争奪が始まる。芋が来れば、母の乳房を銜《ふく》んでいた子猿が、乳房を放して、珍らしい芋の方を取ろうとする。母猿もその芋を取ろうとする。子猿が母の腋《わき》を潜《くぐ》り、股《また》を潜り、背に乗り、頭に乗って取ろうとしても、芋は大抵母猿の手に落ちる。それでも四つに一つ、五つに一つは子猿の口にも入る。

母猿は争いはする。しかし芋がたまさか子猿の口に這入《はい》っても子猿を窘《いじ》めはしない。本能は存外醜悪でない。

　箸のすばしこい本能の人は娘の親ではない。親でないのに、たまさか箸の運動に娘が成功しても叱りはしない。

　人は猿よりも進化している。

　四本の箸は、すばしこくなっている男の手と、すばしこくなろうとしている娘の手とに使役せられているのに、今二本の箸はとうとう動かずにしまった。

　永遠に渇している目は、依然として男の顔に注がれている。世に苦味走ったという質《たち》の男の顔に注がれている。

　一の本能は他の本能を犠牲にする。

　こんな事は獣にもあろう。しかし獣よりは人に多いようである。

　人は猿より進化している。


（明治四十三年一月）

白

保険会社の役人テオドル・フィンクは汽車でウィインからリヴィエラへ立った。途中で旅行案内を調べて見ると、ヴェロナへ夜中に着いて、接続汽車を二時間待たなくてはならないということが分かった。一体気分が好くないのだから、こんなことを見付けて見れば、気はいよいよ塞いで来る。紙巻烟草に火を附けて見たが、その煙がなんともいえないほど厭《いや》になったので、窓から烟草を、遠くへ飛んで行くように投げ棄てた。外は色の白けた、なんということもない三月頃の野原である。谷間のように窪んだ所には、汚れた布団を敷いたように、雪が消え残っている。投げた烟草の一点の火が輪をかいて飛んで行くのを見送る目には、この外の景色が這入った。如何にも退屈な景色である。腰懸の傍に置いてある、読みさしの、黄いろい表紙の小説も、やはり退屈な小説である。口の内で何かつぶやきながら、病気な弟がニッツアからよこした手紙を出して読んで見た。もうこれで十遍も読むのである。この手紙の慌てたような、不揃いな行を見れば見る程、どうも自分は死にかかっている人の所へ行くのではないかと思うような気がする。そこで気分はいよいよ悪くなる。弟は自分より七年後に、晩年の父が生ませた子である。元から余り気に入らない。なんだか病身らしくて、こわれもののような気がするので親み難い。それに感情が鋭敏過ぎて、気味の悪いような、自分と懸け離れているような所がある。それだから向うへ着いて幾日かの間は面倒な事もあろうし、気の立つような事もあろうし、面白くないことだろうと、気苦労に思っている。そのくせ弟の身の上は、心から可哀相でならない。しかしまたしては、「やっぱりそうなった方が、あいつのためには為合《しあわ》せかも知れない、どうせ病身なのだから」と思っては自分で自分を宥《なだ》めて見るのである。そのうち寐入《ねい》ってしまった。

ヴェロナ・ヴェッキア（古ヴェロナ）に着いた。汽車に揺られて、節々が痛む上に、半分寐惚けて、停車場に降りた。ここで降りたのは自分一人である。口不精な役人が二等の待合室に連れて行ってくれた。高い硝子戸の前まで連れて来て置いて役人は行ってしまった。フィンクは肘で扉を押し開けて閾の上に立って待合室の中を見た。明るい所から暗い所に這入ったので、目の慣れるまではなんにも見えなかった。次第に向側にある、停車場の出口の方へ行く扉が見えて来る。それから、背中にでこぼこのある獣のようなものが見えて来る。それは旅人が荷物を一ぱい載せて置いた卓である。最後にフィンクの目に映じて来たのは壁に沿うて据えてある長椅子である。そこでその手近な長椅子に探り寄った。そこへ腰を落ち着けて、途中で止めた眠を続けようと思うのである。やっと探り寄ってそこへ掛けようと思う時、丁度外を誰かが硝子提灯を持って通った。火影がちらと映って、自分の掛けようとしている所に、一人の男の寝ている髯面が見えた。フィンクは吃驚《びっくり》して気分がはっきりした。そして糞と云った。その声が思ったより高く一間の中に響き渡ると、返事をするようにどの隅からもうめきや、寝返りの音や、長椅子のぎいぎい鳴る音や、たわいもない囈語《うわごと》が聞える。

フィンクは暫くぼんやり立っていた。そしてこう思った。なるほどどこにもかしこにも、もう人が寝ているのだな。こう思って壁と併行にそろそろ歩き出した。そして一番暗い隅の所へ近寄って来た時、やっと長椅子の空場所があった。そこへがっかりして腰を下した。じっと坐って、遠慮して足を伸ばそうともしないでいる。なんでも自分の腰を据えた右にも左にも人が寝ているらしい。それに障るのが厭なのである。

暫く気を詰めて動かずにいると、額に汗が出て来る。瞼《まぶた》が重くなって目が塞がりそうになる。その度にびっくりして目を開く。目を開いてはこの気味の悪い部屋中を見廻す。どこからか差す明りが、丁度波の上を鴎が走るように、床の上に影を落す。

突然さっき自分の這入って来た戸がぎいと鳴ったので、フィンクは溜息を衝いた。外の廊下の鈍い、薄赤い明りで見れば、影のように二三人の人の姿が見える。新しく着いた旅人がこの部屋に這入って来るのである。旅人は這入って戸を締めた。フィンクはその影がどこへ落ち着くか見定めようと、一しょう懸命に見詰めている。しかし影は声もなく真の闇の中に消えてしまう。そしてどこかで長椅子がぎいぎいいう。旅人が腰を据えたのであろう。

部屋の中はまたひっそりする。その時フィンクは疲れて過敏になった耳に種々雑多な雑音を聞いた。そしてその雑音を聞き定めようとしている。なんだかそれが自分に対してよそよそしい、自分に敵する物の物音らしく思われる。どうも大勢の人が段々自分の身に近寄って来はしないかというような心持になる。闇が具体的になって来るような心持になる。そこで慌ただしげにマッチを一本摩った。そして自分の周囲に広い黒い空虚のあるのを見てほっと溜息を衝いた。その明りが消えると、また気になるので、またマッチを摩る。そして空虚を見ては気を安めるのである。

また一本のマッチを摩ったのが、ぷすぷすといって燃え上がった時、隅の方でこんなことをいうのが聞えた。

「まぶしい事ね。」

フィンクはこの静かな美しい声に耳を傾けた。そして思わず燃え下がったマッチでその方角を照して見た。なんだかヴェエルで顔をすっかり包んだ女のような姿がちらと見えたらしかった。そのうちマッチは消えて元の闇になった。

フィンクは今の声がまたすれば好いと思って待っている。そのうち果してまた声がする。

「大勢の知らない方と一つ部屋で一晩暮すのは厭なものでございますね。そうでございましょう。人間というものは夜は変になりますのね。誰も誰も持っている秘密が、闇の中で太って来て、恐ろしい姿になりますかと思われますね。ほんにこわいこと。でも、明りはまぶしゅうございますわ。」

フィンクはこう思った。己の腹の中で思う事を、あの可哀らしい静かな声が言い現わしているのだな。なんだか不気味な言草だ。そうは思ったが一番しまいに云った一言で、その不気味な処は無くなってしまった。兎に角若い婦人が傍にいるのである。別品かもしれない。この退屈な待つ間を面白く過ごすような事でもあれば好いと反謀気も出て来るのである。

フィンクは思わず八の字髭をひねって、親切らしい風をして暗い隅の方へ向いた。

「奥さん。あなたもやはりあちらへ、ニッツアへ御旅行ですか。」

「いいえ。わたくしは国へ帰りますの。」

「まだ三月ではありませんか。独逸《ドイツ》はまだひどく寒いのです。今時分お帰りなさるようでは、あなたは御保養にいらっしゃったのではございませんね。」

「いいえ。わたくしも病気なのでございます。」

この詞《ことば》を、女は悲しげに云った。しかし悲しいながらも自分の運命と和睦している、不平のない声で云った。

フィンクは驚き呆れた風で、間を悪げに黙った。そして暗い所を透かして見たが、なんにも見えなかった。空気はむっとするようで、濃くなっているような心持がする。誰がなんの夢を見るのか、われ知らずうめく声が聞える。外では鐸《たく》の音が蟀《こおろぎ》の鳴くように聞える。

フィンクはなんとか返事をしなくてはならないような心持がした。

「わたしは病気ではないのです。弟が病気で、ニッツアに行っています所が、そいつがひどく工合が悪くなったというので、これから見舞に行って遣るのです。」

「左様でございますか。それならあなた、弟さんを直ぐに連れてお帰りなさいましよ。御容体が悪くたって、その方が好うございますわ。あちらは春の初には、なんでも物悲しゅうございますの。

人間の生も死も。」声は闇の中から聞えるのである。フィンクは聞きながら、少し体を動かした。「なんでも疲れた人、病気な人は内にいるに限りますよ。」

フィンクはこんな事を思った。まだ若い女らしいな。こう思って返事をした。「でも時候が違うではございませんか。」言ってしまって、如何にも自分の詞が馬鹿気て、拙くて、荒っぽかったと感じたのである。

女は聞かなかった様子で語り続けた。「わたくしは内へ帰りますの。あちらでは花の咲いている中で、悲しい心持がしてなりませんでした。それに一人でいますのですから。」

「あなたはまだ極くお若いのでしょう。ねえ、お嬢さん。」この詞を、フィンクは相手の話を遮るように云って、そして心のうちでは、また下らないことを云ったなと後悔した。

「ええ。わたくしはまだ若うございます。」女はさっぱりと云った。そしてそう云いながら微笑んだらしく思われた。それからこう云った。「それなのにわたくしは一人でいるのが勝手なのでございます。これから内へ帰りましても、わたくしはやっぱり一人でいることが多いのでございます。」

フィンクは「お内はどこですか」と云おうと思ったが言う暇がなかった。女が構わずに語り続けるからである。そしてその女の声は次第に柔かに次第に夢のようになって、丁度極く遠い遠い所から聞えて来るようである。

夢のような女の物語はこうである。

「内には真白い間が一間ございますの。思って御覧あそばせ。壁が極く明るい色に塗ってありますものですから、どんな時でも日が少しばかりは、その壁に残っていないという事はございませんの。外は曇って鼠色の日になっていましても、壁には晴れた日の色が残っているのでございます。本当に国の方は鼠色の日ばかりでございますね。それなのにわたくしの部屋はいつも晴やかでございます。窓には白い、透いて見える窓帷《カアテン》が懸けてあります。その向うには白い花ばかりが見えています。みんな小さい花でございまして、どれもぱっと開いてしまうということはないのでございます。それですから薫も強くはございません。そのくせわたくしの物にはなんでもその花の香が移っているのでございます。ハンケチも、布団も、読んでいる本も、みんなその薫がいたします。毎日朝早く妹のアガアテが部屋に這入って参って、にっこり笑うのでございます。アガアテはいつでもわたくしの所へ参ると、にっこり笑って、尼の被物に極まっている、白い帽子を着ていまして、わたくしの寝床に腰を掛けるのでございます。わたくしが妹の手を取って遣りますと、その手に障る心持は、丁度薔薇の花の弁に障るようでございます。妹は世の中のことを少しも存じません。わたくしも少しも存じません。それで二人は互に心が分かっているのでございます。どうか致して、珍らしく日が明るく差しますと、わたくし共二人は並んで窓から外を覗いて見ます。なんでも世の中の大きいもの、声高なものは、みんな遠い遠い所に離れているのでございます。海も、森も、村も、人も。日曜日になりまして、お寺の鐘が響きますと、昔の記念のような心持が致します。その日には昔からの知合の善い人達がわたくしの部屋の戸を叩きに参るのでございます。その人達はお寺へ参るような風で、わたくしの所へ参りますの。曠着を着まして、足を爪立てまして、手には花束を持ちまして。」

一間の内はひっそりとしている。外で振っていた鐸の音さえも絶えてしまった。

フィンクは目を睜《みは》って闇の中を見ている。そしてあの声がまだ何か云うだろうと思って待っている。あの甘い、銀のような声で語り続けて、また色々な事を言って聞せてくれるだろうと思われるのである。

女の言う事は寺でする懺悔《ざんげ》のようである。そしてその意味は分からない。事によったらこの壁に沿うている腰懸の上の大勢の旅人のうちで、誰かがあの女の詞の意味を解するかも知れぬ。兎に角自分には分からない。そしてその分からない物語をする女がこわくなるのである。

フィンクはそっと立ち上がった。長椅子に音をさせないように立ち上がった。そして探りながら廊下の戸の方へ行った。

用心して戸口を出て跡を締めた。

それから、跡を追っ掛けて来るものでもあるように、燈の光のぼんやり差している廊下を、寐惚けた役人の前を横切って、急いで通って、出口に来た。

出口の大きな扉の所に来た。

そこを出て、夢中で、これまで見たことのない菩提樹の並木の間を、町の方へ走った。心のうちには、「どうも己には分からない、どうも己には分からない」と云い続けているのである。

初めての郵便車が停車場へ向いて行くのに出逢って、フィンクは始めて立ち留まった。そして帽を脱いだ。

頭の上の菩提樹の古木の枝が、静かに朝風に戦《そよ》いでいる。そして幾つともなく、小さい、冷たい花をフィンクの額に吹き落すのである。

（明治四十三年一月）

独身

壱

小倉の冬は冬という程の事はない。西北の海から長門の一角を掠《かす》めて、寒い風が吹いて来て、蜜柑《みかん》の木の枯葉を庭の砂の上に吹き落して、からからと音をさせて、庭のあちこちへ吹き遣《や》って、暫《しばら》くおもちゃにしていて、とうとう縁の下に吹き込んでしまう。そういう日が暮れると、どこの家でも宵のうちから戸を締めてしまう。

外はいつか雪になる。おりおり足を刻んで駈けて通る伝便《でんびん》の鈴の音がする。

伝便と云っても余所《よそ》のものには分かるまい。これは東京に輸入せられないうちに、小倉へ西洋から輸入せられている二つの風俗の一つである。常磐橋《ときわばし》の袂《たもと》に円い柱が立っている。これに広告を貼《は》り附けるのである。赤や青や黄な紙に、大きい文字だの、あらい筆使いの画だのを書いて、新らしく開《あ》けた店の広告、それから芝居見せものなどの興行の広告をするのである。勿論柱はただ一本だけであって、これに張るのと、大門町の石垣に張る位より外《ほか》に、広告の必要はない土地なのだから、印刷したものより書いたものの方が多い。画だっても、巴里《パリ》の町で見る affiche《アフィッシュ》 のように気の利いたのはない。しかし兎《と》に角《かく》広告柱があるだけはえらい。これが一つ。

今一つが伝便なのである。Heinrich《ハインリヒ》 von《フォン》 Stephan《ステファン》 が警察国に生れて、巧に郵便の網を天下に布《し》いてから、手紙の往復に不便はないはずではあるが、それは日を以て算し月を以て算する用弁の事である。一日の間の時を以て算する用弁を達するには、郵便は間に合わない。Rendez-vous《ランデヴウ》をしたって、明日何処《あすどこ》で逢《あ》おうなら、郵便で用が足る。しかし性急な変で、今晩何処《どこ》で逢《あ》おうとなっては、郵便は駄目である。そんな時に電報を打つ人もあるかも知れない。これは少し牛刀鶏を割《さ》く嫌《きらい》がある。その上厳《いか》めしい配達の為方《しかた》が殺風景である。そういう時には走使《はしりつかい》が欲しいに違ない。会社の徽章《きしょう》の附いた帽を被《かぶ》って、辻々《つじつじ》に立っていて、手紙を市内へ届けることでも、途中で買って邪魔になるものを自宅へ持って帰らせる事でも、何でも受け合うのが伝便である。手紙や品物と引換に、会社の印の据《す》わっている紙切をくれる。存外間違はないのである。小倉で伝便と云っているのが、この走使である。

伝便の講釈がつい長くなった。小倉の雪の夜に、戸の外の静かな時、その伝便の鈴の音がちりん、ちりん、ちりん、ちりんと急調に聞えるのである。

それから優しい女の声で「かりかあかりか、どっこいさのさ」と、節を附けて呼んで通るのが聞える。植物採集に持って行くような、ブリキの入物に花櫚糖《かりんとう》を入れて肩に掛けて、小提灯《こぢょうちん》を持って売って歩くのである。

伝便や花櫚糖売は、いつの時侯にも来るのであるが、夏は辻占売《つじうら》なんぞの方が耳に附いて、伝便の鈴の音、花櫚糖売の女の声は気に留まらないのである。

こんな晩には置炬燵《おきごたつ》をする人もあろう。しかし実はそれ程寒くはない。

翌朝手水鉢《ちょうずばち》に氷が張っている。この氷が二日より長く続いて張ることは先ず少い。遅くも三日目には風が変る。雪も氷も融《と》けてしまうのである。

弐

小倉の雪の夜の事であった。

新魚町《しんうおのまち》の大野豊《ゆたか》の家に二人の客が落ち合った。一人は裁判所長の戸川という胡麻塩頭《ごましおあたま》の男である。一人は富田という市病院長で、東京大学を卒業してから、この土地へ来て洋行の費用を貯《たくわ》えているのである。費用も大概出来たので、近いうちに北川という若い医学士に跡を譲って、出発すると云っている。富田院長も四十は越しているが、まだ五分刈頭に白い筋も交《まじ》らない。酒好《ずき》だということが一寸《ちょっと》見ても知れる、太った赭顔《あからがお》の男である。

極澹泊《ごくたんぱく》な独身生活をしている主人は、下女の竹に饂飩《うどん》の玉を買って来させて、台所で煮させて、二人に酒を出した。この家では茶を煮るときは、名物の鶴《つる》の子《こ》より旨《うま》いというので、焼芋を買わせる。常磐橋の辻から、京町へ曲がる角に釜《かま》を据えて、手拭《てぬぐい》を被った爺《じ》いさんが、「ほっこり、ほっこり、焼立ほっこり」と呼んで売っているのである。酒は自分では飲まないが、心易《こころやす》い友達に飲ませるときは、好《すき》な饂飩を買わせる。これも焼芋の釜の据えてある角から二三軒目で、色の褪《さ》めた紺暖簾《こんのれん》に、文六と染め抜いてある家へ買いに遣《や》るのである。

　主人は饂飩だけ相伴して、無頓着《むとんじゃく》らしい顔に笑《えみ》を湛《たた》えながら、二人の酒を飲むのを見ている。話はしめやかである。ただ富田の笑う声がおりおり全体の調子を破って高くなる。この辺は旭町《あさひ》の遊廓が近いので、三味《さみ》や太鼓の音もするが、よほど鈍く微かになって聞えるから、うるさくはない。

　竹が台所から出て来て、饂飩の代りを勧めると、富田が手を揮《ふ》って云った。

「もういけない。饂飩はもう御免だ。この家にも奥さんがいれば、僕は黙って饂飩で酒なんぞは飲まないのだが。」

　これが口火になって、有妻無妻という議論が燃え上がった。この部屋で此等《これら》の人の口からこの議論が出たのは、決して今夜が初めではない。

　主人が帝国採炭会社の理事長になって小倉に来てから、もう二年立った。その内大野の独身生活は小倉で名高いものになっていて、随って度々問題に上る。

　主人は全く女というものなしに暮らしているのだろうか。富田もこの問題のために頭を悩ました一人である。そこでこう云った。

「どうも小倉には御主人のお目に留まったものがなさそうだ。多分馬関《ばかん》だろうと思って、僕は随分熱心に聞いて廻ったのだが、結果が陰性だった。」

「随分御苦労なわけだね」と、遠慮深い戸川は主人の顔を見て云った。

主人はただにやりにやり笑っている。

富田は少し酔っているので、論鋒《ろんぽう》がいよいよ主人に向いて来る。「一体ここの御主人のような生活をしていられては、周囲《まわり》の女のために危険で行けない。」

「なぜだい、君。」

「いつどの女とどう云う事が始まるかも知れないんだからね。」

「まるで僕がDon《ドン》 Juan《ホアン》ででもあるようだ。」

戸川は主人のために気の毒に思って、半ば無意識に話を外へ転じようとした。そして持前のしんねりむっつりした様子で、妙な話をし出した。

参

戸川は両手を火鉢に翳《かざ》して、背中を円くして話すのである。

「そりゃあ独身生活というものは、大抵の人間には無難にし遂げにくいには違ない。僕の同期生に宮沢という男がいた。その男の卒業して直ぐの任地が新発田《しばた》だったのだ。御承知のような土地柄だろう。裁判所の近処《きんじょ》に、小さい借屋をして、下女を一人使っていた。同僚が妻を持てと勧めても、どうしても持たない。なぜだろう、なぜだろうと云ううちに、いつかあれは吝嗇《りんしょく》なのだということに極《き》まってしまったそうだ。僕は書生の時から知っていたが、吝嗇ではなかった。意地強く金を溜《た》めようなどという風の男ではない。万事控目で踏み切ったことが出来ない。そこで判事試補の月給では妻子は養われないと、一図《いちず》に思っていたのだろう。土地が土地なので、丁度今夜のような雪の夜が幾日も幾日も続く。宮沢はひとり部屋に閉じ籠《こも》って本を読んでいる。下女は壁一重《ひとえ》隔てた隣の部屋で縫物をしている。宮沢が欠《あくび》をする。下女が欠を噬《か》み殺す。そういう風で大分の間過ぎたのだそうだ。そのうちある晩風雪《ふぶき》になって、雨戸の外では風の音がひゅうひゅうとして、庭に植えてある竹がおりおり箒《ほうき》で掃くように戸を摩《す》る。十時頃に下女が茶を入れて持って来て、どうもひどい晩でございますねというような事を言って、暫くもじもじしていた。宮沢は自分が寂しくてたまらないので、下女もさぞ寂しかろうと思い遣《や》って、どうだね、針為事《はりしごと》をこっちへ持って来ては、己《おれ》は構わないからと云ったそうだ。そうすると下女が喜んで縫物を持って来て、部屋の隅の方で小さくなって為事をし始めた。それからは下女が、もうお客様もございますまいねと云って、おりおり縫物を持って、宮沢の部屋へ来るようになったのだ。」

富田は笑い出した。「戸川君。君は小説家だね。なかなか旨《うま》い。」

戸川も笑って頭を掻いた。「いや。実は宮沢が後悔して、僕にあんまり精《くわ》しく話したもんだから、僕の話もつい精しくなったのだ。跡は端折《はしょ》って話すよ。しかも一つ具体的に話したい事がある。それはこうなのだ。下女がある晩、お休なさいと云って、隣の間へ引き下がってから、宮沢が寐られないでいると、壁を隔てて下女が溜息をしては寝返りをするのが聞える。暫く聞いていると、その溜息が段々大きくなって、苦痛のために呻吟《しんぎん》するというような風になったそうだ。そこで宮沢がつい、どうかしたのかいと云った。これだけ話してしまえば跡は本当に端折るよ。」

富田は仰山な声をした。「おい。待ってくれ給え。ついでに跡も端折らないで話し給え。なかなか面白いから。」声を一倍大きくした。「おい。お竹さん。好く聞いて置くが好《い》いぜ。」

始終にやにや笑っていた主人の大野が顔を蹙《しか》めた。

戸川は話し続けた。「どうも富田君は交《まぜ》っ返すから困る。兎《と》に角《かく》それから下女が下女でなくなった。宮沢は直ぐに後悔した。職務が職務なのだから、発覚しては一大事だと思ったということは、僕にも察せられる。ところが、下女は今まで包《つつ》ましくしていたのが、次第にお化粧をする、派手な着物を着る。なんとなく人の目に立つ。宮沢は気が気でない。とうとう下女の親許《もと》へ出掛けて行って、いずれ妻にするからと云って、一旦《いったん》引き取らせて手当を遣っていた。そのうちにどうかしようと思ったが、親許が真面目《まじめ》なので、どうすることも出来ない。宮沢は随分窮してはいたのだが、ひと算段をしてでも金で手を切ろうとした。しかし親許では極まった手当の外《ほか》のものはどうしても取らない。それが心《しん》から欲しくないのだから、手が附けられない。とうとうその下女を妻にして、今でもそのままになっている。今は東京で立派にしているのだが、なんにしろ教育の無い女の事だから、宮沢は何かに附けて困っているよ。」

富田は意地きたなげに、酒をちびちび飲みながら冷かした。「もうおしまいか。竜頭蛇尾だね。そんな話なら、誉めなけりゃあ好かった。」

四

この時戸口で、足踏をして足駄の歯に附いた雪を落すような音がする。主人の飼っているJean《ジャン》という大犬が吠えそうにして廃《よ》して、鼻をくんくんと鳴らす。竹が障子を開けて何か言う声がする。間もなく香染《こうぞめ》の衣を着た坊さんが、鬚《ひげ》の二分程延びた顔をして這入《はい》って来た。皆の顔を見て会釈して、「遅くなりまして甚《はなは》だ」と云いながら、畳んだ坐具を右の脇《わき》に置いて、戸川と富田との間の処に据わった。

寧国寺《ねいこくじ》さんという曹洞宗《そうとうしゅう》の坊さんなのである。金田町の鉄道線路に近い処に、長い間廃寺のようになっていた寧国寺という寺がある。檀家《だんか》であった元小倉藩の士族が大方豊津《とよつ》へ遷《かえ》ってしまったので、廃寺のようになったのであった。辻堂を大きくしたようなこの寺の本堂の壁に、新聞反古《ほご》を張って、この坊さんが近頃住まっているのである。

主人は嬉しそうな顔をして、下女を呼んで言い附けた。

「饂飩がまだあるなら、一杯熱くして寧国寺さんに上げないか。お寒いだろうから。」

戸川は自分の手を翳していた火鉢を、寧国寺さんの前へ押し遣った。

寧国寺さんはほとんど無間断《むげんだん》に微笑を湛《たた》えている、痩《や》せた顔を主人の方に向けて、こんな話をし出した。

「実は今朝托鉢《たくはつ》に出ますと、竪《たて》町の小さい古本屋に、大智度論《たいちどろん》の立派な本が一山積み畳ねてあるのが、目に留まったのですな。どうもこんな本が端本《はほん》になっているのは不思議だと思いながら、こちらの方へ歩いて参って、錦《にしき》町の通を旦過橋《たんかばし》の方へ行く途中で、また古本屋の店を見ると、同じ大智度論が一山ここにも積み畳ねてある。その外法苑珠林《ほうおんじゅりん》だの何だのと、色々あるのです。大智度論も二軒のを合せると全部になりそうなのですな。」

主人は口を挟んだ。「それじゃあわざと端本にして分けて売ったのでしょう。」

「お察しの通りです。どこから出たということも大概分かっています。どうかすると調べたくなる事もある本ではあるし、端本にして置けば、反古にしてしまわれるのは極《き》まっていますから、いかにも惜しゅうございますので、東禅寺の和尚に話して買うて置いて貰うことにして来ました。跡に残っている本のうちには、何か御覧になるようなものもあろうかと思いましたので一寸《ちょっと》お知らせに参りました。」

「それは難有《ありがと》う。明日《あした》役所から帰る時にでも廻って見ましょう。さあ。饂飩が冷えます。」

寧国寺さんは饂飩を食べるのである。暫くすると、竹が「お代りは」と云って出て来た。そしてお代りを持って来るのを待って、主人は竹を呼び留めた。

「少しこの辺《へん》を片附けて、お茶を入れて、馬関の羊羹《ようかん》のあったのを切って来い。おい。富田君の処の徳利は片附けてはいけない。」

「いや。これを持って行かれては大変。」富田は鰕《えび》のようになった手で徳利を押えた。そして主人にこう云った。

「一体御主人の博聞強記は好《い》いが、科学を遣っているくせに仏法の本なんかを読むのは分からないて。仏法の本は坊様が読めば好いではないか。」

寧国寺さんは饂飩をゆっくり食べながら、顔には相変らず微笑を湛えている。

主人がこう云った。「君がそう思うのも無理はない。医書なんぞは、医者でないものが読むと、役には立たないで害になることもある。しかし仏法の本は違うよ。」

「どうか知らん。独身でいるのさえ変なのに、お負《まけ》に三宝に帰依《きえ》していると来るから、溜まらない。」

「また独身攻撃を遣り出すね。僕なんぞの考では、そう云う君だってやっぱり三宝に帰依しているよ。」

「こう見えても、僕なんかは三宝とは何と何だか知らないのだ。」

「知らないでも帰依している。」

「そんな堅白異同《けんぱくいどう》の弁を試みたっていけない。」

主人は笑談《じょうだん》のような、真面目《まじめ》のような、不得要領な顔をしてこんな事を言った。

「そうでないよ。君は科学科学と云っているだろう。あれも法なのだ。君達の仲間で崇拝している大先生があるだろう。Authoritaeten《アウトリテエテン》だね。あれは皆仏なのだ。そして君達は皆僧なのだ。それからどうかすると先生を退治しようとするねえ。Authoritaeten-Stuermerei《アウトリテエテンスチュルメライ》というのだね。あれは仏を呵《か》し祖を罵《ののし》るのだね。」

寧国寺さんは羊羹を食べて茶を喫《の》みながら、相変わらず微笑している。

五

富田は目を据えて主人を見た。

「またお講釈だ。ちょいと話をしている間にでも、おや、また教えられたなと思う。あれが苦痛だね。」一寸《ちょっと》顔を蹙《しか》めて話し続けた。

「なるほど酒は御馳走《ごちそう》になる。しかしお肴《さかな》が饂飩と来ては閉口する。お負にお講釈まで聞せられては溜まらない。」

主人はにやにや笑っている。「一体仏法なぞを攻撃しはじめたのは誰《たれ》だろう。」

「いや。説法さえ廃《よ》して貰われれば、僕も謗法《ぼうほう》はしない。だがね、君、独身生活を攻撃することは廃さないよ。箕村《みのむら》の処なんぞへ行くと、お肴が違う。お梅さんが床の間の前に据わって、富田に馳走をせいと儼然《げんぜん》として御託宣があるのだ。そうすると山海の美味が前に並ぶのだ。」

「分からないね。箕村というのは誰だい。それにお梅さんという人はどうしてそんなに息張《いば》っているのだい。」

「そりゃ息張っていますとも。床の間の前へ行って据わると、それ、御託宣だと云うので、箕村は遥か下がって平伏するのだ。」

「箕村というのは誰だい。」

「箕村ですか。あの長浜へ出る処に小児科病院を開いている男です。前の細君が病気で亡くなって忌中でいると、ある日大きな鯛《たい》を持って来て置いて行ったものがあったそうだ。箕村がひどく驚いて、近所を聞き廻ったり何かして騒ぐと、その時はまだ女中でいたお梅さんが平気で、これはお稲荷様《いなりさま》の下さった鯛だと云って、直ぐに料理をして、否唯《いやおう》なしに箕村に食わせたそうだ。それが不思議の始で、おりおり稲荷の託宣がある。梅と婚礼をせいと云う託宣なんぞも、やっぱりお梅さんが言い渡して置いて、箕村が婚礼の支度をすると、お梅さんは驚いた顔をして、お娵《よめ》さんはどちらからお出《いで》なさいますと云ったそうだ。僕は神慮に称《かな》っていると見えて、富田に馳走をせいと云う託宣があるのだ。」

「怪しい女だね」と戸川が嘴《くちばし》を容《い》れた。

「なに。御馳走になるから云うのではないが、なかなか好《い》い細君だよ。入院している子供は皆懐《なつ》いている。好く世話をして遣《や》るそうだ。ただおりおり御託宣があるのだ。」

寧国寺さんは、主人と顔を見合せて、不断の微笑を浮べて聞いていたが、「お休なさい」と云って、ついと起った。見送りに立つ暇《いとま》もない。

この坊さんはいつでも飄然《ひょうぜん》として来て飄然として去るのである。

風の音がひゅうと云う。竹が薬缶《やかん》を持って、急須《きゅうす》に湯を差しに来て、「上はすっかり晴れました」と云った。

「もうお互に帰ろうじゃないか」と戸川が云った。

富田は幅の広い顔に幅の広い笑を見せた。「ところが、まだなかなか帰られないよ。独身生活をberufsmaessig《ベルウフスメエシヒ》に遣っている先生の退却した迹《あと》で、最後の突撃を加えなけりゃあならないからな。箕村だってそうだ。僕は何故《なにゆえ》にお稲荷さんが、特に女中をしていたお梅さんを抜擢《ばってき》したかということまで、神慮に立ち入って究めることは敢《あえ》てしない。しかし兎に角第二の細君が直ぐに出来たのは、箕村のために幸福であった。箕村は一日も不自由をしない。箕村のお客たる僕なんぞも不自由をしない。主人が幸福なら、客も幸福だ。」

主人の無頓着《むとんじゃく》らしい顔には、富田がいくら管《くだ》を巻いてもやはり微笑の影が消えない。

戸川は主人に目食《めく》わせをした。「いや。大変遅くなった。もうお暇《いとま》をします。」

そして起ちそうにして起たずに、頻《しき》りに富田を促すのである。「さあ。君も行こうじゃないか。もう分かっているよ。分かっているよ。」

戸川はとうとう引き摩《ず》るようにして富田を連れ出した。

富田は少しよろけながら玄関へ出て、大声にどなっている。「おい。お竹さん。もう一本熱いのを貰うはずだが、こんど度の晩まで預けて置くよ。」

主人は送りに出て、戸川に囁《ささや》いた。「車を呼びに遣ろうか。」

「なに。どうせ同じ道ですから、僕が門まで一しょに行きます。さようなら。」

六

二人の客の帰った迹《あと》は急にひっそりした。旭町の太鼓はいつか止んでいて、今まで聞えなかった海の鳴る音がする。

竹が出て来て、酒や茶の道具を片附けている。主人の大野は、見るともなしにそれを見ていたが、ふいと竹を女として視ようとした。

背の低い、髪の薄い、左右の目の大さの少し違っている女である。初め奉公に来た時は痩せて蒼い顔をしていて、しおらしいような処があった。それがこの家に来てから段々肥えて、頬《ほ》っぺたが膨らんで来た。女振はよほど下がったのである。

宿元は小倉に近い処にあるが、兄が博多《はかた》で小料理屋をしている。飯焚《めしたき》なんぞをするより、酌でもしてくれれば、嫁入支度位は直ぐ出来るようにして遣ると、兄が勧めたので、暫く博多に行っていたが、そこへ来る客というのが、皆マドロスばかりで、ひどく乱暴なので、恐れて逃げて帰ったのだそうだ。裏表のない、主人のためを思って働く、珍らしい女中である。しかし女として視ることはむずかしい。これまで一度も女だと思ったことがなかったが、今女だと思おうとしても、それがほとんど不可能である。異性のものだという感じは所詮《しょせん》起らなかった。

道具を片附けてしまって起って行くのを、主人は見送って、覚えず微笑した。そして自分の冷澹《れいたん》なのを、やや訝《いぶか》るような心持になった。

この心持が妙に反抗的に、自分のどこかに異性に対する感じが潜んでいはしないかと捜すような心持を呼び起した。

大野の想像には、小倉で戦死者のために法会をした時の事が浮ぶ。本願寺の御連枝《ごれんし》が来られたので、式場の天幕の周囲《まわり》には、老若男女がぎしぎしと詰め掛けていた。大野が来賓席の椅子《いす》に掛けていると、段々見物人が押して来て、大野の膝《ひざ》の間の処へ、島田に結《い》った百姓の娘がしゃがんだ。お白いと髪の油との匂《におい》がする。途中まで聞いていた誰やらの演説が、ただ雑音のように耳に聞えて、この島田に掛けた緋鹿子《ひがのこ》を見る視官と、この髪や肌から発散する匂を嗅ぐ嗅覚《きゅうかく》とに、暫くの間自分の心が全く奪われていたのである。この一刹那《せつな》には大野も慥《たし》かに官能の奴隷であった。大野はその時の事を思い出して、また覚えず微笑した。

大野は今年四十になる。一度持った妻に別れたのは、久しい前の事である。独身で小倉に来ているのを、東京にいるお祖母《ば》あさんがひどく案じて、手紙をよこす度に娵《よめ》の詮議をしている。今宵《こよい》もそのお祖母あさんの手紙の来たのを、客があったので、封を切らずに机の上に載せて置いた。

大野は昏《くら》くなったランプの心を捩《ね》じ上げて、その手紙の封を開いた。行儀の好《い》いお家流の細字を見れば、あの角縁《つのぶち》の目金を掛けたお祖母あさんの顔を見るようである。

歳暮もおひおひ近く相成候《あいなりそうら》へば、御上京なされ候日の、指折る程に相成候を楽み居り候。前便に申上候井上の嬢さんに引き合せくれんと、谷田の奥さんが申され候ゆゑ、今日上野へまゐり、只今《ただいま》帰りてこの手紙をしたため候。私と谷田の奥さんとにて先に参りをり候処へ、富子さん母上と御一しよに来られ、車を降りて立ち居られ候高島田の姿を、初て見候時には、実に驚き申候。世の中にはこの様なる美しき人もあるものかと、不思議に思はれ候程に候。この人を見せたらば、いかに女嫌の御前様もいやとは申さるまじと存じ候。性質は一度逢ひしのみにて何とも申されず候へども、怜悧《れいり》なることは慥《たし》かに候。ただ一つ不思議に思はれしは、茶店に憩《いこ》ひて一時間ばかりもゐたるに、富子さんは一度も笑はざりし事に候。丁度西洋人の一組同じ茶店にゐて、言語通ぜざるため、色々をかしき事などありて、谷田の奥さん例の達者なる英語にて通弁をして遣《つかわ》され、富子さんの母上も私も笑ひ候に、富子さんは少しも笑はずにをられ候。尤《もっとも》前便に申上候通《とおり》、不幸なる境遇に居られし人なれば、同じ年頃の娘とは違ふ所もあるべき道理かと存じ候。何は兎《と》もあれ、御前様の一日も早く御上京なされ候て、私の眼鏡の違《たが》はざることを御認なされ候を、ひたすら待入候。かしこ。
尚々《なおなお》精次郎夫婦よりも宜《よろ》しく可申上様《もうしあぐべきよう》申出候。先日石崎に申附候亀甲万《きっこうまん》一樽《たる》もはや相届き候事と存じ候。

読んでしまった大野は、竹が机の傍《そば》へ出して置いた雪洞《ぼんぼり》に火を附けて、それを持って、ランプを吹き消して起った。これから独寝《ひとりね》の冷たい床に這入《はい》ってどんな夢を見ることやら。

（明治四十三年一月）

鶏《にわとり》

石田小介が少佐参謀になって小倉《こくら》に着任したのは六月二十四日であった。徳山と門司《もじ》との間を交通している蒸汽船から上がったのが午前三時である。地方の軍隊は送迎がなかなか手厚いことを知っていたから、石田はその頃の通常礼装というのをして、勲章を佩《お》びていた。故参の大尉参謀が同僚を代表して桟橋《さんばし》まで来ていた。

雨がどっどと降っている。これから小倉までは汽車で一時間は掛からない。川卯《かわう》という家で飯を焚《た》かせて食う。夜が明けてから、大尉は走り廻って、切符の世話やら荷物の世話やらしてくれる。汽車の窓からは、崖《がけ》の上にぴっしり立て並べてある小家が見える。どの家も戸を開《あ》け放して、女や子供が殆《ほとん》ど裸でいる。中には丁度朝飯を食っている家もある。仲為《なかし》のような為事《しごと》をする労働者の家だと士官が話して聞せた。

田圃《たんぼ》の中に出る。稲の植附はもう済んでいる。おりおり蓑《みの》を着て手籠《たご》を担いで畔道《あぜみち》をあるいている農夫が見える。

段々小倉が近くなって来る。最初に見える人家は旭町《あさひまち》の遊廓《ゆうかく》である。どの家にも二階の欄干に赤い布団が掛けてある。こんな日に干すのでもあるまい。毎日降るのだから、こうして曝《さら》すのであろう。

がらがらと音がして、汽車が紫川《むらさきがわ》の鉄道橋を渡ると、間もなく小倉の停車場に着く。参謀長を始め、大勢の出迎人がある。一同にそこそこに挨拶をして、室町《むろまち》の達見《たつみ》という宿屋にはいった。

隊から来ている従卒に手伝って貰って、石田はさっそく正装に着更《きか》えて司令部へ出た。その頃は申告の為方《しかた》なんぞは極《き》まっていなかったが、廉《かど》あって上官に謁《えっ》する時というので、着任の挨拶は正装ですることになっていた。

翌日も雨が降っている。鍛冶《かじ》町に借家があるというのを見に行く。砂地であるのに、道普請に石灰屑《くず》を使うので、薄墨色の水が町を流れている。

借家は町の南側になっている。生垣で囲んだ、相応な屋敷である。庭には石灰屑を敷かないので、綺麗《きれい》な砂が降るだけの雨を皆吸い込んで、濡れたとも見えずにいる。真中に大きな百日紅《さるすべり》の木がある。垣の方に寄って夾竹桃《きょうちくとう》が五六本立っている。

車から降りるのを見ていたと見えて、家主が出て来て案内をする。渋紙《しぶがみ》色の顔をした、萎《しな》びた爺《じい》さんである。

石田は防水布の雨覆《あまおおい》を脱いで、門口を這入《はい》って、脱いだ雨覆を裏返して巻いて縁端《えんばな》に置こうとすると、爺さんが手に取った。石田は縁を濡らさない用心かと思いながら、爺さんの顔を見た。爺さんは言訣《いいわけ》のように、この辺《へん》は往来から見える処《ところ》に物を置くのは危険だということを話した。石田が長靴を脱ぐと、爺さんは長靴も一しょに持って先に立った。

石田は爺さんに案内せられて家を見た。この土地の家は大小の違《ちがい》があるばかりで、どの家も皆同じ平面図に依《よ》って建てたように出来ている。門口を這入って左側が外壁《そとかべ》で、家は右の方へ長方形に延びている。その長方形が表側と裏側とに分れていて、裏側が勝手になっているのである。

東京から来た石田の目には、先《ま》ず柱が鉄丹《べんがら》か何かで、代赭《たいしゃ》のような色に塗ってあるのが異様に感ぜられた。しかし不快だとも思わない。唯この家なんぞは建ててから余り年数を経たものではないらしいのに、何となく古い、時代のある家のように思われる。それでこんな家に住んでいたら、気が落ち付くだろうというような心持がした。

表側は、玄関から次の間《ま》を経て、右に突き当たる西の詰《つめ》が一番好い座敷で、床の間が附いている。爺さんは「一寸御免《ちょっとごめん》なさい」と云って、勝手へ往《い》ったが、外套《がいとう》と靴とを置いて、座布団と煙草盆《たばこぼん》とを持って出て来た。そして百日紅の植わっている庭の方の雨戸が疎《まば》らに締まっているのを、がらがらと繰り開けた。庭は内から見れば、割合に広い。爺さんは生垣を指ざして、この辺は要塞《ようさい》が近いので石塀《いしべい》や煉瓦塀《れんがべい》を築くことはやかましいが、表だけは立派にしたいと思って問い合わせてみたら、低い塀は築いても好いそうだから、その内都合をしてどうかしようと思っていると話した。

表通は中《ちゅう》くらいの横町で、向いの平家の低い窓が生垣の透間《すきま》から見える。窓には竹簾《たけすだれ》が掛けてある。その中で糸を引いている音がぶうんぶうんとねむたそうに聞えている。

石田は座布団を敷居の上に敷いて、柱に靠《よ》り掛かって膝《ひざ》を立てて、ポッケットから金天狗《きんてんぐ》を出して一本吸い附けた。爺さんは縁端にしゃがんで何か言っていたが、いつか家の話が家賃の話になり、家賃の話が身の上話になった。この薄井という爺さんは夫婦で西隣に住んでいる。遅く出来た息子が豊津の中学に入れてある。この家を人に貸して、暮しを立てて倅《せがれ》の学資を出さねばならないということである。

それから裏側の方の間取を見た。こちらは西の詰《つめ》が小さい間《ま》になっている。その次が稍《や》や広い。この二間が表側の床の間のある座敷の裏になっている。表側の次の間と玄関との裏が、半ば土間になっている台所である。井戸は土間の隅に掘ってある。

縁側に出て見れば、裏庭は表庭の三倍位の広さである。所々に蜜柑《みかん》の木があって、小さい実が沢山生《な》っている。縁に近い処には、瓦《かわら》で築いた花壇があって、菊が造ってある。その傍《そば》に円石《まるいし》を畳んだ井戸があって、どの石の隙間《すきま》からも赤い蟹《かに》が覗《のぞ》いている。花壇の向うは畠《はたけ》になっていて、その西の隅に別当部屋の附いた厩《うまや》がある。花壇の上にも、畠の上にも、蜜柑の木の周囲《まわり》にも、蜜蜂《みつばち》が沢山飛んでいるので、石田は大そう蜜蜂の多い処だと思って爺さんに問うて見た。これは爺さんが飼っているので、巣は東側の外壁に弔《つ》り下げてあるのであった。

石田はこれだけ見て、一旦《いったん》爺さんに別れて帰ったが、家はかなり気に入ったので、宿屋のお上《かみ》さんに頼んで、細かい事を取り極めて貰って、二三日立って引き越した。

横浜から舟に載せた馬も着いていたので、別当に引き入れさせた。

勝手道具を買う。膳椀《ぜんわん》を買う。蚊帳《かや》を買う。買いに行くのは従卒の島村である。

家主はまめな爺さんで、来ていろいろ世話を焼いてくれる。膳椀を買うとき、爺さんが問うた。

「何人前いりまするかの。」

「二人前です。」

「下《しも》のもののはいりませんかの。」

「僕のと下女のとで二人前です。従卒は隊で食います。別当も自分で遣《や》るのです。」

蚊帳は自分のと下女のと別当のと三張《みはり》買った。その時も爺さんが問うた。

「布団はいりませんかの。」

「毛布があります。」

万事こんな風である。それでも五十円程掛かった。

女中を傭《やと》うというので、宿屋の達見のお上さんが口入屋《くちいれや》の上さんをよこしてくれた。石田は婆あさんを置きたいという注文をした。時という五十ばかりの婆あさんが来た。夫婦で小学校の教員の弁当をこしらえているもので、その婆あさんの方が来てくれたのだそうだ。不思議に饒舌《しゃべ》らない。黙って台所をしてくれる。

二三日立った。毎日雨は降ったり歇《や》んだりしている。石田は雨覆をはおって馬で司令部に出る。東京から新《あらた》に傭って来た別当の虎吉が、始て伴《とも》をするとき、こう云った。

「旦那《だんな》。馬の合羽《かっぱ》がありませんがなあ。」

「有る。」

「ええ。それは鞍《くら》だけにかぶせる小さい奴ならあります。旦那の膝に掛けるのがありません。」

「そんなものはいらない。」

「それでもお膝が濡れます。どこの旦那も持っています。」

「膝なんざあ濡れても好《い》い。馬装に膝掛なんというものはない。外の人は持っておっても、己《おれ》はいらない。」

「へへへへ。それでは野木さんのお流儀で。」

「己がいらないのだ。野木閣下の事はどうか知らん。」

「へえ。」

その後は別当も敢て言わない。

石田は司令部から引掛《ひきがけ》に、師団長はじめ上官の家に名刺を出す。その頃は都督《ととく》がおられたので、それへも名刺を出す。中には面会せられる方《かた》もある。内へ帰ってみると、部下のものが名刺を置きに来るので、いつでも二三枚ずつはある。商人が手土産なんぞを置いて帰ったのもある。そうすると、石田はすぐに島村に持たせて返しに遣る。それだから、島村は物を貰うのを苦に病んでいて、自分のいる時に持って来たのは大抵受け取らない。

或日帰って見ると、島村と押問答をしているものがある。相手は百姓らしい風体《ふうてい》の男である。見れば鶏の生きたのを一羽持っている。その男が、石田を見ると、にこにこして傍《そば》へ寄って来て、こう云った。

「少佐殿。お見忘になりましたか知れませんが、戦地でお世話になった輜重輸卒《しちょうゆそつ》の麻生《あそう》でございます。」

「うむ。軍司令部にいた麻生か。」

「はい。」

「どうして来た。」

「予備役になりまして帰っております。内は大里《だいり》でございます。少佐殿におなりになって、こちらへお出《いで》だということを聞きましたので、御機嫌伺《うかがい》に参りました。これは沢山飼っております内の一羽でございますが、丁度好い頃のでございますから、持って上りました。」

「ふむ。立派な鳥だなあ。それは徴発ではあるまいな。」

麻生は五分刈の頭を掻《か》いた。

「恐れ入ります。ついみんなが徴発徴発と申すもんでございますから、ああいうことを申しましてお叱《しかり》を受けました。」

「それでも貴様はあれきり、支那《シナ》人の物を取らんようになったから感心だ。」

「全くお蔭《かげ》を持ちまして心得違を致しませんものですから、凱旋《がいせん》いたしますまで、どの位肩身が広かったか知れません。大連《だいれん》でみんなが背嚢《はいのう》を調べられましたときも、銀の簪《かんざし》が出たり、女の着物が出たりして恥を掻く中で、わたくしだけは大息張《おおいばり》でございました。あの金州《きんしゅう》の鶏なんぞは、ちゃんが、ほい、又お叱を受け損う処でござりました、支那人が逃げた跡に、卵を抱いていたので、主《ぬし》はないのだと申しますのに、そんならその主のない家に持って行って置いて来いと仰《おっし》ゃったのには、実に驚きましたのでござります。」

「はははは。己は頑固だからなあ。」

「どう致しまして。あれがわたくしの一生の教訓になりましたのでござりました。もうお暇《いとま》を致します。」

「泊まって行かんか。己の内は戦地と同じで御馳走はないが。」

「奥様はいらっしゃりませんか。」

「妻《さい》は此間《こないだ》死んだ。」

「へえ。それはどうも。」

「島村が知っているが、まるで戦地のような暮らしを遣っているのだ。」

「それは御不自由でいらっしゃりましょう。つまらないことを申し上げて、お召替のお邪魔を致しました。これでお暇を致します。」

麻生は鶏を島村に渡して、鞋《わらじ》をびちゃびちゃ言わせて帰って行った。

石田は長靴を脱いで上がる。雨覆を脱いで島村にわたす。島村は雨覆と靴を持って勝手へ行く。

石田は西の詰の間に這入って、床の間の前に往って、帽をそこに据えてある将校行李《こうり》の上に置く。

軍刀を床の間に横に置く。これを初て来た日に、お時婆あさんが床の壁に立て掛けて、叱られたのである。立てた物は倒れることがある。倒れれば刀《とう》が傷む。壁にも疵《きず》が附くかも知れないというのである。

床の間の前には、子供が手習に使うような机が据えてある。その前に毛布が畳んで敷いてある。石田は夏衣袴《なついこ》のままで毛布の上に胡坐《あぐら》を掻いた。そこへ勝手から婆あさんが出て来た。

「鳥はどうしなさりますするかの。」

「飯《めし》の菜《さい》がないのか。」

「茄子《なす》に隠元豆《いんげんまめ》が煮えておりますするが。」

「それで好《い》い。」

「鳥は。」

「鳥は生かして置け。」

「はい。」

婆あさんは腹の中で、相変らず吝嗇《けち》な人だと思った。この婆あさんの観察した処では、石田に二つの性質がある。一つは吝嗇である。肴《さかな》は長浜の女が盤台《はんだい》を頭の上に載せて売りに来るのであるが、まだ小鯛《こだい》を一度しか買わない。野菜が旨《うま》いというので、胡瓜《きゅうり》や茄子ばかり食っている。酒はまるで吞《の》まない。菓子は一度買って来いと云われて、名物の鶴の子を買って来た処が、「まずいなあ」と云いながら皆平《たいら》げてしまって、それきり買って来いと云わない。今一つは馬鹿だということである。物の直段《ねだん》が分らない。いくらと云っても黙って払う。人が土産を持って来るのを一々返しに遣る。婆あさんは先ずこれだけの観察をしているのである。

婆あさんが立つとき、石田は「湯が取ってあるか」と云った。「はい」と云って、婆あさんは勝手へ引込んだ。

石田は、裏側の詰の間に出る。ここには水指《みずさし》と漱茶碗《うがいちゃわん》と湯を取った金盥《かなだらい》とバケツとが置いてある。これは初の日から極めてあるので、朝晩とも同じである。

石田は先ず楊枝《ようじ》を使う。漱をする。湯で顔を洗う。石鹸《せっけん》は七十銭位の舶来品を使っている。何故《なぜ》そんな贅沢《ぜいたく》をするかと人が問うと、石鹸は石鹸でなくてはいけない、贋物《にせもの》を使う位なら使わないと云っている。五分刈頭を洗う。それから裸になって体じゅうを丁寧に揩《ふ》く。同じ金盥で下湯《しもゆ》を使う。足を洗う。人が穢《きたな》いと云うと、己の体は清潔だと云っている。湯をバケツに棄てる。水をその跡に取って手拭を洗う。水を棄てる。手拭を絞って金盥を揩《ふ》く。又手拭を絞って掛ける。一日に二度ずつこれだけの事をする。湯屋には行かない。その代り戦地でも舎営をしている間は、これだけの事を廃《よ》せないのである。

石田は襦袢袴下《じゅばんこした》を着替えて又夏衣袴を着た。常の日は、寝巻に湯帷子《ゆかた》を着るまで、このままでいる。それを客が来て見て、「野木さんの流義か」と云うと、「野木閣下の事は知らない」と云うのである。

机の前に据わる。膳が出る。どんなにゆっくり食っても、十五分より長く掛かったことはない。外を見れば雨が歇《や》んでいる。石田は起《た》って台所に出た。飯を食っている婆あさんが箸《はし》を置くのを見て「用ではない」と云いながら、土間に降りる縁《えん》に出た。土間には虎吉が鳥に米を蒔《ま》いて遣って、蹲《しゃが》んで見ている。石田も鳥を見に出たのである。

大きな雄鶏《おんどり》である。総身の羽が赤褐色で、頸《くび》に柑子《こうじ》色の領巻《くびまき》があって、黒い尾を長く垂れている。

虎吉は人の悪そうな青黒い顔を挙げて、ぎょろりとした目で主人を見て、こう云った。

「旦那。こいつは肉が軟《やわらか》ですぜ。」

「食うのではない。」

「へえ。飼って置くのですか。」

「うむ。」

「そんなら、大屋さんの物置に伏籠《ふせご》の明いているのがあったから、あれを借りて来ましょう。」

「買うまでは借りても好い。」

こう云って置いて、石田は居間に帰って、刀を弔《つ》って、帽を被《かぶ》って玄関に出た。玄関には島村が磨いて置いた長靴がある。それを庭に卸して穿《は》く。がたがたいう音を聞き附けて婆あさんが出て来た。

「お外套《がいとう》は。」

「すぐ帰るからいらん。」

石田は鍛冶町を西へ真直に鳥町まで出た。そこに此間《こないだ》名刺を置いて歩いたとき見て置いた鳥屋がある。そこで牝鶏《めんどり》を一羽買って、伏籠を職人に注文して貰うように頼んだ。鳥は羽の色の真白な、むくむくと太ったのを見立てて買った。跡から持たせておこすということである。石田は代を払って帰った。

牝鶏を持《も》て来た。虎吉は鳥屋を廐の方へ連れて行って何か話し込んでいる。石田は雌雄《めすおす》を一しょに放して、雄鶏が片々《かたかた》の羽をひろげて、雌の周囲《まわり》を半圏状に歩いて挑むのを見ている。雌はとかく逃げよう逃げようとしているのである。

間もなく、まだ外は明るいのに、鳥は不安の様子をして来た。その内、台所の土間の隅に棚《たな》のあるのを見附けて、それへ飛び上がろうとする。塒《ねぐら》を捜すのである。石田は別当に、「鳥を寝かすようにして遣れ」と云って居間に這入《はい》った。

翌日からは夜明に鶏が鳴く。石田は愉快だと思った。ところが午後引けて帰って見ると、牝鶏が二羽になっている。婆あさんに問えば、別当が自分のを一羽いっしょに飼わせて貰いたいと云ったということである。石田は嫌《いや》な顔をしたが、咎《とが》めもしなかった。二三日立つうちに、又牝鶏が一羽殖えて雄鶏共に四羽になった。今度のも別当ので、どこかから貰って来たのだということであった。石田は又嫌な顔をしたが、やはり別当には何とも云わなかった。

四羽の鶏が屋敷中を養《あさ》って歩く。薄井の方の茄子畠《なすばたけ》に侵入して、爺さんに追われて帰ることもある。牝鶏同志で喧嘩《けんか》をするので、別当が強い奴を掴《つか》まえて伏籠に伏せて置く。伏籠はもう出来て来た新しいので、隣から借りた分は返してしまったのである。鳥屋《とや》は別当が薄井の爺さんにことわって、縁の下を為切《しき》って拵《こしら》えて、入口には板切と割竹とを互違《たがいちがい》に打ち附けた、不細工な格子戸を嵌《は》めた。

或日婆あさんが、石田の司令部から帰るのを待ち受けて、こう云った。

「別当さんの鳥が玉子を生んだそうで、旦那様が上がるなら上げてくれえと云いなさりますが。」

「いらんと云え。」

婆あさんは驚いたような顔をして引き下がった。これからは婆あさんが度々《たびたび》卵の話をする。どうも別当の牝鶏に限って卵を生んで、旦那様のは生まないというのである。婆あさんはこの話をするたびに、極めて声を小さくする。そして不思議だ不思議だという。婆あさんはこの話の裏面に、別に何物かがあるのを、石田に発見して貰いたいのである。ところが石田にはどうしてもそれが分らないらしい。どうも馬鹿なのだから、分らないでも為《し》ようがない。そこでじれったがりながら、反復して同じ事を言う。しかし自分の言うことが別当に聞えるのは強《こわ》いので、次第に声は小さくなるのである。とうとうしまいには石田の耳の根に摩《す》り寄って、こう云った。

「こねえな事を言うては悪うござりまするが、玉子は旦那様の鳥も生まんことはござりません。どれが生んでも、別当さんが自分の鳥が生んだというのでござりますがな。」

婆あさんはおそるおそるこう云って、石田が怒って大声を出さねば好いがと思っていた。ところが石田は少しも感動しない。平気な顔をしている。婆あさんはじれったくてたまらない。今度は別当に知れても好いから怒って貰いたいような気がする。そしてとうとう馬鹿に附ける薬はないとあきらめた。

石田は暫《しばら》く黙っていて、極めて冷然としてこう云った。

「己は玉子が食いたいときには買うて食う。」

婆あさんは歯痒《はがゆ》いのを我慢するという風で、何か口の内でぶつぶつ云いながら、勝手へ下った。

七月十日は石田が小倉へ来てからの三度目の日曜日であった。石田は早く起きて、例の狭い間で手水《ちょうず》を使った。これまでは日曜日にも用事があったが、今日は始て日曜日らしく感じた。寝巻の浴帷子《ゆかた》を着たままで、兵児帯《へこおび》をぐるぐると巻いて、南側の裏縁に出た。南国《なんこく》の空は紺青《こんじょう》いろに晴れていて、蜜柑の茂みを洩《も》れる日が、きらきらした斑紋《はんもん》を、花壇の周囲《まわり》の砂の上に印している。厩には馬の手入をする金櫛《かなぐし》の音がしている。折々馬が足を踏み更えるので、蹄鉄《ていてつ》が厩の敷板に触れてことこという。そうすると別当が「こら」と云って馬を叱っている。石田は気がのんびりするような心持で、朝の空気を深く呼吸《ほご》した。

石田は、縁の隅に新聞反古の上に、裏と裏とを合せて上げてあった麻裏を取って、庭に卸して、縁から降り立った。

花壇のまわりをぶらぶら歩く。庭の井戸の石畳にいつもの赤い蟹のいるのを見て、井戸を上から覗《のぞ》くと、蟹は皆隠れてしまう。苔《こけ》の附いた弔瓶《つるべ》に短い竿《さお》を附けたのが抛《ほう》り込んである。弔瓶と石畳との間を忙《いそが》しげに水馬《みずすまし》が走っている。

一本の密柑の木を東へ廻ると勝手口に出る。婆あさんが味噌汁を煮ている。別当は馬の手入をしまって、蹄《ひづめ》に油を塗って、勝手口に来た。手には飼桶《かいおけ》を持っている。主人に会釈をして、勝手口に置いてある麦箱の蓋《ふた》を開けて、麦を飼桶に入れている。石田は暫く立って見ている。

「いくら食うか。」

「ええ。これで三杯ぐらいが丁度宜《よろ》しいので。」

別当はぎょろっとした目で、横に主人を見て、麦箱の中に抛り込んである、縁《ふち》の虧《か》けた轆轤《ろくろ》細工の飯鉢《めしばち》を取って見せる。石田は黙って背中を向けて、縁側のほうへ引き返した。

花壇の処まで帰った頃に、牝鶏が一羽けたたましい鳴声をして足元に駈けて来た。それと一しょに妙な声が聞えた。まるで聒々児《くつわむし》の鳴くようにやかましい女の声である。石田が声の方角を見ると、花壇の向うの畠を為切《しき》った、南隣の生垣の上から顔を出している四十くらいの女がいる。下太り《しもぶと》のかぼちゃのように黄いろい顔で頭のてっぺんには、油固めの小さい丸髷《まるまげ》が載っている。これが声の主である。

何か盛んにしゃべっている。石田は誰に言っているかと思って、自分の周囲《まわり》を見廻したが、別に誰もいない。石田の感ずる所では、自分に言っているとは思われない。しかし自分に聞せる為《た》めに言っているらしい。日曜日で自分の内にいるのを候《うかが》っていてしゃべり出したかと思われる。謂《い》わば天下に呼号して、旁《かたわ》ら石田をして聞かしめんとするのである。

言うことが好くは分からない。一体この土地には限らず、方言というものは、怒って悪口を言うような時、最も純粋に現れるものである。目上の人に物を言ったり何かすることになれば、修飾するから特色がなくなってしまう。この女の今しゃべっているのが、純粋な豊前語《ぶぜんご》である。

そこで内のお時婆あさんや家主の爺さんの話と違って、おおよその意味は聞き取れるが、細かいnuancesは聞き取れない。なんでも鶏が垣を踰《こ》えて行って畠を荒らして困るということらしい。それを主題にして堂々たるPhilippicaを発しているのである。女はこんな事を言う。豊前には諺《ことわざ》がある。何町歩とかの畑を持たないでは、鶏を飼ってはならないというのである。然るに借家ずまいをしていて鶏を飼うなんぞというのは僭越《せんえつ》もまた甚《はなは》だしい。サアベルをさして馬に騎《の》っているものは何をしても好いと思うのは心得違である。大抵こんな筋であって、攻撃余力を残さない。女はこんな事も言う。鶏が何をしているか知らないばかりではない。傭婆《やといば》あさんが勝手の物をごまかして、自分の内の暮しを立てているのも知るまい。別当が馬の麦をごまかして金を溜《た》めようとしているのも知るまい。こういうときは声を一層張り上げる。婆あさんにも別当にも聞せようとするのである。女はこんな事も言う。借家人の為《す》ることは家主の責任である。サアベルが強《こわ》くて物が言えないようなら、サアベルなんぞに始から家を貸さないが好い。声はいよいよ高くなる。薄井の爺さんにも聞せようとするのである。

石田は花壇の前に棒のように立って、しゃべる女の方へ真向《まむき》に向いて、黙って聞いている。顔にはおりおり微笑の影が、風の無い日に木葉《このは》が揺らぐように動く外には、何の表情もない。軍服を着て上官の小言を聞いている時と大抵同じ事ではあるが、少し筋肉が弛《ゆる》んでいるだけ違う。微笑の浮ぶのを制せないだけ違う。

石田はこんな事を思っている。鶏は垣を越すものと見える。坊主が酒を般若湯《はんにゃとう》というということは世間に流布しているが、鶏を鑽籬菜《さんりさい》ということは本を読まないものは知らない。鶏を貰った処が、食いたくもなかったので、生かして置こうと思った。生かして置けば垣も越す。垣を越すかも知れないということまで、初めに考えなかったのは、用意が足りないようではあるが、何を為《す》るにもそんな〔éventualité〕を眼中に置いては出来ようがない。鶏を飼うという事実に、この女が怒るという事実が附帯して来るのは、格別驚くべきわけでもない。なんにしろ、あの垣の上に妙な首が載っていて、その首が何の遠慮もなく表情筋を伸縮させて、雄弁を揮《ふる》っている処は面白い。東京にいた時、光線の反射を利用して、卓の上に載せた首が物を言うように思わせる見世物を見たことがあった。あれは見世物師が余り〔prétentieux〕であったので、こっちの反感を起して面白くなかった。あれよりは此方が余程面白い。石田はこんなことを思っている。

垣の上の女は雄弁家ではある。しかしいかなる雄弁家も一の論題に就いてしゃべり得る論旨には限がある。垣の上の女もとうとう思想が涸渇《こかつ》した。察するに、彼は思想の涸渇を感ずると共に失望の念を作《な》すことを禁じ得なかったであろう。彼は経験上こんな雄弁を弄《ろう》する度に、誰か相手になってくれる。少くも一言くらい何とか言ってくれる。そうすれば、水の流が石に触れて激するように、弁論に張合が出て来る。相手も雄弁を弄することになれば、旗鼓《きこ》相当って、彼の心が飽き足るであろう。彼は石田のような相手には始て出逢ったろう。そして暖簾《のれん》に腕押をしたような不愉快な感じをしたであろう。彼は「ええとも、今度来たら締めてしまうから」と言い放って、境の生垣の陰へ南瓜《かぼちゃ》に似た首を引込めた。結末は意味の振《ふる》っている割に、声に力がなかった。

「旦那さん。御膳が出来ましたが。」

婆あさんに呼ばれて、石田は朝飯を食いに座敷へ戻った。給仕をしながら婆あさんが、南裏の上さんは評判の悪者で、誰も相手にならないのだというような意味の事を話した。石田はなるたけ鳥を伏籠に伏せて置くようにしろと言い付けた。その時婆あさんは声を低うしてこういうことを言った。主人の買って来た、白い牝鶏が今朝は卵を抱いている。別当も白い牝鶏の抱いているのを、外の牝鶏が生んだのだとは言いにくいと見えて黙っている。卵をたった一つ孵《かえ》させるのは無駄だから、取って来ようかと云うのである。石田は、「抱いているなら構わずに抱かせて置け」と云った。

石田は飯を済ませてから、勝手へ出て見た。まだ縁の下の鳥屋《とや》の出来ない内に寝かしたことのある、台所の土間の上の棚が藁《わら》を布《し》いたままになっていた。白い牝鶏はその上に上がっている。常かららむくむくした鳥であるのが、羽を立てて体をふくらまして、いつもの二倍位の大《おおき》さになって、首だけ動かしてあちこちを見ている。茶碗を洗っていた婆あさんが来て鳥の横腹をつつく。鳥は声を立てる。石田は婆あさんの方を見て云った。

「どうするのだ。」

「旦那さんに玉子を見せて上ぎょうと思いまして。」

「廃《よ》せ。見んでも好い。」

石田は思い出したように、婆あさんにこう云うことを問うた。世帯を持つとき、桝《ます》を買った筈だが、別当はあれで麦を量りはしないかと云うのである。婆あさんは、別当の桝を使ったのは見たことがないと云った。石田は「そうか」と云って、ついと部屋に帰った。そして将校行李の蓋を開けて、半切毛布に包んだ箱を出した。Havana の葉巻である。石田は平生天狗《てんぐ》を呑《の》んでいて、これならどんな田舎《いなか》に行軍をしても、補充の出来ない事はないと云っている。偶《たま》には上等の葉巻を呑む。そして友達と雑談をするとき、「小説家なんぞは物を知らない、金剛石《こんごうせき》入の指環《ゆびわ》を嵌《は》めた金持の主人公に Manila を呑ませる」なぞと云って笑うのである。石田が偶に呑む葉巻を毛布にくるんで置くのは、火薬の保存法を応用しているのである。石田はこう云っている。己《おれ》だって大将にでもなれば、烟草《たばこ》も毎日新しい箱を開けるのだ。今のうちは箱を開けてから一月《ひとつき》も保存しなくてはならないのだから、工夫を要すると云っている。

石田は葉巻に火を附けて、さも愉快げに、一吸《ひとすい》吸って、例の手習机に向った。北向の表庭は、百日紅《さるすべり》の疎《まばら》な葉越に、日が一ぱいにさして、夾竹桃にはもうところどころ花が咲いている。向いの内の糸車は、今日もぶうんぶうんと鳴っている。

石田は床の間の隅に立て掛けてある洋書の中から〔La Bruyère〕の性格という本を抽《ぬ》き出して、短い鋭い章を一つ読んではじっと考えて見る。又一つ読んではじっと考えて見る。五六章も読んだかと思うと本を措《お》いた。

それから舶来の象牙紙《ぞうげし》と封筒との箱入になっているのを出して、ペンで手紙を書き出した。石田はペンと鉛筆とで万事済ませて、硯《すずり》というものを使わない。稀《まれ》に願届なぞがいれば、書記に頼む。それは陸軍に出てから病気引籠《ひきこもり》をしたことがないという位だから、めったにいらない。人から来た手紙で、返事をしなくてはならないのは、図嚢《ずのう》の中に入れているのだから、それを出して片端から返事を書くのである。東京に、中学に這入っている息子を母に附けて置いてある。第一に母に遣る手紙を書いた。それから筆を措かずに二つ三つ書いた。そして母の手紙だけを将校行李にしまって、外の手紙は引き裂いてしまった。

午《ひる》になった。飯を済ませて、さっき手紙を書き始めるとき、灰皿の上に置いた葉巻の呑みさしに火を附けて、北表の縁《えん》に出た。空はいつの間にか薄い灰色になっている。汽車の音がする。

「蝙蝠傘《こうもりがさ》張替修繕は好うがすの」と呼んで、前の往来を通るものがある。糸車のぶうんぶうんは相変らず根調をなしている。

石田はどこか出ようかと思ったが、空模様が変っているので、止《や》める気になった。暫くして座敷へ這入って、南アフリカの大きい地図をひろげて、この頃戦争が起りそうになっているTransvaalの地理を調べている。こんな風で一日は暮れた。

三四日立ってからの事である。もう役所は午引《ひるびけ》になっている。石田は馬に蹄鉄《ていてつ》を打たせに遣ったので、司令部から引掛《ひきがけ》に、紫川《むらさきがわ》の左岸《さがん》の狭い道を常磐橋《ときわばし》の方へ歩いていると、戦役《せんえき》以来心安くしていた中野という男に逢った。中野の方から声を掛ける。

「おい。今日は徒歩かい。」

「うむ。鉄を打ちに遣ったのだ。君はどうしたのだ。」

「僕のは海に入れに遣った。」

「そうかい。」

「非常に喜ぶぜ。」

「そんなら僕も一遍遣って見よう。」

「別当が泳げなくちゃあだめだ。」

「泳げるような事を言っていた。」

中野は石田より早く卒業した士官である。今は石田と同じ歩兵少佐で、大隊長をしている。少し太り過ぎている男で、性質から言えば老実家である。馬をひどく可哀《かわい》がる。中野は話を続けた。

「君に逢ったら、いつか言って置こうと思ったが、ここには大きな溝《どぶ》に石を並べて蓋《ふた》をした処があるがなあ。」

「あの馬借《ばしゃく》に往《ゆ》く通だろう。」

「あれだ。魚町《うおまち》だ。あの上を馬で歩いちゃあいかんぜ。馬は人間とは目方が違うからなあ。」

「うむ。そうかも知れない。ちっとも気が附かなかった。」

こんな話をして常磐橋に掛かった。中野が何か思い出したという様子で、歩度を緩めてこう云った。

「おう。それからも一つ君に話しておきたいことがあった。馬鹿な事だがなあ。」

「何だい。僕はまだ来たばかりで、なんにも知らないんだから、どしどし注意を与えてくれ給え。」

「実は僕の内の縁がわからは、君の内の門が見えるので、妻《さい》の奴が妙な事を発見したというのだ。」

「はてな。」

「君が毎日出勤すると、あの門から婆あさんが風炉敷包《ふろしきづつみ》を持って出て行くというのだ。ところが一昨日《おととい》だったかと思う、その包が非常に大きいというので、妻がひどく心配していたよ。」

「そうか。そう云われれば、心当《こころあたり》がある。いつも漬物を切らすので、あの日には茄子と胡瓜を沢山に漬けて置けと云ったのだ。」

「それじゃあ自分の内へも沢山漬けたのだろう。」

「はははは。しかしとにかく難有《ありがと》う。奥さんにも宜しく云ってくれ給え。」

話しながら京町の入口まで来たが、石田は立ち留まった。

「僕は寄って行く処があった。ここで失敬する。」

「そうか。さようなら。」

石田は常磐橋を渡って跡へ戻った。そして室町《むろまち》の達見《たつみ》へ寄って、お上さんに下女を取り替えることを頼んだ。お上さんは狆《ちん》の頭をさすりながら、笑ってこう云った。

「あんた様は婆あさんがええとお云《いい》なされたがな。」

「婆あさんはいかん。」

「何かしましたかな。」

「何もしたのじゃない。大分えらそうだから、丈夫な若いのをよこすように、口入の方へ頼んで下さい。」

「はいはい。別品さんを上げるように言うて遣ります。」

「いや、下女に別品は困る。さようなら。」

石田はそれから帰掛《かえりがけ》に隣へ寄って、薄井の爺《じい》さんに、下女の若いのが来るから、どうぞお前さんの処の下女を夜だけ泊りに来させて下さいと頼んだ。そして内へ帰って黙っていた。

翌日口入の上さんが来て、お時婆あさんに話をした。年寄に骨を折らせるのが気の毒だと、旦那が云うからと云ったそうである。婆あさんは存外素直に聞いて帰ることになった。石田はまだ月の半ばであるのに、一箇月分の給料を遣った。

夕方になって、口入の上さんは出直して、目見《めみ》えの女中を連れて来た。二十五六位の髪の薄い女で、お辞儀をしながら、横目で石田の顔を見る。襦袢《じゅばん》の袖にしている水浅葱《みずあさぎ》のめりんすが、一寸位袖口から覗いている。

石田は翌日島村を口入屋へ遣って、下女を取り替えることを言い付けさせた。今度は十六ばかりの小柄で目のくりくりしたのが来た。気性もはきはきしているらしい。これが石田の気に入った。

二三日置いてみて、石田はこれに極めた。比那古《ひなこ》のもので、春というのだそうだ。男のような肥後詞《ひごことば》を遣《つか》って、動作も活溌である。肌に琥珀《こはく》色の沢《つや》があって、筋肉が締まっている。石田は精悍《せいかん》な奴だと思った。

しかし困る事には、いつも茶の竪縞《たてじま》の単物《ひとえもの》を着ているが、膝の処には二所《ふたところ》ばかりつぎが当っている。それで給仕をする。汗臭い。

「着物はそれしか無いのか。」

「ありまっせん。」

平気で微笑を帯びて答える。石田は三枚持っている浴帷子《ゆかた》を一枚遣《や》った。

一週間程立った。春と一しょに泊らせていた薄井の下女が暇を取って、師団長の内へ住み込んだ。春の給料が自分の給料の倍だというので、羨《うらや》ましがって主人を取り替えたそうである。そこで薄井では、代《かわり》に入れた分の下女を泊りによこさないことになった。石田は口入の上さんを呼んで、小女《こおんな》をもう一人傭《やと》いたいと云った。上さんが、そんなら内の娘をよこそうと云って帰った。

口入屋の娘が来た。年は十三で久というのである。色の真黒な子で、頗《すこぶ》る不潔で、頗る行儀が悪い。

翌朝五時ごろにぷっという妙な音がするので、石田は目を醒《さ》ました。後に聞けば、勝手では朝起きて戸を閉めるまで、提灯《ちょうちん》に火を附けることにしている。提灯の柄《え》の先に鉤《かぎ》が附いているのを、春はいつも長押《なげし》の釘《くぎ》に懸けていたのだそうだ。その提灯を久に持っていろと云ったところが、久が面倒がって、提灯の柄で障子を衝《つ》き破って、提灯を障子にぶら下げたということである。石田は障子に穴のあるのが嫌《きらい》で、一々自分で切張をしているのだから、この話を聞いて嫌《いや》な顔をした。

石田は口入屋の上さんを呼んで、久を返したいと云った。返して代を傭う積《つもり》であった。ところが、上さんは何が悪いか聞いて直させると云う。何一つ悪くないことのない子である。石田は窮して、なんにも悪くはない。女中は一人で好いと云った。

石田は達見に往って、第二の下女の傭聘《ようへい》を頼んだ。お上さんは狆をいじりながら、石田の話を聞いて、にやりにやり笑っている。そしてこう云うのである。

「あんたさん、立派なお妾《めかけ》でも置きなされはええにな。」

「馬鹿な事を言っちゃいかん。」

とにかく頼むと言い置いて、石田は帰った。しかし第二の下女はなかなか来ない。石田はとうとう若い下女一人を使っていることになった。

三四日立った。七月三十一日になった。朝起きて顔を洗いに出ると、春が雛《ひよこ》の孵《か》えたのを知らせた。石田は急いで顔を洗って台所へ出て見た。白い牝鶏の羽の間から、黄いろい雛の頭が覗《のぞ》いているのである。

商人が勘定を取りに来る日なので、旦那が帰ってから払うと云えと、言い置いて役所へ出た。午《ひる》になって帰ってみると、待っているものもある。石田はノオトブックにペンで書き留めて、片端から払った。

晩になってから、石田は勘定を当ってみた。小倉に来てから、始て纏《まと》まった一月間の費用を調べることが出来るのである。春を呼んで、米はどうなっているかと問うてみると、丁度米櫃《こめびつ》が虚《から》になって、跡は明日《あした》持って来るのだと云う。そこで石田は春を勝手へ下らせて、跡で米の量を割ってみた。陸軍で極《き》めている一人一日精米六合というのを迥《はるか》に超過している。石田は考えた。自分はどうしても兵卒の食う半分も食わない。お時婆あさんも春も兵卒ほど飯を食いそうにはない。石田は直《すぐ》にお時婆あさんの風炉敷包の事を思い出した。そして徐《しずか》にノオトブックを将校行李の中《うち》へしまった。

八月になって、司令部のものもてんでに休暇を取る。師団長は家族を連れて、船小屋の温泉へ立たれた。石田は纏まった休暇を貰わずに、隔日に休むことにしている。

表庭の百日紅に、ぽつぽつ花が咲き始める。おりおり蝉《せみ》の声が向いの家の糸車の音にまじる。六日は日曜日で、石田の処《ところ》へも暑中見舞の客が沢山来た。初め世帯を持つときに、渋紙《しぶがみ》のようなもので拵《こしら》えた座布団を三枚買った。まだ余り使わないのに中に入れた綿が方々に寄って塊《かたまり》になっている。客が三人までは座布団を敷かせることが出来るが、四人落ち合うと、畳んだ毛布の上に据《す》わらせられる。今日なぞはとうとう毛布に乗ったお客があった。

客は大抵帷子《かたびら》に袴《はかま》を穿《は》いて、薄羽織を被《き》て来る。薄羽織は勿論《もちろん》、袴というものも石田なぞは持っていないのである。石田はこんな日には、朝から夏衣袴《なついこ》を着て応対する。

客は大抵同じような事を言って帰る。今年は暑が去年より軽いようだ。小倉は人気が悪くて、物価が高い。殊《こと》に屋賃をはじめ、将校の階級によって価《あたい》が違うのは不都合である。休暇を貰っても、こんな土地では日の暮らしようがない。町中《まちじゅう》に見る物はない。温泉場に行くにしても、二日市《ふつかいち》のような近い処はつまらず、遠い処は不便で困る。先ずこんな事である。石田は只はあ、はあと返事をしている。

中には少し風流がって見る人もある。庭の方を見て、海が見えないのが遺憾だと云ったり、掛物を見て書画の話をしたりする。石田は床の間に、軍人に賜わった勅語を細字に書かせたのを懸けている。これを将校行李に入れてどこへでも持って行くばかりで、外に掛物というものは持っていないのである。書画の話なんぞが出ると、自分には分らないと云って相手にならない。

翌日あたりから、石田も役所へ出掛に、師団長、旅団長、師団の参謀長、歩兵の聯隊《れんたい》長、それから都督と都督部参謀長との宅位に名刺を出して、それで暑中見舞を済ませた。

時候は段々暑くなって来る。蝉の声が、向いの家の糸車の音と同じように、絶間なく聞える。夕凪《ゆうなぎ》の日には、日が暮れてから暑くて内にいにくい。さすがの石田も湯帷子《ゆかた》に着更《きか》えてぶらぶらと出掛ける。初のうちは小倉《こくら》の町を知ろうと思って、ぐるぐる廻った。南の方は馬借から北方《きたかた》の果まで、北方には特科隊が置いてあるので、好く知っている。そこで東の方へ、舟を砂の上に引き上げてある長浜の漁師村のはずれまで歩く。西の方へ、道普請に使う石炭屑が段々少くなって、天然の砂の現れて来る町を、西鍛冶屋《かじや》町のはずれまで歩く。しまいには紫川の東の川口で、旭町《あさひまち》という遊廓《ゆうかく》の裏手になっている、お台場の址《あと》が涼むには一番好いと極めて、材木の積んであるのに腰を掛けて、夕凪の蒸暑い盛を過すことにした。そんな時には、今度東京に行ったら、三本足の床几《しょうぎ》を買って来て、ここへ持って来ようなんぞと思っている。

孵《か》えた雛《ひよこ》は雌であった。至極丈夫で、見る見る大きくなる。大きくなるに連れて、羽の色が黒くなる。十日ばかりで全身真黒になってしまった。まるで鴉《からす》の子のようである。石田が掴《つか》まえようとすると、親鳥が鳴くので、石田は止《や》めてしまう。

十一日は陰暦の七夕《たなばた》の前日である。「笹《ささ》は好しか」と云って歩く。翌日になって見ると、五色の紙に物を書いて、竹の枝に結び附けたのが、家毎《いえごと》に立ててある。小倉にはまだ乞巧奠《きこうでん》の風俗が、一般に残っているのである。十五六日になると、「竹の花立《はなたて》はいりませんかな」と云って売って歩く。盂蘭盆《うらぼん》が近いからである。

十八日が陰暦の七月十三日である。百日紅の花の上に、雨が降ったり止んだりしている。向いの糸車は、相変らず鳴っているが、蝉の声は少しとぎれる。おりおり生垣の外を、跣足《はだし》の子供が、「花柴《はなしば》々々」と呼びながら、走って通る。樒《しきみ》を売るのである。雨の歇《や》んでいる間は、ひどく蒸暑い。石田はこの夏中で一番暑い日のように感じた。翌日もやはり雨が降ったり止んだりして蒸暑い。夕方に町に出てみると、どの家にも盆燈籠《ぼんどうろう》が点《とも》してある。中には二階を開け放して、数十の大燈籠を天井に隙間なく懸けている家がある。長浜村まで出てみれば、盆踊が始まっている。浜の砂の上に大きな圏《わ》を作って踊る。男も女も、手拭の頬冠《ほおかむり》をして、着物の裾を片折《はしょ》って帯に挟《はさ》んでいる。襪《たび》はだしもあるが、多くは素足である。女で印袢纏《しるしばんてん》に三尺帯を締めて、股引《ももひき》を穿《は》かずにいるものもある。口々に口説《くどき》というものを歌って、「えとさっさ」と囃《はや》す。好《よ》いとさの訛《なまり》であろう。石田は暫く見ていて帰った。

雛は日にまし大きくなる。初のうち油断なく庇《かば》っていた親鳥も、大きくなるに連れて構わなくなる。石田は雛を畳の上に持って来て米を遣る。段々馴れて手掌《てのひら》に載せた米を啄《ついば》むようになる。又少し日が立って、石田が役所から帰って机の前に据わると、庭に遊んでいたのが、走って縁に上って来て、鶴嘴《つるはし》を使うような工合に首を sagittale の方向に規則正しく振り動かして、膝の傍《そば》に寄るようになる。石田は毎日役所から帰掛《かえりがけ》に、内が近くなると、雛の事を思い出すのである。

八月の末に、師団長は湯治場《とうじば》から帰られた。暑中休暇も残少なになった。二十九日には、土地のものが皆地蔵様へ詣《まい》るというので、石田も寺町へ往って見た。地蔵堂の前に盆燈籠の破れたのを懸け並べて、その真中に砂を山のように盛ってある。男も女も、線香に火を附けたのを持って来て、それを砂に立てて置いて帰る。

中一日置いて三十一日には、又商人が債《かけ》を取りに来る。石田が先月の通に勘定をしてみると、米がやっぱり六月と同じように多くいっている。今月は風炉敷包を持ち出す婆あさんはいなかったのである。石田は暫く考えてみたが、どうも春はお時婆あさんのような事をしそうにはない。そこで春を呼んで、米が少し余計にいるようだがどう思うと問うて見た。

春はくりくりした目で主人を見て笑っている。彼は米の多くいるのは当前だと思うのである。彼は多くいるわけを知っているのである。しかしそのわけを言って好《い》いかどうかと思って、暫く考えている。

石田は春に面白い事を聞いた。それは別当の虎吉が、自分の米を主人の米櫃《こめびつ》に一しょに入れて置くという事実である。虎吉の給料には食料が這入っている。馬糧なんぞは余り馬を使わない司令部勤務をしているのに、定則だけの金を馬糧屋に払っているのだから虎吉が随分利益を見ているということを、石田は知っている。しかし馬さえ痩《や》せさせなければ好いと思って、あなぐろうとはしない。そうしてあるのに、虎吉が主人の米櫃に米を入れて置くことにして、勝手に量り出して食うというに至っては、石田といえども驚かざることを得ない。虎吉は米櫃の中へ、米をいくら入れるか、何遍入れるか少しも分らないのである。そうして置いて、量り出す時にはいくらでも勝手に量り出すのである。段々春の云うのを聞いて見れば、味噌も醤油も同じ方法で食っている。内で漬ける漬物も、虎吉が「この大きい分は己《おれ》の茄子だ」と云って出して食うということである。虎吉は食料は食料で取って、実際食う物は主人の物を食っているのである。春は笑ってこう云った。割木《わりき》も別当さんのは「見せ割木」で、いつまで立っても減ることはないと云った。勝手道具もそうである。土間に七釐《しちりん》が二つ置いてある。春の来た時に別当が、「壊れているのは旦那ので、満足なのは己のだ」と云った。その内に壊れたのがまるで使えなくなったので、春は別当と同じ七釐で物を烹《に》る。別当は「旦那の事だから貸して上げるが、手めえはお辞儀をして使え」と云っているということである。

石田は始て目の開《あ》いたような心持がした。そして別当の手腕に対して、少からぬ敬意を表せざることを得なかった。

石田は鶏の事と卵の事とを知っていた。知って黙許していた。然るに鶏と卵とばかりではない。別当には〔systeˈmatiquement〕に発展させた、一種の面白い経理法があって、それを万事に適用しているのである。鶏を一しょに飼って、生んだ卵を皆自分で食うのは、唯この systeme を鶏に適用したに過ぎない。

石田はこう思って、覚えず微笑《ほほえ》んだ。春が、若《も》し自分のこんな話をしたことが、別当に知れては困るというのを、石田はなだめて、心配するには及ばないと云った。

石田は翌日米櫃やら、漬物桶やら、七輪やら、いろいろなものを島村に買い集めさせた。そして虎吉を呼んで、これまであった道具を、米櫃には米の這入《はい》っているまま、漬物桶には漬物の這入っているままで、みんな遣って、平気な顔をしてこう云った。

「これまで米だの何だのが、お前のと一しょになっていたそうだが、あれは己が気が附かなかったのだ。己は新しい道具を買ったから、これまでの道具はお前に遣る。まだこの外にもお前の物が台所にまぎれ込んでいるなら、遠慮をせずに皆持って行ってくれい。それから鶏が四五羽いるが、あれは皆お前に遣るから、食うとも売るとも、勝手にするが好《い》い。」

虎吉は呆《あき》れたような顔をして、石田の云うことを聞いていて、石田の詞《ことば》が切れると、何か云いそうにした。石田はそれを言わせずにこう云った。

「いや。お前の都合はあるかも知れないが、己はそう極めたのだから、お前の話を聞かなくても好い。」

石田はついと立って奥に這入った。虎吉は春に、「旦那からお暇《ひま》が出たのだかどうだか、伺ってくれろ」と頼んだ。石田は笑って、「己はそんな事は云わなかったと云え」と云った。

その晩は二十六夜待《やまち》だというので、旭町で花火が上がる。石田は表側の縁に立って、百日紅の薄黒い花の上で、花火の散るのを見ている。そこへ春が来て、こう云った。

「今別当さんが鶏を縛って持って行きよります。雛《ひよこ》は置こうかと云いますが、置けと云いまっしょうか。」

「雛なんぞはいらんと云え。」

石田はやはり花火を見ていた。


（明治四十二年八月）

舞姫

石炭をばはや積み果てつ。中等室の卓《つくえ》のほとりはいと静かにて、熾熱燈《しねっとう》の光の晴れがましきも徒《あだ》なり。今宵《こよい》は夜ごとにここに集《つど》い来る骨牌《カルタ》仲間も「ホテル」に宿りて、舟に残れるは余一人《よひとり》のみなれば。五年前《いつとせまえ》の事なりしが、平生《ひごろ》の望み足りて、洋行の官命をこうむり、このセイゴンの港まで来《こ》しころは、目に見るもの、耳に聞くもの、一つとして新たならぬはなく、筆に任せて書きしるしつる紀行文日ごとに幾千言をかなしけん、当時の新聞に載せられて、世の人にもてはやされしかど、今日になりておもえば、穉《おさな》き思想、身のほど知らぬ放言、さらぬも尋常《よのつね》の動植金石《どうしょくきんせき》、さては風俗などをさえ珍しげにしるししを、心ある人はいかにか見けん。こたびは途《と》に上《のぼ》りしとき、日記《にき》ものせんとて買いし冊子《さっし》もまだ白紙のままなるは、独逸《ドイツ》にて物学びせし間に、一種の「ニル・アドミラリイ」の気象をや養い得たりけん、あらず、これには別に故《ゆえ》あり。

げに東《ひんがし》に還《かえ》る今の我は、西に航せし昔の我ならず、学問こそなお心に飽き足らぬところも多かれ、浮世《うきよ》のうきふしをも知りたり、人の心の頼みがたきは言うも更《さら》なり、われとわが心さえ変わりやすきをも悟り得たり。きのうの是《ぜ》はきょうの非《ひ》なるわが瞬間の感触を、筆に写して誰《たれ》にか見せん。これや日記の成らぬ縁故なる、あらず、これには別に故あり。

ああ、ブリンヂイシイの港を出でてより、はや二十日《はつか》あまりを経ぬ。世の常ならば生面《せいめん》の客にさえ交わりを結びて、旅の憂《う》さを慰めあうが航海の習いなるに、微恙《びょう》にことよせて房《へや》のうちにのみ籠《こも》りて、同行の人々にも物言うことの少なきは、人知らぬ恨みに頭《かしら》のみ悩ましたればなり。この恨みは初め一抹《いちまつ》の雲のごとくわが心をかすめて、瑞西《スイス》の山色をも見せず、伊太利《イタリア》の古蹟《こせき》にも心を留《とど》めさせず、中ごろは世をいとい、身をはかなみて、腸《はらわた》日ごとに九廻《きゅうかい》すともいうべき惨痛をわれに負わせ、今は心の奥に凝《こ》り固まりて、一点の翳《かげ》とのみなりたれど、文《ふみ》読むごとに、物見るごとに、鏡に映る影、声に応ずる響きのごとく、限りなき懐旧の情を喚《よ》び起こして、幾度《いくたび》となくわが心を苦しむ。ああ、いかにしてかこの恨みを銷《しょう》せん。もし外《ほか》の恨みなりせば、詩に詠じ歌によめる後は心地《ここち》すがすがしくもなりなん。これのみはあまりに深くわが心に彫《え》りつけられたればさはあらじと思えど、今宵《こよい》はあたりに人もなし、房奴《ぼうど》の来て電気線の鍵《かぎ》をひねるにはなおほどもあるべければ、いで、その概略を文に綴《つづ》りてみん。

余は幼きころより厳《きび》しき庭の訓《おし》えを受けし甲斐《かい》に、父をば早く喪《うしな》いつれど、学問の荒《すさ》み衰うることなく、旧藩《きゅうはん》の学館にありし日も、東京に出でて予備黌《よびこう》に通いしときも、大学法学部に入《い》りし後も、太田豊太郎《おおたとよたろう》という名はいつも一級の首《はじめ》にしるされたりしに、一人子《ひとりご》の我を力になして世を渡る母の心は慰みけらし。十九の歳《とし》には学士の称を受けて、大学の立ちてよりそのころまでにまたなき名誉なりと人にも言われ、某《なにがし》省に出仕して、故郷なる母を都《みやこ》に呼び迎え、楽しき年を送ること三とせばかり、官長の覚え殊《こと》なりしかば、洋行して一課の事務を取り調べよとの命を受け、わが名を成さんも、わが家を興《おこ》さんも、今ぞとおもう心の勇み立ちて、五十を踰《こ》えし母に別るるをもさまで悲しとは思わず、はるばると家を離れてベルリンの都に来ぬ。

余は模糊《もこ》たる功名の念と、検束に慣れたる勉強力とを持ちて、たちまちこの欧羅巴《ヨーロッパ》の新大都の中央に立てり。なんらの光彩ぞ、わが目を射んとするは。なんらの色沢《しきたく》ぞ、わが心を迷わさんとするは。菩提樹下《ぼだいじゅか》と訳するときは、幽静なる境《さかい》なるべく思わるれど、この大道髪《かみ》のごときウンテル・デン・リンデンに来て両辺なる石だたみの人道を行く隊々《くみぐみ》の士女を見よ。胸張り肩聳《そび》えたる士官の、まだ維廉《ウィルヘルム》一世の街《まち》に臨める窓に倚《よ》りたもう頃なりければ、さまざまの色に飾り成したる礼装をなしたる、妍《かおよ》き少女《おとめ》の巴里《パリ》まねびの粧《よそお》いしたる、かれもこれも目を驚かさぬはなきに、車道の土瀝青《アスファルト》の上を音もせで走るいろいろの馬車、雲に聳《そび》ゆる楼閣の少しとぎれたるところには、晴れたる空に夕立の音を聞かせて漲《みなぎ》り落つる噴井《ふきい》の水、遠く望めばブランデンブルゲル門を隔てて緑樹枝をさし交《か》わしたる中より、半天に浮かびいでたる凱旋塔《がいせんとう》の神女の像、このあまたの景物目睫《もくしょう》の間《かん》に聚《あつ》まりたれば、始めてここに来《こ》しものの応接にいとまなきも宜《うべ》なり。されどわが胸にはたといいかなる境に遊びても、あだなる美観に心をば動かさじの誓いありて、つねに我を襲う外物を遮《さえぎ》り留《とど》めたりき。

余が鈴索《すずなわ》を引き鳴らして謁《えつ》を通じ、おおやけの紹介状を出だして東来の意を告げし普魯西《プロシャ》の官員は、みな快く余を迎え、公使館よりの手つづきだに事なく済みたらましかば、何事にもあれ、教えもし伝えもせんと約しき。喜ばしきは、わが故里《ふるさと》にて、独逸《ドイツ》、仏蘭西《フランス》の語を学びしことなり。彼らは始めて余を見しとき、いずくにていつのまにかくは学び得つると問わぬことなかりき。

さて官事の暇《いとま》あるごとに、かねておおやけの許しをば得たりければ、ところの大学に入りて政治学を修めんと、名を簿冊《ぼさつ》に記《き》させつ。

ひと月ふた月と過《すぐ》すほどに、おおやけの打ち合せもすみて、取調べも次第に捗《はかど》り行けば、急ぐことをば報告書に作りて送り、さらぬをば写し留めて、ついには幾巻《いくまき》をかなしけん。大学のかたにては、穉《おさな》き心に思い計りしがごとく、政治家になるべき特科のあるびょうもあらず、これかかれかと心迷いながらも、二、三の法家の講筵《こうえん》に列《つら》なることにおもい定めて、謝金を収め、往《ゆ》きて聴きつ。

かくて三年《みとせ》ばかりは夢のごとくにたちしが、時来《きた》れば包みても包みがたきは人の好尚《こうしょう》なるらん、余は父の遺言を守り、母の教えに従い、人の神童なりなど褒《ほ》むるが嬉《うれ》しさに怠らず学びし時より、官長の善《よ》き働き手を得たりと奨《はげ》ますが喜ばしさにたゆみなく勤めし時まで、ただ所動的、器械的の人物になりて自ら悟らざりしが、今二十五歳になりて、すでに久しくこの自由なる大学の風に当りたればにや、心の中なにとなくおだやかならず、奥深く潜みたりしまことの我は、ようよう表にあらわれて、きのうまでの我ならぬ我を攻むるに似たり。余はわが身の今の世に雄飛すべき政治家になるにもよろしからず、またよく法典を諳《そら》んじて獄を断ずる法律家になるにもふさわしからざるを悟りたりと思いぬ。余はひそかに思うよう、わが母は余を活《い》きたる辞書となさんとし、わが官長は余を活きたる法律となさんとやしけん。辞書たらんはなお堪《た》うべけれど、法律たらんは忍ぶべからず。今までは瑣々《ささ》たる問題にも、きわめて丁寧《ていねい》にいらえしつる余が、このころより官長に寄する書《ふみ》にはしきりに法制の細目にかかずろうべきにあらぬを論じて、ひとたび法の精神をだに得たらんには、紛々《ふんぷん》たる万事は破竹のごとくなるべしなどと広言しつ。また大学にては法科の講筵をよそにして、歴史文学に心を寄せ、ようやく蔗《しょ》を嚼《か》む境に入《い》りぬ。

官長はもと心のままに用いるべき器械をこそ作らんとしたりけめ。独立の思想をいだきて、人なみならぬ面《おも》もちしたる男をいかでか喜ぶべき。危うきは余が当時の地位なりけり。されどこれのみにては、なおわが地位を覆《くつがえ》すに足らざりけんを、日ごろ伯林《ベルリン》の留学生のうちにて、ある勢力ある一群《ひとむ》れと余との間に、おもしろからぬ関係ありて、かの人々は余を猜疑《さいぎ》し、またついに余を讒誣《ざんぶ》するに至りぬ。されどこれとてもその故なくてやは。

かの人々は余がともに麦酒《ビール》の杯をも挙げず、球突きの棒《キュー》をも取らぬを、かたくなる心と欲を制する力とに帰して、かつは嘲《あざけ》りかつは嫉《ねた》みたりけん。されどこは余を知らねばなり。ああ、この故よしは、わが身だに知らざりしを、いかでか人に知らるべき。わが心はかの合歓《ねむ》という木の葉に似て、物触《さや》れば縮みて避けんとす。わが心は処女に似たり。余が幼きころより長者の教えを守りて、学びの道をたどりしも、仕えの道をあゆみしも、みな勇気ありてよくしたるにあらず、耐忍勉強の力と見えしも、みな自ら欺き、人をさえ欺きつるにて、人のたどらせたる道を、ただ一条《ひとすじ》にたどりしのみ。よそに心の乱れざりしは、外物を棄《す》ててかえりみぬほどの勇気ありしにあらず、ただ外物に恐れて自らわが手足を縛《ばく》せしのみ。故郷を立ち出づる前にも、わが有為《ゆうい》の人物なることを疑わず、またわが心のよく耐えんことをも深く信じたりき。ああ、彼も一時。舟の横浜を離るるまでは、あっぱれ豪傑と思いし身も、せきあえぬ涙に手巾《しゅきん》を濡《ぬ》らしつるをわれながら怪しと思いしが、これぞなかなかにわが本性なりける。この心は生れながらにやありけん、また早く父を失いて母の手に育てられしによりてや生じけん。

かの人々の嘲《あざけ》るはさることなり。されど嫉《ねた》むはおろかならずや。この弱くふびんなる心を。

赤く白く面《おもて》を塗りて、赫然《かくぜん》たる色の衣をまとい、珈琲店《カッフェー》に坐して客をひく女を見ては、往《ゆ》きてこれに就《つ》かん勇気なく、高き帽を戴《いただ》き、眼鏡《めがね》に鼻を挟ませて、普魯西《プロシャ》にては貴族めきたる鼻音《びおん》にて物言う「レエベマン」を見ては、往きてこれと遊ばん勇気なし。これらの勇気なければ、かの活潑《かっぱつ》なる同郷の人々と交わらんようもなし。この交際の疎《うと》きがために、かの人々はただ余を嘲り、余を嫉むのみならで、また余を猜疑《さいぎ》することとなりぬ。これぞ余が冤罪《えんざい》を身に負いて、暫時の間に無量の艱難《かんなん》を閲《けみ》し尽くす媒《なかだち》なりける。

ある日の夕暮れなりしが、余は獣苑《じゅうえん》を漫歩して、ウンテル・デン・リンデンを過ぎ、わがモンビシュウ街の僑居《きょうきょ》に帰らんと、クロステル巷《こう》の古寺の前に来《き》ぬ。余はかの燈火《ともしび》の海を渡り来て、この狭く薄暗き巷《こうじ》に入《い》り、楼上の木欄《おばしま》に干《ほ》したる敷布、襦袢《はだぎ》などまだ取り入れぬ人家、頰髭《ほおひげ》長き猶太《ユダヤ》教徒の翁《おきな》が戸前《こぜん》に佇《たたず》みたる居酒屋、一つの梯《はしご》はただちに楼《たかどの》に達し、他の梯は窖住《あなぐらず》まいの鍛冶《かじ》が家に通じたる貸家などに向かいて、凹字《おうじ》の形に引っこみて立てられたる、この三百年前の遺跡を望むごとに、心の恍惚《こうこつ》となりてしばし佇みしこと幾度《いくたび》なるを知らず。

今この処を過ぎんとするとき、とざしたる寺門の扉《とびら》に倚《よ》りて、声を呑《の》みつつ泣くひとりの少女《おとめ》あるを見たり。年は十六、七なるべし、被《かぶ》りし巾《きれ》を洩《も》れたる髪の色は、薄きこがね色にて、着たる衣は垢《あか》つき汚れたりとも見えず。わが足音に驚かされてかえりみたる面《おもて》、余に詩人の筆なければこれを写すべくもあらず。この青く清らにて物問いたげに愁《うれ》いを含める目の、半ば露を宿せる長き睫毛《まつげ》に掩《おお》われたるは、何故《なにゆえ》に一顧したるのみにて、用心深きわが心の底までは徹したるか。

彼は料《はか》らぬ深き歎《なげ》きにあいて、前後を顧みるいとまなく、ここに立ちて泣くにや。わが臆病《おくびょう》なる心は憐憫《れんびん》の情に打ち勝たれて、余は覚えず側《そば》に倚り、「何故に泣きたもうか。ところに繫累《けいるい》なき外人《よそびと》は、かえりて力を借《か》し易《やす》きこともあらん」といいかけたるが、われながらわが大胆なるにあきれたり。

彼は驚きてわが黄なる面《おもて》をうち守りしが、わが真率《しんそつ》なる心や色にあらわれたりけん。「君は善《よ》き人なりと見ゆ。彼のごとく酷《むご》くはあらじ。またわが母のごとく」しばし涸《か》れたる涙の泉はまた溢《あふ》れて愛らしき頰《ほお》を流れ落つ。

「われを救いたまえ、君。わが恥《はじ》なき人とならんを。母はわが彼の言葉に従わねばとて、われを打ちき。父は死にたり。明日《あす》は葬らではかなわぬに、家に一銭の貯《たくわ》えだになし」

跡《あと》は欷歔《ききょ》の声のみ。わが眼《まなこ》はこのうつむきたる少女《おとめ》の顫《ふる》う項《うなじ》にのみ注がれたり。

「君が家に送り行かんに、まず心を鎮《しず》めたまえ。声をな人に聞かせたまいそ。ここは往来なるに」

彼は物語りするうちに、覚えずわが肩に倚《よ》りしが、この時ふと頭《かしら》をもたげ、また始めてわれを見たるがごとく、恥じてわが側を飛びのきつ。

　人の見るが厭《いと》わしさに、早足に行く少女のあとにつきて、寺の筋向かいなる大戸《おおと》を入《い》れば、欠け損じたる石の梯《はしご》あり。これを上《の》ぼりて、四階目に腰を折りて潜《くぐ》るべきほどの戸あり。少女は鏽《さ》びたる針金の先きをねじ曲げたるに、手を掛けて強く引きしに、中には咳枯《しわが》れたる老媼《おうな》の声して、「誰《た》ぞ」と問う。エリス帰りぬと答うる間もなく、戸をあらかに引き開けしは、半ば白《しら》みたる髪、悪《あ》しき相にはあらねど、貧苦の痕《あと》を額《ぬか》にしるせし面の老媼にて、古き獣綿《じゅうめん》の衣を着、汚れたる上靴《うわぐつ》を穿《は》きたり。エリスの余に会釈《えしゃく》して入るを、かれは待ち兼ねしごとく、戸をはげしくたて切りつ。

　余はしばし茫然《ぼうぜん》として立ちたりしが、ふと油燈《ランプ》の光にすかして戸を見れば、エルンスト・ワイゲルトと漆《うるし》もて書き、下に仕立物師《したてものし》と注したり。これすぎぬという少女が父の名なるべし。内には言い争うごとき声聞こえしが、また静かになりて戸は再びあきぬ。さきの老媼は慇懃《いんぎん》におのが無礼の振る舞いせしを詫《わ》びて、余を迎え入れつ。戸の内は厨《くりや》にて、右手《めて》の低き窓に、真白《ましろ》に洗いたる麻布《あさぬの》をかけたり。左手《ゆんで》には粗末に積み上げたる煉瓦《れんが》の竈《かまど》あり。正面の一室の戸は半ば開きたるが、内には白布《しらぬの》をおおえる臥床《ふしど》あり。伏したるはなき人なるべし。竈の側なる戸を開きて余を導きつ。このところはいわゆる「マンサルド」の街《まち》に面したる一間《ひとま》なれば、天井もなし。隅《すみ》の屋根裏より窓に向かいて斜めにさがれる梁《はり》を、紙にて張りたる下の、立たば頭《かしら》の支《つか》うべきところに臥床《ふしど》あり。中央なる机には美しき氈《かも》をかけて、上には書物一、二巻と写真帖《しゃしんちょう》とをならべ、陶瓶《とうへい》にはここに似合わしからぬ価《あたい》高き花束を生《い》けたり。そが傍らに少女は羞《はじ》をおびて立てり。

彼は優れて美なり。乳《ち》のごとき色の顔は燈火《ともしび》に映じて微紅《うすくれない》をさしたり。手足のかぼそくたおやかなるは、貧家の女《おみな》に似ず。老媼《おうな》の室《へや》を出でしあとにて、少女《おとめ》は少し訛《なま》りたる言葉にて言う。「許したまえ。君をここまで導きし心なさを。君は善き人なるべし。われをばよも憎みたまわじ。明日《あす》に迫るは父の葬《はふり》、たのみに思いしシャウムベルヒ、君は彼を知らでやおわさん。彼は『ヰクトリア』座の座頭《ざがしら》なり。彼が抱《かか》えとなりしより、はや二年《ふたとせ》なれば、事なくわれらを助けんと思いしに、人の憂いにつけこみて、身勝手なるいいがけせんとは。われを救いたまえ、君。金をば薄き給金をさきて還《かえ》し参らせん。よしやわが身は食《くら》わずとも。それもならずば母の言葉に」彼は涙ぐみて身をふるわせたり。その見上げたる目《まみ》には、人に否《いな》とはいわせぬ媚態《びたい》あり。この目の働きは知りてするにや、また自らは知らぬにや。

わが隠しには二、三「マルク」の銀貨あれど、それにて足るべくもあらねば、余は時計をはずして机の上に置きぬ。「これにて一時の急を凌《しの》ぎたまえ。質屋の使いのモンビシュウ街三番地にて太田と尋ね来《こ》ん折りには価《あたい》を取らすべきに」

少女は驚き感ぜしさま見えて、余が辞別《わかれ》のためにいだしたる手を唇《くちびる》にあてたるが、はらはらと落つる熱き涙《なんだ》をわが手の背《そびら》に濺《そそ》ぎつ。

ああ、何らの悪因ぞ。この恩を謝せんとて、自らわが僑居《きょうきょ》に来《こ》し少女は、ショオペンハウエルを右にし、シルレルを左にして、終日兀坐《ひねもすこつざ》するわが読書の窓下《そうか》に、一輪の名花を咲かせてけり。このときを始めとして、余と少女との交わりようやくしげくなりもて行きて、同郷人にさえ知られぬれば、彼らは速了《そくりょう》にも、余をもて色を舞姫《まいひめ》の群れに漁《ぎょ》するものとしたり。われら二人の間にはまだ痴騃《ちがい》なる歓楽のみ存じたりしを。

その名を斥《さ》さんは憚《はばか》りあれど、同郷人の中に事を好む人ありて、余がしばしば芝居に出入りして、女優と交わるということを、官長のもとに報じつ。さらぬだに余がすこぶる学問の岐路《きろ》に走るを知りて憎み思いし官長は、ついに旨《むね》を公使館に伝えて、わが官を免じ、わが職を解いたり。公使がこの命を伝うる時余にいいしは、御身《おんみ》もし即時に郷《きょう》に帰らば、路用を給すべけれど、もしなおここに在《あ》らんには、公《おおやけ》の助けをば仰ぐべからずとのことなりき。余は一週日の猶予を請いて、とやこうと思い煩《わずら》ううち、わが生涯にてもっとも悲痛を覚えさせたる二通の書状に接しぬ。この二通はほとんど同時にいだししものなれど、一は母の自筆、一は親族なる某《なにがし》が、母の死を、わがまたなく慕う母の死を報じたる書《ふみ》なりき。余は母の書中の言《こと》をここに反覆するに堪えず、涙の迫り来て筆の運びを妨ぐればなり。

余とエリスとの交際は、この時まではよそ目に見るより清白なりき。彼は父の貧しきがために、充分なる教育を受けず、十五のとき舞の師のつのりに応じて、この恥ずかしき業《わざ》を教えられ、「クルズス」果てての後、「ヰクトリア」座に出でて、いまは場中第二の地位を占めたり。されど詩人ハックレンデルが当世の奴隷といいしごとく、はかなきは舞姫の身の上なり。薄き給金にて繋《つな》がれ、昼の温習《おんしゅう》、夜の舞台ときびしく使われ、芝居の化粧部屋に入《い》りてこそ紅粉をも粧《よそお》い、美しき衣をもまとえ、場外にてはひとり身の衣食も足らずがちなれば、親はらからを養うものはその辛苦いかにぞや。されば彼らの仲間にて、いやしき限りなる業におちぬは稀《まれ》なりとぞいうなる。エリスがこれをのがれしは、おとなしき性質と、剛気ある父の守護とによりてなり。彼は幼き時より物読むことをばさすがに好みしかど、手に入るは卑しき「コルポルタアジュ」と唱《とな》うる貸本屋の小説のみなりしを、余と相識《あいし》る頃より、余が借《か》しつる書《ふみ》を読みならいて、ようやく趣味をも知り、言葉の訛《なま》りをも正し、いくほどもなく余に寄するふみにも誤り字少なくなりぬ。かかれば余ら二人の間にはまず師弟の交わりを生じたるなりき。わが不時の免官を聞きしときに、彼は色を失いつ。余は彼が身のことにかかわりしを包み隠しぬれど、彼は余に向かいて母にはこれを秘めたまえと言いぬ。こは母の余が学資を失いしを知りて余を疎んぜんを恐れてなり。

ああ、委《くわ》しくここに写さんも要なけれど、余が彼を愛《め》づる心のにわかに強くなりて、ついに離れがたきなかとなりしはこの折なりき。わが一身の大事は前に横たわりて、まことに危急存亡の秋《とき》なるに、この行《おこな》いありしをあやしみ、また誹《そし》る人もあるべけれど、余がエリスを愛する情は、始めて相見しときよりあさくはあらぬに、いまわが数奇《さっき》を憐《あわ》れみ、また別離を悲しみて伏し沈みたる面《おもて》に、鬢《びん》の毛の解けてかかりたる、その美しき、いじらしき姿は、余が悲痛感慨の刺激によりて常ならずなりたる脳髄を射て、恍惚《こうこつ》の間にここに及びしをいかにせん。

公使に約せし日も近づき、わが命《めい》はせまりぬ。このままにて郷にかえらば、学成らずして汚名を負いたる身の浮かぶ瀬あらじ。さればとて留《とど》まらんには、学資を得《う》べき手だてなし。

このとき余を助けしは今わが同行の一人なる相沢謙吉なり。彼は東京に在りて、すでに天方伯《あまがたはく》の秘書官たりしが、余が免官の官報に出でしを見て、某《なにがし》新聞紙の編輯長《へんしゅうちょう》に説きて、余を社の通信員となし、伯林《ベルリン》に留まりて政治学芸のことなどを報道せしむることとなしつ。

社の報酬はいうに足らぬほどなれど、棲家《すみか》をもうつし、午餐《ひるげ》に往《ゆ》く食べもの店《みせ》をもかえたらんには、かすかなる暮らしは立つべし。とこう思案するほどに、心の誠をあらわして、助けの綱をわれに投げ掛けしはエリスなりき。かれはいかに母を説き動かしけん、余は彼ら親子の家に寄寓することとなり、エリスと余とはいつよりとはなしに、有るか無きかの収入を合せて、憂《う》きがなかにも楽しき月日を送りぬ。

朝の珈琲《カッフェー》果つれば、彼は温習《おんしゅう》に往《ゆ》き、さらぬ日には家に留《とど》まりて、余はキョオニヒ街の間口せまく奥行のみいと長き休息所に赴き、あらゆる新聞を読み、鉛筆取り出でてかれこれと材料を集む。この截《き》り開きたる引き窓より光を取れる室にて、定まりたる業《わざ》なき若人《わこうど》、多くもあらぬ金を人に借《か》して己《おの》れは遊び暮らす老人、取引所の業のひまを偸《ぬす》みて足を休むる商人《あきうど》などと臂《ひじ》を並べ、冷やかなる石卓《いしづくえ》の上にて、忙《いそが》わしげに筆を走らせ、小おんなが持て来る一盞《ひとつき》の珈琲の冷《さ》むるをも顧みず、あきたる新聞の細長き板ぎれに挿《はさ》みたるを、幾種《いくいろ》となく掛けつらねたるかたえの壁に、いく度《たび》となく往き来する日本人を、知らぬ人は何とか見けん。また一時近くなるほどに、温習に往きたる日には返《かえ》り路《じ》によぎりて、余とともに店を立ち出づるこの常ならず軽き、掌上《しょうじょう》の舞をもなしえつべき少女を、怪しみ見送る人もありしなるべし。

わが学問は荒《すさ》みぬ。屋根裏の一燈かすかに燃えて、エリスが劇場よりかえりて、椅《い》子《す》に寄りて縫いものなどする側《そば》の机にて、余は新聞の原稿を書けり。むかしの法令条目の枯葉を紙上に掻き寄せしとは殊《こと》にて、今は活溌々《かっぱつはっ》たる政界の運動、文学美術にかかわる新現象の批評など、かれこれと結びあわせて、力の及ばん限り、ビョルネよりはむしろハイネを学びて思いを構え、さまざまの文《ふみ》を作りし中にも、引き続きて維廉《ウイルヘルム》一世と仏得力《フレデリック》三世との崩殂《ほうそ》ありて、新帝の即位、ビスマルク侯の進退いかんなどのことについては、ことさらに詳《つまび》かなる報告をなしき。さればこの頃よりは思いしよりも忙《いそが》わしくして、多くもあらぬ蔵書をひもとき、旧業をたずぬることもかたく、大学の籍はまだけずられねど、謝金を収むることのかたければ、ただ一つにしたる講筵《こうえん》だに往きて聴くことは稀《まれ》なりき。

わが学問は荒みぬ。されど余は別に一種の見識を長じき。そをいかにというに、およそ民間学の流布《るふ》したることは、欧州諸国の間にて独逸《ドイツ》に若《し》くはなからん。幾百種の新聞雑誌に散見する議論にはすこぶる高尚なるも多きを、余は通信員となりし日より、かつて大学にしげく通いし折、養い得たる一隻の眼孔もて、読みてはまた読み、写してはまた写すほどに、今まで一筋の道をのみ走りし知識は、おのずから綜括的《そうかつてき》になりて、同郷の留学生などの大かたは、夢にも知らぬ境地に到りぬ。彼らの仲間には独逸新聞の社説をだによくはえ読まぬがあるに。

明治二十一年の冬は来にけり。表街《おもてまち》の人道にてこそ沙《すな》をも蒔《ま》け、鍤《すき》をも揮《ふる》え、クロステル街のあたりは凸凹坎坷《とつおうかんか》のところは見ゆめれど、表のみは一面に氷りて、朝《あした》に戸を開けば飢え凍《こご》えし雀《すずめ》の落ちて死にたるも哀れなり。室《へや》を温め、竈《かまど》に火を焚《た》きつけても、壁の石を徹《とお》し、衣の綿を穿《うが》つ北欧羅巴《ヨーロッパ》の寒さは、なかなかに堪《た》えがたかり。エリスは二、三日前の夜、舞台にて卒倒しつとて、人に扶《たす》けられて帰り来《こ》しが、それより心地《ここち》あしとて休み、もの食うごとに吐くを、悪阻《つわり》というものならんと始めて心づきしは母なりき。ああ、さらぬだに覚束《おぼつか》なきはわが身の行末《ゆくすえ》なるに、もし真《まこと》なりせばいかにせまし。

今朝は日曜なれば家に在《あ》れど、心は楽しからず。エリスは床《とこ》に臥《ふ》すほどにはあらねど、小《ち》さき鉄炉《てつろ》の畔《ほとり》に椅子《いす》さし寄せて言葉すくなし。このとき戸口に人の声して、ほどなく庖厨《ほうちゅう》にありしエリスが母は、郵便の書状を持て来て余にわたしつ。見れば見覚えある相沢が手なるに、郵便切手は普魯西《プロシャ》のものにて、消印には伯林《ベルリン》とあり。いぶかりつつも披《ひら》きて読めば、とみの事にてあらかじめ知らするに由《よし》なかりしが、昨夜《よべ》ここに着せられし天方大臣《あまがた》につきてわれも来たり。伯の汝《なんじ》を見まほしとのたもうに疾《と》く来《こ》よ。汝が名誉を恢復《かいふく》するもこの時にあるべきぞ。心のみ急がれて用事をのみいいやるとなり。読みおわりて茫然《ぼうぜん》たる面もちを見て、エリスいう。「故郷よりの文《ふみ》なりや。悪しき便《たよ》りにてはよも」彼は例の新聞社の報酬に関する書状と思いしならん。「否《いな》、心になかけそ。おん身も名を知る相沢が、大臣とともにここに来てわれを呼ぶなり。急ぐといえば今よりこそ」

かわゆき独《ひと》り子《ご》を出《い》だしやる母もかくは心を用いじ。大臣にまみえもやせんと思えばならん、エリスは病をつとめて起《た》ち、上襦袢《うわじゅばん》もきわめて白きを撰《えら》び、丁寧にしまいおきし「ゲエロック」という二列ぼたんの服を出して着せ、襟飾《えりかざ》りさえ余がために手ずから結びつ。

「これにて見苦しとは誰《た》れもえ言わじ。わが鏡に向きて見たまえ。なにゆえにかく不興なる面もちを見せたもうか。われも諸共《もろとも》に行かまほしきを」少し容《かたち》をあらためて。「否、かく衣をあらためたもうを見れば、なんとなくわが豊太郎の君とは見えず」また少し考えて。「よしや富貴《ふうき》になりたもう日はありとも、われをば見棄《みす》てたまわじ。わが病は母の宣《のたも》うごとくならずとも」

「なに、富貴」余は微笑しつ。「政治社会などに出でんの望みは絶ちしより幾年《いくとせ》をか経ぬるを。大臣は見たくもなし。ただ年久しく別れたりし友にこそ逢《あ》いには行け」エリスが母の呼びし一等「ドロシュケ」は、輪下にきしる雪道を窓の下《もと》まで来ぬ。余は手袋をはめ、少しよごれたる外套《がいとう》を背に被《おお》いて手をば通さず帽を取りてエリスに接吻《せっぷん》して楼《たかどの》をくだりつ。彼は凍れる窓をあけ、乱れし髪を朔風《さくふう》に吹かせて余が乗りし車を見送りぬ。

余が車を下《お》りしは「カイゼルホオフ」の入口なり。門者《かどもり》に秘書官相沢が室《へや》の番号を問いて、久しく踏み慣れぬ大理石の階《きざはし》を登り、中央の柱に「プリュッシュ」を被《おお》える「ゾファ」を据《す》えつけ、正面には鏡を立てたる前房に入りぬ。外套《がいとう》をばここにて脱ぎ、廊《わたどの》をつたいて室《へや》の前まで往《ゆ》きしが、余は少し踟蹰《ちちゅう》したり。同じく大学に在りし日に、余が品行の方正なるを激賞したる相沢が、きょうはいかなる面《おも》もちして出迎うらん。室に入りて相対して見れば、形こそ旧《もと》に比ぶれば肥《こ》えて逞《たくま》しくなりたれ、依然たる快活の気象、わが失行《しっこう》をもさまで意に介せざりきと見ゆ。別後の情を細叙するにもいとまあらず、引かれて大臣に謁《えっ》し、委托《いたく》せられしは独逸語《ドイツご》にて記《しる》せる文書《もんじょ》の急を要するを翻訳せよとの事なり。余が文書を受領して大臣の室を出でしとき、相沢はあとより来て余と午餐《ひるげ》をともにせんといいぬ。

食卓にては彼多く問いて、我多く答えき。彼が生路《せいろ》はおおむね平滑なりしに、轗軻《かんか》数奇《さっき》なるはわが身の上なりければなり。

余が胸臆《きょうおく》を開いて物語りし不幸なる閲歴を聞きて、かれはしばしば驚きしが、なかなかに余を譴《せ》めんとはせず、かえりて他の凡庸なる諸生輩《しょせいはい》をののしりき。されど物語のおわりしとき、彼は色を正して諌《いさ》むるよう、この一段のことはもと生れながらなる弱き心より出でしなれば、いまさらに言わんも甲斐《かい》なし。とはいえ、学識あり、才能あるものが、いつまでか一少女の情にかかずらいて、目的なき生活《なりわい》をなすべき。いまは天方伯もただ独逸語を利用せんの心のみなり。おのれもまた伯が当時の免官の理由を知れるがゆえに、強《し》いてその成心を動かさんとはせず、伯が心中にて曲庇者《きょくひしゃ》なりなんど思われんは、朋友《ほうゆう》に利なく、おのれに損あればなり。人を薦《すす》むるはまずその能を示すに若《し》かず。これを示して伯の信用を求めよ。またかの少女との関係は、よしや彼に誠ありとも、よしや情交は深くなりぬとも、人材を知りてのこいにあらず、慣習という一種の惰性より生じたる交わりなり。意を決して断てと。これその言《こと》のおおむねなりき。

大洋に舵《かじ》を失いしふな人《びと》が、遥かなる山を望むごときは、相沢が余に示したる前途の方鍼《ほうしん》なり。されどこの山はなお重霧の間に在りて、いつ往きつかんも、否、果たして往きつきぬとも、わが中心に満足を与えんも定かならず。貧しきが中にも楽しきはいまの生活《なりわい》、棄《す》てがたきはエリスが愛。わが弱き心には思い定めんよしなかりしが、しばらく友の言《こと》に従いて、この情縁を断たんと約しき。余は守るところを失わじと思いて、おのれに敵するものには抗抵すれども、友に対して否とはえ対《こた》えぬが常なり。

別れて出づれば風面《おもて》を撲《う》てり。二重《ふたえ》の玻璃窓《ガラスまど》をきびしく鎖《とざ》して、大いなる陶炉《とうろ》に火を焚《た》きたる「ホテル」の食堂を出でしなれば、薄き外套《がいとう》をとおる午後四時の寒さはことさらに堪えがたく、膚粟立《はだあわだ》つとともに、余は心の中に一種の寒さを覚えき。

翻訳は一夜になし果てつ。「カイゼルホオフ」へ通うことはこれよりようやく繁くなりもて行くほどに、初めは伯の言葉も用事のみなりしが、後には近ごろ故郷にてありしことなどを挙げて余が意見を問い、折に触れては道中にて人々の失錯《しっさく》ありしことどもを告げて打ち笑いたまいき。

一月ばかり過ぎて、ある日伯は突然われに向かいて、「余はあす、魯西亜《ロシヤ》に向かいて出発すべし。随《したが》いて来《く》べきか」と問う。余は数日間、かの公務にいとまなき相沢を見ざりしかば、この問いは不意に余を驚かしつ。「いかで命《めい》に従わざらむ」余はわが恥を表わさん。この答はいち早く決断して言いしにあらず。余はおのれが信じて頼む心を生じたる人に、卒然ものを問われたるときは、咄嗟《とっさ》の間《かん》、その答の範囲をよくも量《はか》らず、直ちにうべなうことあり。さてうべないし上にて、その為《な》しがたきに心づきても、強《し》いて当時の心虚《うつ》ろなりしをおおい隠し、耐忍してこれを実行することしばしばなり。

この日は翻訳の代《しろ》に、旅費さえ添えて賜りしを持て帰りて、翻訳の代をばエリスに預けつ。これにて魯西亜《ロシヤ》より帰り来《こ》んまでの費《つい》えをば支えつべし。彼は医者に見せしに常ならぬ身なりという。貧血の性《さが》なりしゆえ、幾月か心づかでありけん。座頭《ざがしら》よりは休むことのあまりに久しければ籍を除きぬと言いおこせつ。まだ一月ばかりなるに、かく厳《きび》しきは故《ゆえ》あればなるべし。旅立ちの事にはいたく心を悩ますとも見えず。偽りなきわが心を厚く信じたれば。

鉄路にては遠くもあらぬ旅なれば、用意とてもなし。身に合せて借りたる黒き礼服、新たに買い求めたるゴタ板《ばん》の魯廷《ろてい》の貴族譜、二、三種の辞書などを、小「カバン」に入れたるのみ。さすがに心細きことのみ多きこのほどなれば、出で行く跡に残らんものの憂《う》かるべく、また停車場にて涙こぼしなどしたらんにはうしろめたかるべければとて、翌朝早くエリスをば母につけて知る人がり出《い》だしやりつ。余は旅装整えて戸を鎖《とざ》し、鍵《かぎ》をば入口に住む靴屋《くつや》の主人に預けて出でぬ。

魯国行《ろこくゆき》につきては、何事をか叙すべき。わが舌人《ぜつじん》たる任務《つとめ》はたちまちに余を拉《らっ》し去りて、青雲の上におとしたり。余が大臣の一行に随《したが》いて、ペエテルブルクに在りし間に余を囲繞《いにょう》せしは、巴里《パリ》絶頂の驕奢《きょうしゃ》を、氷雪のうちに移したる王城の粧飾《そうしょく》、ことさらに黄蝋《おうろう》の燭《しょく》を幾つともなく点《とも》したるに、幾星の勲章、幾枝の「エポレット」が映射する光、彫鏤《ちょうる》の工《たく》みを尽したる「カミン」の火に寒さを忘れて使う宮女の扇のひらめきなどにて、この間仏蘭西語《フランスご》を最も円滑に使うものはわれなるがゆえに、賓主《ひんしゅ》の間に周旋して事を弁ずるものもまた多くは余なりき。

この間余はエリスを忘れざりき、否、彼は日ごとに書《ふみ》を寄せしかばえ忘れざりき。余が立ちし日には、いつになく独りにて燈火《ともしび》に向かわんことの心憂さに、知る人のもとにて夜に入るまでもの語りし、疲るるを待ちて家に還《かえ》り、直《ただ》ちにいねつ。次の朝《あした》目ざめし時は、なお独りあとに残りしことを夢にはあらずやと思いぬ。起きいでし時の心細さ、かかる思いをば、生計《たつき》に苦しみて、きょうの日の食なかりし折りにもせざりき。これ彼が第一の書《ふみ》のあらましなり。

またほど経てのふみはすこぶる思いせまりて書きたるごとくなりき。文《ふみ》をば否《いな》という字にて起したり。否、君を思う心の深き底《そこい》をば今ぞ知りぬる。君は故里《ふるさと》に頼もしき族《やから》なしとのたまえば、この地に善《よ》き世渡りのたつきあらば、留《とど》まりたまわぬことやはある。またわが愛もてつなぎ留めではやまじ。それもかなわで東《ひんがし》に還りたまわんとならば、親とともに往《ゆ》かんは易けれど、かほどに多き路用をいずくよりか得ん。いかなる業《わざ》をなしてもこの地に留まりて、君が世に出でたまわん日をこそ待ためと常には思いしが、しばしの旅とて立ち出でたまいしよりこの二十日《はつか》ばかり、別離の思いは日にけに茂りゆくのみ。袂《たもと》を分かつはただ一瞬の苦艱《くげん》なりと思いしは迷いなりけり。わが身の常ならぬがようやくにしるくなれる、それさえあるに、よしやいかなることありとも、われをばゆめな棄《す》てたまいそ。母とはいたく争いぬ。されどわが身の過ぎし頃には似で思い定めたるを見て心折れぬ。わが東に往かん日には、ステッチンわたりの農家に、遠き縁者あるに、身を寄せんとぞいうなる。書きおくりたまいしごとく、大臣の君に重く用いられたまわば、わが路用の金はともかくもなりなん。いまはひたすら君がベルリンにかえりたまわん日を待つのみ。

ああ、余はこの書《ふみ》を見て始めてわが地位を明視し得たり。恥ずかしきはわが鈍き心なり。余はわが身一つの進退につきても、またわが身にかかわらぬ他人《ひと》のことにつきても、決断ありと自ら心に誇りしが、この決断は順境にのみありて、逆境にはあらず。われと人との関係を照らさんとするときは、頼みし胸中の鏡は曇りたり。

大臣はすでにわれに厚し。されどわが近眼はただおのれが尽したる職分をのみ見き。余はこれに未来の望みを繋《つな》ぐことには、神も知るらん、絶えて想《おも》いいたらざりき。されど今ここに心づきて、わが心はなお冷然たりしか。先に友の勧めしときは、大臣の信用は屋上の禽《とり》のごとくなりしが、今はやこれを得たるかと思わるるに、相沢がこの頃の言葉の端《はし》に、本国に帰りてのちもともにかくてあらば云々《しかじか》といいしは、大臣のかく宣《のたま》いしを、友ながらも公事なれば明らかには告げざりしか。いまさらおもえば、余が軽率にも彼に向かいてエリスとの関係を絶たんといいしを、早く大臣に告げやしけん。

ああ、独逸《ドイツ》に来し初《こ》めに、自らわが本領を悟りきと思いて、また器械的人物とはならじと誓いしが、こは足を縛して放たれし鳥のしばし羽を動かして自由を得たりと誇りしにはあらずや。足の糸は解くに由《よし》なし。さきにこれを繰《あやつ》りしは、わが某《なにがし》省の官長にて、今はこの糸、あなあわれ、天方伯《あまがたはく》の手中に在り。余が大臣の一行とともにベルリンに帰りしは、あたかもこれ新年の旦《あした》なりき。停車場に別れを告げて、わが家をさして車を駆《か》りつ。ここにてはいまも除夜《じょや》に眠らず、元旦に眠るが習いなれば、万戸寂然たり。寒さは強く、路上の雪は稜角《りょうかく》ある氷片となりて、晴れたる日に映じ、きらきらと輝けり。車はクロステル街に曲がりて、家の入口に駐《とど》まりぬ。この時窓を開く音せしが、車よりは見えず。馭丁《ぎょてい》に「カバン」持たせて梯《はしご》を登らんとするほどに、エリスの梯を駈《か》け下《お》るに逢《あ》いぬ。彼が一声叫びてわが頸《うなじ》を抱《いだ》きしを見て馭丁は呆《あき》れたる面もちにて、なにやらん髭《ひげ》のうちにて言いしが聞こえず。

「よくぞ帰り来たまいし。帰り来たまわずばわが命は絶えなんを」

わが心はこの時までも定まらず、故郷を憶《おも》う念と栄達を求むる心とは、時として愛情を圧せんとせしが、ただこの一刹那《せつな》、低徊踟蹰《ていかいちちゅう》の思いは去りて、余は彼を抱き、彼の頭《かしら》はわが肩に倚《よ》りて、彼が喜びの涙ははらはらと肩の上に落ちぬ。

「幾階か持ちて行くべき」と鑼《どら》のごとく叫びし馭丁は、いち早く登りて梯の上に立てり。

戸の外に出迎えしエリスが母に、馭丁をねぎらいたまえと銀貨をわたして、余は手を取りて引くエリスに伴われ、急ぎて室《へや》に入《い》りぬ。一瞥《いちべつ》して余は驚きぬ、机の上には白き木綿、白き「レエス」などを堆《うずたか》く積み上げたれば。

エリスはうち笑《え》みつつこれを指《ゆび》さして、「なにとか見たもう、この心がまえを」といいつつ一つの木綿ぎれを取上ぐるを見れば襁褓《むつき》なりき。「わが心の楽しさを思いたまえ。産まれん子は君に似て黒き瞳子《ひとみ》をや持ちたらん。この瞳子。ああ、夢にのみ見しは君が黒き瞳子なり。産まれたらん日には君が正しき心にて、よもあだし名をばなのらせたまわじ」彼は頭を垂《た》れたり。「穉《おさな》しと笑いたまわんが、寺に入らん日はいかに嬉《うれ》しからまし」見上げたる目には涙満ちたり。
二、三日の間は大臣をも、たびの疲れやおわさんとてあえて訪《と》ぶらわず、家にのみ籠《こも》りおりしが、ある日の夕暮れ使いして招かれぬ。往《ゆ》きてみれば待遇ことにめでたく、魯西亜《ロシヤ》行の労を問い慰めてのち、われとともに東《ひんがし》にかえる心なきか、君が学問こそわが測り知るところならね、語学のみにて世の用には足りなん、滞留のあまりに久しければ、さまざまの係累《けいるい》もやあらんと、相沢に問いしに、さることなしと聞きて落《お》ちいたりと宣《のたも》う。その気色《けしき》いなむべくもあらず。あなやと思いしが、さすがに相沢の言《こと》を偽りなりともいいがたきに、もしこの手にしも縋《すが》らずば、本国をも失い、名誉を挽《ひ》きかえさん道をも絶ち、身はこの広漠《こうばく》たる欧州大都の人の海に葬られんかと思う念、心頭を衝《つ》いて起これり。ああ、何らの特操なき心ぞ、「承り侍《はべ》り」と応《こた》えたるは。

黒がねの額《ぬか》はありとも、帰りてエリスになにとかいわん。「ホテル」を出でしときのわが心の錯乱《さくらん》は、たとえんに物なかりき。余は道の東西をも分かず、思いに沈みて行くほどに、往《ゆ》きあう馬車の馭丁《ぎょてい》に幾度《いくたび》か叱《しっ》せられ、驚きて飛びのきつ。しばらくしてふとあたりを見れば、獣苑《じゅうえん》の傍らに出でたり。倒るるごとくに路《みち》の辺《べ》の榻《こしかけ》に倚《よ》りて、灼《や》くがごとく熱し、椎《つち》にて打たるるごとく響く頭《かしら》を榻背《とうはい》に持たせ、死したるごときさまにて幾時《いくとき》をか過しけん。はげしき寒さ骨に徹すと覚えて醒《さ》めし時は、夜に入りて雪は繁《しげ》く降り、帽の庇《ひさし》、外套《がいとう》の肩には一寸ばかりも積りたりき。

もはや十一時をや過ぎけん、モハビット、カルル街通いの鉄道馬車の軌道も雪に埋《うず》もれ、ブランデンブルゲル門のほとりの瓦斯燈《ガスとう》は寂しき光を放ちたり。立ち上がらんとするに足の凍《こご》えたれば、両手にてさすりて、ようやく歩みうるほどにはなりぬ。

足の運びのはかどらねば、クロステル街まで来《こ》しときは、半夜をや過ぎたりけん。ここまで来し道をばいかに歩みしか知らず。一月上旬の夜なれば、ウンテル・デン・リンデンの酒家《しゅか》、茶店はなお人の出入り盛りにて賑《にぎ》わしかりしならめど、ふつに覚えず。わが脳中にはただただわれはゆるすべからぬ罪人なりと思う心のみ満ち満ちたりき。

四階の屋根裏には、エリスはまだ寝《い》ねずとおぼしく、炯然《けいぜん》たる一星の火、暗き空にすかせば、明らかに見ゆるが、降りしきる鷺《さぎ》のごとき雪片に、たちまち掩《おお》われ、たちまちまた顕《あらわ》れて、風に弄《もてあそ》ばるるに似たり。戸口に入りしより疲れを覚えて、身の節の痛み堪えがたければ、這《は》うごとくに梯《はしご》を登りつ。庖厨《ほうちゅう》を過ぎ、室《へや》の戸を開きて入りしに、机に倚りて襁褓《むつき》縫いたりしエリスは振り返りて、「あ」と叫びぬ。「いかにかしたまいし。おん身の姿は」

驚きしも宜《うべ》なりけり、蒼然《そうぜん》として死人に等しきわが面色《めんしょく》、帽をばいつのまにか失い、髪はおどろと乱れて、幾度か道にてつまずき倒れしことなれば、衣は泥《どろ》まじりの雪によごれ、ところどころは裂けたれば。

余は答えんとすれど声出《い》でず、膝《ひざ》のしきりにおののかれて立つに堪えねば、椅子《いす》を握《つか》まんとせしまでは覚えしが、そのままに地に倒れぬ。

人事を知るほどになりしは数週《すしゅう》ののちなりき。熱はげしくて譫語《うわごと》のみ言いしを、エリスがねもごろにみとるほどに、ある日相沢は尋ね来て、余がかれに隠したる顛末《てんまつ》を審《つば》らに知りて、大臣には病の事のみ告げ、よきように繕《つくろ》い置きしなり。余ははじめて病牀《びょうしょう》に侍するエリスを見て、その変わりたる姿に驚きぬ。彼はこの数週のうちにいたく痩《や》せて、血走りし目はくぼみ、灰色の頬《ほお》は落ちたり。相沢の助けにて日々の生計《たつき》には窮せざりしが、この恩人は彼を精神的に殺ししなり。

のちに聞けば彼は相沢に逢《あ》いしとき、余が相沢に与えし約束を聞き、またかの夕べ大臣に聞こえ上げし一諾《いちだく》を知り、にわかに座より躍《おど》り上がり、面色さながら土のごとく、「わが豊太郎ぬし、かくまでにわれをば欺きたまいしか」と叫び、その場にたおれぬ。相沢は母を呼びてともに扶《たす》けて床に臥《ふせ》させしに、しばらくして醒《さ》めしときは、目は直視したるままにて傍らの人をも見知らず、わが名を呼びていたくののしり、髪をむしり、蒲団《ふとん》を噛《か》みなどし、またにわかに心づきたる様《さま》にて物を探りもとめたり。母の取りて与うるものをばことごとく抛《な》げうちしが、机の上なりし襁褓《むつき》を与えたるとき、探りみて顔に押しあて、涙を流して泣きぬ。

これよりは騒ぐことはなけれど、精神の作用はほとんど全く廃して、その痴《ち》なること赤児《あかご》のごとくなり。医に見せしに、過劇なる心労にて急に起こりし「パラノイア」という病《やまい》なれば、治癒《ちゆ》の見込みなしという。ダルドルフの癲狂院《てんきょういん》に入れんとせしに、泣き叫びて聴《き》かず、のちにはかの襁褓一つを身につけて、幾度か出《いだ》しては見、見ては欷歔《ききょ》す。余が病牀をば離れねど、これさえ心ありてにはあらずと見ゆ。ただおりおり思いいだしたるように「薬を、薬を」というのみ。

余が病は全く癒《い》えぬ。エリスが生ける屍《かばね》を抱きて千行《ちすじ》の涙をそそぎしは幾度《いくたび》ぞ。大臣にしたがいて帰東の途に上《のぼ》りしときは、相沢とはかりてエリスが母にかすかなる生計《たつき》を営むに足るほどの資本を与え、あわれなる狂女の胎内にのこしし子の生まれんおりのことをも頼みおきぬ。

ああ、相沢謙吉がごとき良友は世にまた得がたかるべし。されどわが脳裡《のうり》に一点の彼を憎むこころ今日までも残れりけり。

（明治二十三年一月）

【参考文献】

平川祐弘『森鷗外事典』新曜社　二〇二〇年一月
山崎國紀『評伝 森鷗外』大修館書店　二〇〇七年七月

没後百年記念・森鷗外近代小説傑作集　鷗外、普請中

2022年7月9日　第1刷発行
著作者　森　鷗外
編集者　熨斗克信
編集協力　冨所亮介
発行者　山口和男
発行所／印刷所／製本所　虹色社
〒169-0071 東京都新宿区戸塚町1-102-5 江原ビル1階
電話　03（6302）1240

本文組版／編集　虹色社

ISBN 978-4-909045-47-8
定価はカバーに表記しています。
乱丁本、落丁本はお取り替えいたします。